光文社文庫

長編時代小説

そう　こく　　うず
相剋の渦
勘定吟味役異聞㈣
決定版

上田秀人

光　文　社

本書は、二〇〇七年一月に光文社文庫より刊行した作品を、文字を大きくしたうえでさらに著者が大幅な加筆修正したものです。

『相剋の渦　勘定吟味役異聞（四）』目次

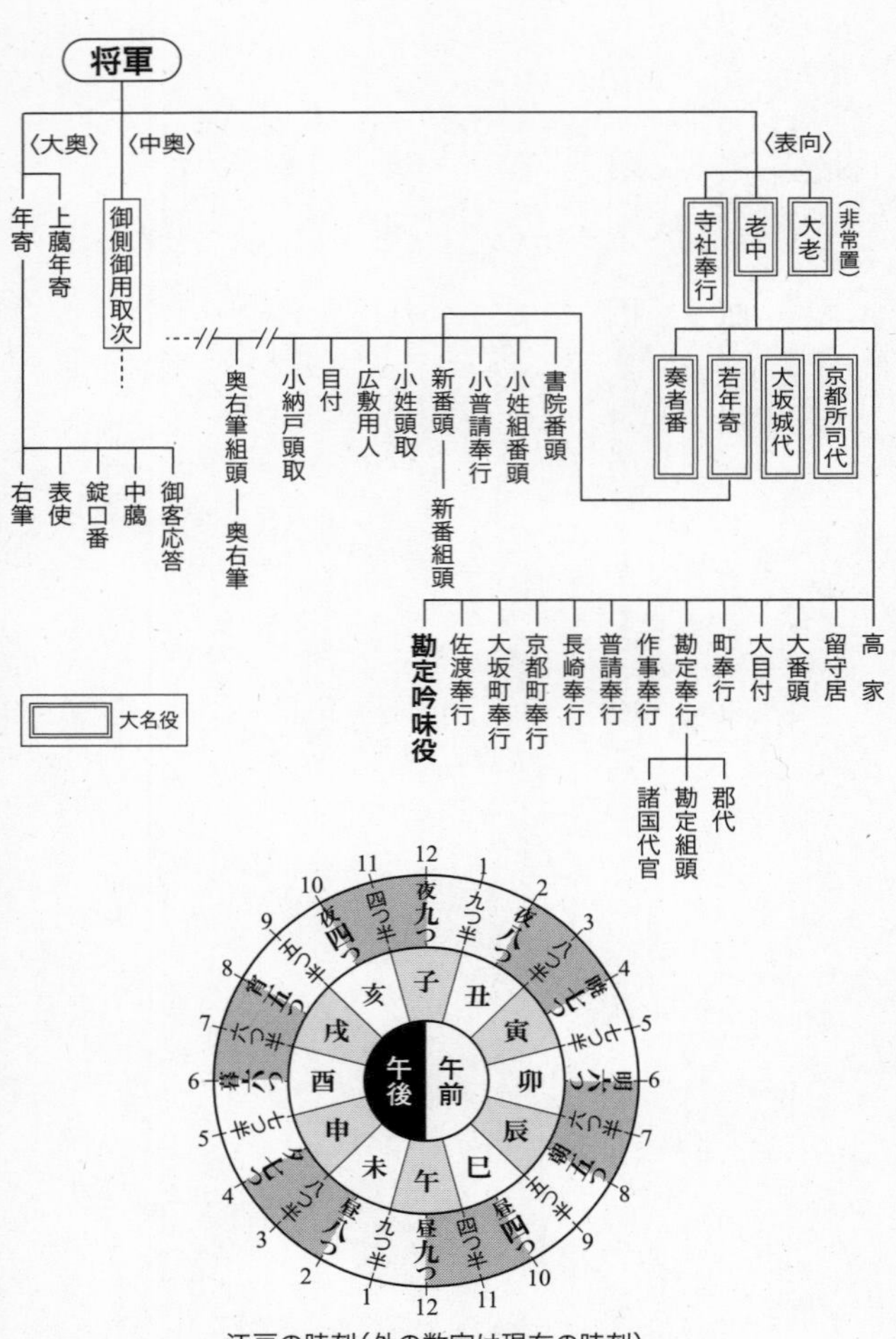

江戸の時刻（外の数字は現在の時刻）

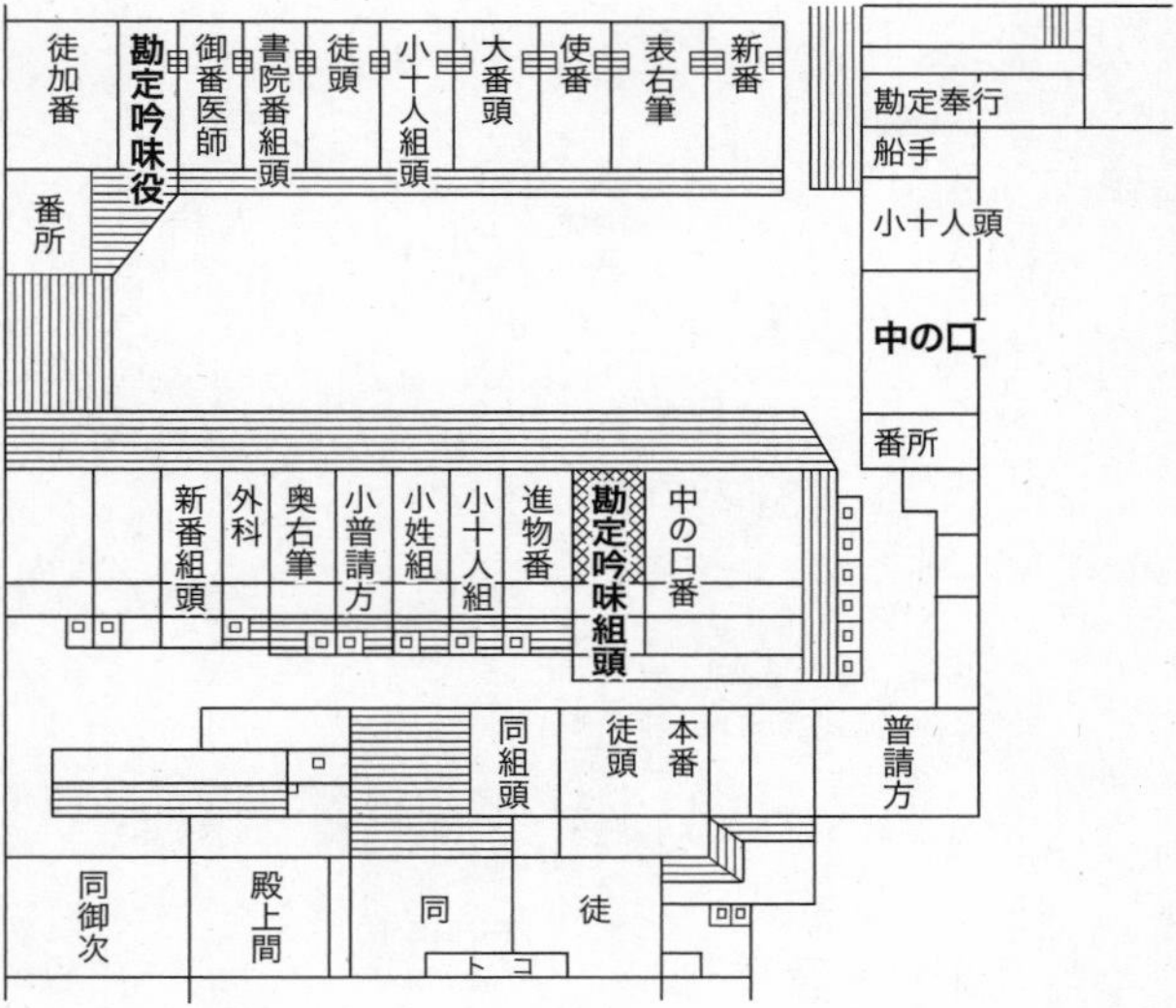

勘定奉行
船手
小十人頭
中の口
番所
新番
表右筆
使番
大番頭
小十人組頭
徒頭
書院番組頭
御番医師
勘定吟味役
徒加番
番所
中の口番
勘定吟味組頭
進物番
小十人組
小姓組
小普請方
奥右筆
外科
新番組頭
普請方
本番
徒頭
同組頭
徒
同
トコ
殿上間
同御次

大奥
中奥
表
勘定吟味役
中の口
玄関

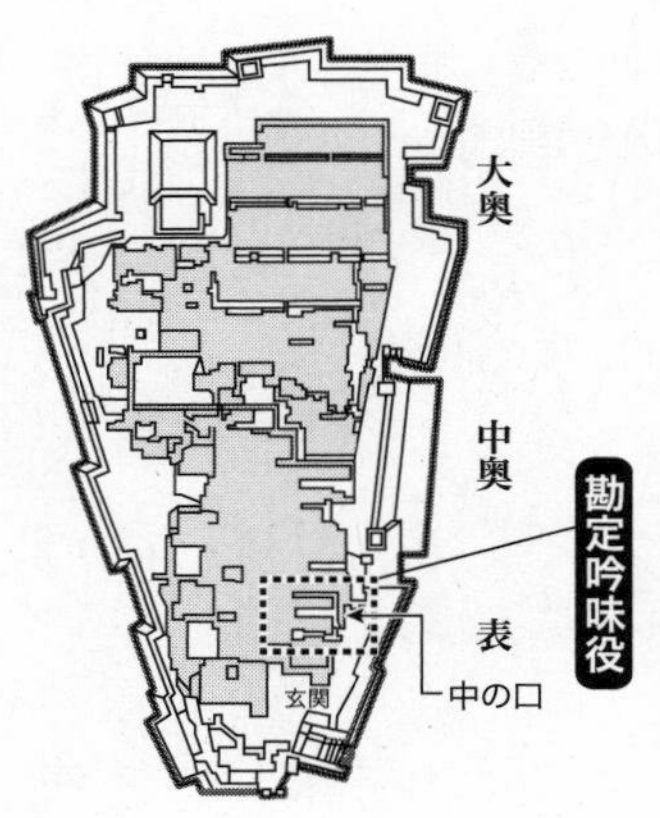

尾張殿上屋敷
市谷
早稲田村
江戸川
音羽
護国寺
至板橋宿
江戸川橋
大塚
巣鴨
赤城明神
御納戸町
石切橋
若宮八幡宮
神楽坂
切支丹坂
御薬園
日光御成街道
中山道
小日向馬場
牛込御留守居町
牛込御門
番町
傳通院
小石川
白山
神明宮
駒込
田安御門
入江無手斎道場
水戸徳川家上屋敷
清水御門
小石川御門
春日町
水道橋
千駄木
水城聡四郎の屋敷
御弓町
神田川
竹町
本郷
加賀前田家上屋敷
道灌山
霊雲寺
根津権現
池之端七間町
日暮里
神田明神
池之端仲町
不忍池
湯島天神
昌平橋
忍ヶ岡
鍛冶町
昌平坂
明神下
弁天仁王門前町
東叡山寛永寺
根岸
谷中
筋違御門
外神田
下谷広小路
内神田
和泉橋
神田佐久間町
御徒町
下谷金杉町
下谷山崎町
佐久間河岸
左衛門河岸
向柳原
豊島町
新シ橋
柳原土手
広徳寺
下谷竜泉寺町
通塩町
三味線堀
幡随院
両国広小路
元鳥越町
横山同朋町
米沢町
猿屋町
甚内橋
茅町
浅草橋
阿部川町
新吉原
柳橋
両国橋
御蔵前片町代地
新堀川
日本堤
尾上町
旅籠町
東本願寺
大川
首尾の松
御米蔵
御蔵前
御蔵前通り
小塚原
回向院
浅草寺
一ツ目之橋
亀沢町
御竹蔵
御厩河岸之渡し
浅草広小路
奥山
浅草
日光道中
山谷町
駒形町
雷門
浅草観音
新鳥越橋
二ツ目之橋
山谷堀
揚場
緑町
駒形堂
花川戸町
南割下水
吾妻橋
今戸橋
今戸町
本所
竹町之渡し
源森橋
白鬚之渡し
竪川
源森川
小梅村
三囲稲荷
向島墨堤
三ツ目之橋
長命寺
木母寺
北割下水
北辻橋
大横川
法恩寺橋
寺島村
業平橋
亀戸村
小梅村
四ツ目之橋
押上村
天神橋
十間川
柳島村
亀戸天神

紀伊徳川家屋敷
元赤坂町
天現寺
竹腰山城守屋敷
伝馬町
平河町
井伊掃部頭
中屋敷
紀伊徳川家
上屋敷
四谷御門
渋谷川
麻布新町
善福寺
六本木
赤坂
氷川明神
赤坂御門
市谷御門
四ノ橋
古川町
仙台坂
新網町
飯倉片町
市兵衛町
麹町
溜池
三ノ橋
二ノ橋
一ノ橋
中之橋
千鳥ヶ淵
芝車町
赤羽橋
葵坂
半蔵御門
三田町
虎之御門
西之御丸
至品川宿
増上寺
新シ橋
外桜田御門
雉子橋御門
一橋御門
和田倉御門
江戸城
南町奉行所
幸橋
北町奉行所
金杉橋
宇田川町
土橋
数寄屋橋
御門
神田橋御門
芝
浜松町
汐留橋
呉服橋御門
常盤橋御門
三十間堀
竜閑橋
銀座町
金杉川
濱御殿
木挽町
数寄屋町
石橋
本町
京橋
本両替町
今川橋
西本願寺
本材木町
白魚橋
日本橋
魚河岸
大伝馬町
小伝馬町
楓川
八丁堀
弾正橋
組屋敷
八丁堀
海賊橋
江戸橋
荒布橋
南茅場町
日本橋川
小網町
銀座
元大坂町
中之橋
亀島川
諸国人入れ相模屋
稲荷橋
一ノ橋
霊岸橋
箱崎橋
松島町
久松町
鉄炮洲
高橋
新川
行徳河岸
高砂橋
二ノ橋
湊橋
浜町堀
佃島
霊岸島
豊海橋
箱崎町
箱崎川
石川島
大川端
永久橋
永代橋
今川町
万年橋
新大橋
水戸家石揚場
佐賀町
上之橋
江戸湊
大島町
黒江町
緑橋
油堀
万年町
材木町
海辺大工町
六間堀
永代寺
富岡橋
仙台堀
海辺橋
高橋
弥勒寺橋
深川元町
弥勒寺
越中島
蓬莱橋
富岡八幡宮
霊巌寺
小名木川
亀久橋
汐見橋
深川
洲崎
入船町
新高橋
扇橋
猿江橋
西
北
南
東
0
1km
猿江町
御材木蔵
大島橋
金座

『相剋の渦　勘定吟味役異聞（四）』おもな登場人物

水城聡四郎　…………　勘定吟味役。長兄の急逝で急遽、家督を継ぎ、六代将軍家宣の寵臣の新井白石の目に留まり抜擢された。一放流免許皆伝。

入江無手斎　…………　一放流入江道場の道場主。聡四郎の剣術の師匠。

相模屋伝兵衛　…………　江戸一番の人入れ屋相模屋の主。

紅　…………　相模屋のひとり娘。聡四郎に救われ、想いを寄せあうようになる。

大宮玄馬　…………　八十俵取りの御家人の三男から水城家の家士に。入江道場では聡四郎の弟弟子。

太田彦左衛門　…………　勘定吟味改役。聡四郎につけられた下役。

新井白石　…………　無役の表寄合。家宣の寵愛深かった儒者。聡四郎を勘定吟味役に抜擢、勘定奉行の荻原近江守重秀を追い落とすことに成功した。

間部詮房　…………　老中格側用人。将軍家宣に引き上げられ、家宣亡き後、世嗣の家継の傅り役を引き受けながら、幕政を牛耳る。

紀伊国屋文左衛門　…　紀州の材木問屋。荻原重秀と結託して暴利を貪る。

柳沢吉保　…………　前の甲府藩藩主。将軍綱吉亡き後、息子吉里に家督を譲り隠居。

永渕啓輔　…………　徒目付。幕臣となってからも、前の主君・柳沢吉保のために動く。

徳川吉宗　…………　御三家紀州徳川家当主。

相剋(そうこく)の渦(うず)

勘定吟味役異聞（四）

第一章　体制の崩落

一

上屋敷に向かっていた間部越前守詮房の行列が襲撃を受けた。

「奸賊、死ねい」

一ヵ月ぶりに江戸城を出て、上屋敷に向かっていた間部越前守詮房の行列が襲撃を受けた。

「ぎゃっ」

先頭を行く提灯持ちの中間が、逃げだそうとしたところを背中から斬られて、宙をつかんだ。

「君をたばかり、幕政を壟断しようとすること許しがたし」

「佞臣を除ける。赤心の刃を受けてみよ」

襲撃者たちは、口々に名分を唱えながら、縦横に太刀を振るった。

「御駕籠を、殿を護れ」

供頭の絶叫が、夜の江戸にひびいた。

敵味方の判別さえ難しい乱戦が、始まった。襲撃者の刃が供侍を袈裟懸けにし、供頭の抜き打ちが襲撃者の腰を割った。

真剣での戦いになれていない若い供侍が、恐怖に立ち竦んだところを、襲撃者が突いた。

「かはっ」

喉を突き破られて、若侍が絶息した。

「殿、御駕籠からお出ましのほどを」

駕籠脇についていた近習が、声をかけた。

「数人がお供いたしますゆえ、近接の屋敷へご避難のほどを願いまする」

近習は防ぎきれないと読んでいた。

「不要じゃ」

駕籠のなかから返ってきたのは、きっぱりとした否定であった。

「なれど……」

さらに言いつのろうとした近習は、言葉を失った。開けられた駕籠の戸、そこから顔を出した間部越前守は、笑っていた。

「家継さまを傅りいたしておる儂が、幕府を支えておるのだ。逆賊ごときに追われて逃げたとなれば、名前に傷がつく」

間部越前守が、強い口調で告げた。

「殿」

近習が顔色を変えた。

上州高崎藩五万石を領する大名としては少なすぎる供侍の行列は、すでに斬り崩されていた。間部越前守の家臣で、なんとか戦っているのは、駕籠脇を固めている八人ほどと、供頭をふくむ数人まで減っている。名誉がどうとか言っている状態ではなかった。

「御免」

叱責を覚悟した近習が、駕籠から間部越前守を連れ出そうと手を伸ばしたとき、異変が起こった。

「ぐへっ」

供頭に襲いかかった襲撃者の額に手裏剣が突きたった。

「えっ」

倒れていく仲間に一瞬気をとられた襲撃者が、胸の痛みで我に返った。

「なにっ」

いつのまにか、胸から手裏剣が生えていた。

「馬鹿な」

駕籠脇の近習に襲いかかろうとしていた襲撃者が、あわてて間合いをとった。

「…………」

夕闇よりも濃い影が、その脇を奔った。

「ああああ」

襲撃者の腹が割けて、白い内臓が見えた。

「忍か」

優勢だった襲撃者が次々に倒れていった。

「退けっ」

襲撃者の頭領がそう叫んだとき、生き残っていたのはわずか三人であった。

「殺すな。生かして吐かせよ」

駕籠から立ちあがった間部越前守が、命じた。

「おのれっ」

逃げだそうとした三人の襲撃者は、四つの影に囲まれて動けなくなった。影の手には、刃に漆(うるし)を塗って、反射を防いだ忍刀が握られていた。

「…………」

襲撃者の三人は、じりじり狭められる包囲網に圧迫されて身を寄せあっていく。

「許せ」

頭領が、手にしていた太刀を大きく振った。刃は左右に立つ配下の首、その血脈を断った。

「えっ」

驚きの声を残して、配下二人が死んだ。

忍が残った頭領を確保しようとして跳んだが、それよりも早く頭領は舌を嚙みきっていた。

「がはっ」

血のかたまりを吐いて、頭領が地に伏した。

「遅くなり申しわけございませぬ」

間部越前守の前に忍が一人膝を突いた。

「蔭供にとどめよとの命でございましたので」

忍が、襲撃を防げなかった言いわけをした。

「いや、助かった。お方さまに、お気遣い感謝していたとお伝え願いたい」

間部越前守は、咎めずに労をねぎらった。

「かしこまりましてございまする」

忍は来たときと同じように、江戸の町へと溶けていった。

「殿、今の者は」

近習が、訊いた。

「月光院さまが手じゃ」

間部越前守が答えた。

「では、あれが、大奥の護り、御広敷伊賀者」

近習が怖れをふくんだ声で口にした。

幕府にとって、もっとも重要な行事は、徳川家当主の将軍就任である。

形骸にすぎない朝廷の附託ではあったが、それは幕府がこの国を治めるためになくてはならない大義名分であった。

すでに関ヶ原の合戦から百年以上たち、幕府に牙むくだけの力と気概を持った外様大名などいなくなっている。

幕府が大義名分を振りかざさなければならない相手は、同族であった。

初代徳川家康晩年の子、徳川の名を許された御三家、尾張徳川六十一万九千五百石、紀州徳川五十五万五千石、水戸徳川三十五万石にこそ、幕府は正統さを見せつけねばならなかった。

御三家には、家康から将軍家に人なきとき本家を継ぐようにとの遺命があった。

しかし、それは御三家に、同じ家康の子供の末でありながら、臣下として仕えねばならぬとの忸怩たる思いを生み、機会があれば将軍の座を奪おうとする動機となっていた。

「幼すぎる」

六代将軍徳川家宣の死去を受けて、徳川宗家の跡を継いだ徳川家継は、まだ五歳、武家の頭領として統べることは不可能であった。

戦国の息吹の残る幕初ならば、まちがいなく家継は将軍に推戴されず、継ぐにふさわしい者が御三家、あるいはその他の連枝から選ばれた。

間部越前守の無理押しに近い幼君擁立は、くすぶっていた消し炭に火種をくべた。

幕府は、身内で起こりかけている争いをなんとかおさえこもうとやっきになっていた。

正徳三年（一七一三）元日。前将軍家宣の忌日から、わずかに三ヵ月弱ながら、恒例の在府大名参賀の儀は執りおこなわれた。

老中格側用人間部越前守詮房の膝に抱かれた家継は、城中大広間にて大名、諸役人たちのあいさつを受けた。家宣の喪中をおしてまでおこなわれたこれは、家継が諸大名の上に君臨するとの幕閣の意思表示であった。

さらに一月四日、家継はお袴着初めの儀式をおこなった。お袴着初めとは、男子が初めて袴を身にまとうことであり、幼児からの脱却を表していた。

朝廷も、いかに形だけのこととはいえ、子供に将軍宣下をするわけにはいかなかった。幕閣は、五歳の子供を表向きだけでも成人とすることにあせっていた。

徳川宗家の私行事であるお袴着初めは、葵の間で、御三家参集のもとになされた。立ちあがった間部越前守に抱かれた家継に、御三家が平伏することでお袴着初めは終わったが、葵の間を出た尾張徳川吉通、紀州徳川吉宗代理付け家老水野淡路守、水戸徳川綱条の顔は強くこわばっていた。

市ヶ谷の上屋敷に戻った尾張藩主徳川吉通は、足音も荒く玄関から廊下を進み、居間としている書院に腰を落とした。

「頼母を呼べ」

主君の不機嫌に、小姓が跳びあがった。

吉通が煙草を一服終える前に、側用人守崎頼母が書院に来た。

守崎頼母は、京の浪人者であった。尾張家の奥にあがっていた妹に吉通の手がついたことで召し抱えられ、その気働きと聡明さをもってたちまちに頭角をあらわした寵臣である。

「お戻りなさいませ」

いらだちを隠そうともしない吉通に比して、守崎頼母は落ちついていた。

「頼母、近くに参れ。他の者は遠慮せよ」

吉通は、人払いを命じた。

「殿、なにかお気にさわられるようなことでもございましたか」

小姓たちが書院を出ていくのを確認した守崎頼母が問うた。

「あの能役者あがりが、この儂を、御三家筆頭尾張家当主を見おろしおったのだ」

吉通が歯がみせんばかりの口調で言った。

能役者あがりとは、間部越前守のことである。間部越前守は、甲府藩お抱えの能役者の家の出であった。その才能を甲府藩主だった家宣に認められ、側近として召しだされた。

「はて、本日は家継さまのお袴着初めではございませんでしたか」

間部越前守をこころよく思わない者たちは、陰で能役者あがりと侮蔑していた。

守崎頼母が、首をかしげた。

「そのおりじゃ、あやつは、我ら御三家を平伏させておきながら……」

吉通が江戸城で受けた屈辱をぶちまけた。

「家継を抱きあげておるとはいえ、あまりの態度」

「不遜な」

聞き終わった守崎頼母も怒りを口にした。

「頼母、儂はこれほど口惜しい思いをしたことはない」

「ご心中お察し申しあげまする」

守崎頼母が、頭をさげた。

「のう、頼母よ。このままでは家継が無事に七代の座に就いてしまう。なんとか手はないのか」

吉通が、寵臣に問いかけた。

「仰せではございまするが」

守崎頼母が首を振った。

「お旗持ち組は、かの勘定吟味役によって潰されたも同然。そして幕閣どもは、家継さまが傅り役間部越前守に反発しながらも遠慮いたしておりまする」

守崎頼母が、苦い顔をした。

「御三家筆頭の尾張に味方する家はないのか。井伊は、本多は、榊原は、どうなのだ」

吉通が徳川四天王の名前を口にした。

敦賀に封じられている酒井家の名前を出さなかったのは、つきあいが薄いからであった。それに比して、彦根の井伊家は参勤交代の途上、名古屋を通ることが多く、本多家はつい先日まで藩境を接する三河に在しており、榊原家は幕初隣藩であった関係で、つきあいがあった。

「井伊侯も本多侯も幕閣に籍をおかれ、ともに家継さまを擁立なされておりまする。榊原侯はまったく政にかかわりをもたれませぬし」

守崎頼母が、ため息とともに答えた。

「四面楚歌だと申すか」

徳川吉通が、肩を落とした。

「殿、そうとばかりも申せませぬ。小耳に挟んだことでございまするが、どうやら間部越前守さまを襲った者がおるとやら」

「なんだと」

徳川吉通が身をのりだした。

「失敗いたしたようでございまするが、間部越前守さまのことをこころよく思われないお方がおられることは確かなことかと」

「誰かはわからぬのか」

「はい。あいにくとそこまでは」

守崎頼母が、すまなそうに首を振った。

「ふむ。顔はわからぬが、敵の敵は味方とも言う。とりあえず味方はおるということか。ならば、土居下組を使え」

吉通の声が低くなった。

「御土居下組をでございまするか」

守崎頼母が、驚愕した。

御土居下組とは、名古屋城の外堀近くに住居を与えられている忍のことだ。徳川家康が九男義直に尾張を与えたときにつけた三河乱波を祖とし、落城の危機に瀕したときに藩主を落ち延びさせることを役目としていた。

藩主最後の護衛となるだけに、御土居下組の衆はかなりの遣い手ばかりであった。

「御土居下組をどのように使われるおつもりでしょうや」

守崎頼母が問うた。

「決まっておる。家継をこの世から除けるのよ。家継が無理ならば、間部越前守を殺せ。どちらかが欠ければ、将軍の座は儂の手に来る。幸いなことに、間部越前守を襲った奴がいてくれた。われらにかかる疑いが薄くなる。ありがたいことではないか。さすがに本家殺しがばれては、将軍にはなれぬ」

吉通が暗く笑った。

「それは」

守崎頼母が啞然とした。

「どうした。それぐらいのことができずして、分家が本家になりかわれるはずなかろう」

吉通が、守崎頼母に告げる。

「そうか。先の約束が欲しいのだな。案ずるな。儂が将軍となったときには、頼母、そなたを老中にしてくれようぞ」

「老中に……それはかたじけなきことでございまするが」

守崎頼母が、言葉をきった。

「御土居下組は、藩主の警固をなすが任。謀殺を得意とはいたしておりませぬ」

「では、どうすると申すか」

吉通が厳しい表情になる。

「いかがでございましょうか。紀伊国屋文左衛門に、お任せになられては」

守崎頼母が、豪商の名前を口にした。

「紀伊国屋文左衛門にか。たかが商人ではないか。いかに豪商といえども、無理であろう」

吉通が否定した。

「殿。紀伊国屋文左衛門は、あの柳沢美濃守吉保さまのもとにも出入りいたしておりまする。幕閣で紀伊国屋文左衛門から金を借りていない者はいないとか。

申しあげるもつらいことでございまするが、この正徳の世でもっとも強いものは金でございまする」

守崎頼母が、吉通を諭した。

「たしかにそなたの申すとおりであろうが、ならば、商人である紀伊国屋文左衛門を納得させるだけのものを、我が藩は出さねばなるまい。金はないぞ」

吉通が言った。

他の大名同様、尾張藩も窮乏に瀕していた。六十万石をこえる領地からあがる年貢は、創設以来ほとんど増減することなく入っていたが、これは物価の上昇に対応できていない証(あかし)でもあった。

「紀伊国屋は材木問屋でございまする。木曾(きそ)の山林の木、その専売をお許しになられませ」

守崎頼母が提案した。

木曾の山林は、尾張藩の宝であった。二代将軍秀忠(ひでただ)から、初代義直の結婚祝いとして贈られた広大な敷地と無限に近い良木は、御用に応じて伐採(ばっさい)され、尾張藩の財政を救い続けてきた。

「木曾をか」

守崎頼母の話を聞いた吉通が顔をゆがめた。

木曾の山林に吉通は苦い記憶があった。吉通が藩を継いだ直後、幕府は尾張に木曾の山林の返却を打診してきた。

「藩主としてまだ若い吉通どのに、普請ごとに使う木材は不要」

落ち度のない尾張家から木曾を取りあげる理由がない幕府は、吉通から返却を願い出る形にせよと、老中の一人をつうじて、こう命じてきたのだ。

たしかに死去した父綱誠の跡を受けて藩主になったとき、吉通はまだ十歳をこえたばかりだった。東海道、中山道、二つの街道を扼する枢要の地尾張の主として、吉通が若すぎるのはたしかであった。なんとか家老たちの活躍で木曾山は奪われずにすんだが、あなどるような幕府の言いぶんは、吉通の心に傷となって残っていた。

「それぐらいの褒美はくれてやらねばなりませぬ。殿。将軍の地位と木曾の山、どちらをおとりになるかなど、申しあげるまでもございますまい」

「ううむ」

うなった吉通は、信頼する家臣の顔をにらみつけた。

「殿」

守崎頼母が、吉通に決断をうながした。

「天下を、この日の本の国を右も左もわからぬ幼君に任せてよろしいので。すべての民のために、ご決断を」

「……わかった。頼母、紀伊国屋文左衛門とのことは、任せる」

寵臣が用意した名分に、吉通がうなずいた。

「ご英断、感服つかまつりました。では、後事はわたくしめがいたしまする。殿には、どうぞそのときまでご英気を養われますよう。お連の方さまをお呼びいたしますほどに」

守崎頼母が、平伏した。

「そうじゃ、お連よ。今日はまだ顔を見ておらぬ」

吉通が、口にした。

ひとときも離れていることがないとまで揶揄された吉通とお連の方であったが、さすがに本家の慶事の前夜は精進潔斎しなければならず、久しぶりに昨夜は寝室を別にしていた。

待っていたように、お連の方が書院に入ってきた。

「お連の方さま、殿のご心労をなにとぞ払拭してくださりませ」

守崎頼母が、妹であるお連の方に頭をさげた。

「わかっておりまする」

お連の方は、吉通の隣に腰をおろし、その手を取って懐に入れさせた。

「殿」

「お連」

愛妾の兄がまだいることも忘れて、お連の方にのしかかっていく吉通を、守崎頼母の目が冷たく見つめた。

紀伊国屋文左衛門を呼びだしたのは、尾張藩付け家老の竹腰山城守であった。

付け家老とは、徳川御三家を創設したおりに、家康が息子たちの支えになるようにと選んだ老臣のことである。大名並みの家禄を持ち、付けられた家のことにかんしては将軍に直訴する権利を与えられていたが、譜代あつかいを受けない。

家康直臣であったころの待遇に戻ることが、はるかに少禄の御家人たちからも陪臣として見下げられる付け家老たちにとっての悲願であった。

夢には前例があった。館林藩主であった綱吉が将軍を継いだとき、家臣の多くが幕臣へと引きあげられたのだ。

付け家老が大名に復する、いや老中として幕政にかかわるには、己が仕える主を将軍に押しあげるしかなかった。

尾張家初代義直の生母の実家である竹腰家は、藩主にもっとも近い血筋として長く藩政を牛耳っていた。竹腰山城守はその影響力を駆使して、木曾の山林を紀伊国屋文左衛門に任せることへ反対した藩士たちをおさえた。

「木曾の山林をお任せいただけますか」

紀伊国屋文左衛門が、驚いた顔を見せた。

「そうじゃ」

竹腰山城守が首肯した。

木曾の山林は、尾張藩にとって虎の子であった。

ほとんど人の手が入っていない木曾の山は、まさに良木の宝庫であった。火事が多く、普請の音が絶えることのない江戸にとって、材木は貴重であり、いくらでも需要があった。無尽蔵と言ってもいい木曾の山林は、疲弊した尾張藩の金蔵である。尾張藩は、木曾の山林を厳しく管理し、もっとも美しい檜山をお留山として、山に踏み入ることはもちろん、檜に触ることも許してはいなかった。檜一本首一つと、無断伐採は、見つかれば死罪と決められていた。

その貴重な材木を一手にあつかえれば、儲けはとてつもないものになる。

「見返りはなにを」

金だけでないことを紀伊国屋文左衛門は見抜いていた。

「力を貸せ」

竹腰山城守が、それだけを告げた。

「ならば、お旗持ちの衆を御追放くださいませ。あとの仕掛けはわたくしが」

紀伊国屋文左衛門は、そう応えて平伏した。

二

勘定吟味役水城聡四郎は、新年のあいさつに剣の師である入江無手斎の道場を訪れていた。

聡四郎が学んだのは一放流であった。富田流小太刀の創始者で、稀代の名人富田越後守重政の高弟、富田一放が編みだした一放流は、他流にくらべて間合いが近い。一撃必殺を旨とした実戦剣法である。

聡四郎が一刀流や柳生新陰流のような名の知れた流派ではなく、江戸では無名に近い一放流を選んだのは、本郷御弓町の屋敷から道場が近かったことと、束脩と言われる謝礼が安かったからだ。

水城家は代々勘定方を輩出する筋目の旗本である。家督に影響のない四男とはいえ、父功之進は聡四郎が剣に打ちこむことを嫌った。亡母代わりに聡四郎を育ててくれた女中喜久のはからいで、剣道場にかようことはできたが、入江道場が限界であった。

「新年のおよろこびを申しあげまする。本年もご指導のほどよろしく願い奉りまする」

道場に集まった弟子たちを代表して、聡四郎があいさつを述べた。

「うむ。皆もいっそう稽古に励むように」

入江無手斎が、応えた。これで入江道場の正月行事は終わりである。他流での道場開きは正月六日からというのが慣例だが、入江道場は新年のあいさつを終えるなり稽古始めとなる。

「水城さま、一手お願いいたしまする」

道場に近い豊前小倉小笠原家の藩士が、聡四郎に頭をさげた。

「お相手をつかまつろう」

聡四郎も愛用の袋竹刀を手にした。

他流が二間（約三・六メートル）を得意とするのに対し、一放流は一間（約一・八メートル）と間合いが狭い。

どちらかが踏みだすだけで届く距離、まさに刃の下に身を置く一放流の稽古は、撃ちあうことを前提としている。

軟弱として忌避する流派が多いなか、一放流は馬の裏皮で作った袋に割竹を入れた袋竹刀を、間合いを身につけるために使用していた。

聡四郎は袋竹刀を青眼にとった。小倉藩士は、最初から袋竹刀を右肩に担いでいた。一放流必殺の一撃雷閃の構えである。竹刀を右肩に担ぎ、右足を半歩前に出し、腰を退きぎみにした姿は、お世辞にも見栄えのいいものではないが、身体中の筋をたわめ、それを一気に解放する勢いと重さをのせた一撃は、真剣ならば鎧ごと武者を両断する。

「りゃあああ」

小倉藩士が、大きく左足を踏みだした。

「……………」

聡四郎は、わずかに身をそらすことで一撃を見切った。

命を賭けた戦いをくぐり抜けた聡四郎は、いつのまにか二寸（約六センチ）の見切りを一寸五分（約四・五センチ）にまで縮めていた。

「えっ」

勢いあまって道場の床を叩いた小倉藩士が、一瞬唖然とした。

「油断ぞ」

聡四郎は遠慮なく、袋竹刀で小倉藩士の右肩を撃った。

「つっ。参った」

痛みに顔をしかめながら、小倉藩士が、一歩退いた。

「決まったと思ったか」

入江無手斎が、近づいてきた。

「聡四郎の見切りが、それほど見事であったことは認めてやる。だが、いかぬのは、外（はず）された後じゃ。一放流は一撃必殺。しかし、一撃必殺とは、一手一手に己のすべてをこめよとの意味であって、けっして捨て身になれと教えておるのではない」

入江無手斎が、小倉藩士に話しかけた。

「かわされたあとのことを思って撃を放つは論外なれど、外れたと悟った瞬間、身体が次にむけて動かねば、木偶（でく）人形のごとく斬られるだけ。よいか、頭で考えるのではなく、身体で覚えよ」

「はっ。未熟を思い知りましてございまする」

小倉藩士が、深く礼をした。

「よし。では、もう一本願え」

「お願いいたしまする」

入江無手斎に言われた小倉藩士が、聡四郎に頼んだ。

「承知」

聡四郎は、ふたたび袋竹刀を青眼にあげた。

一度は師範代にと声をかけられたこともある聡四郎は、指導にもなれている。

「切っ先だけに目を集めるな。足さばきにこそ気を遣え」

聡四郎は、叱咤した。日本刀は神工鬼作と呼ばれるほどよく切れるが、腕だけの振りでは、骨を断つことは不可能である。真剣での戦いでは重さこそ肝心と聡四郎は経験していた。

「身体をぶつけるほど近づいて、ちょうどの間合いになる。必死の下に勝ちがある」

聡四郎は、かつて己が師入江無手斎から教えられたことを口にした。

腕の差がある者との稽古は、肉体よりも精神が疲弊する。小倉藩士は、小半刻（こはんとき）（約三十分）ももたずに、音（ね）をあげた。

「参りました」

袋竹刀を背中にまわした後輩に、聡四郎はうなずいた。

「もう少し踏みこみを強くできれば、一段よくなるぞ。精進されよ」

じっと聡四郎と小倉藩士の稽古を見守っていた入江無手斎が、聡四郎の正面に立った。

「どれ、一手つけてやろう」

「かたじけのうございまする」

聡四郎は、一歩さがって礼をした。

道場の中央で対峙（たいじ）した聡四郎と入江無手斎のじゃまにならぬように、他の弟子たちが羽目板ぎわに退いた。

聡四郎は、入江無手斎と三間（約五・五メートル）の間合いを開けた。すでに老境に入っている入江無手斎だが、その動きは壮年をしのぐ疾（はや）さをもっていた。

「参れ」

袋竹刀を無造作にぶら下げて、入江無手斎が誘った。

「お願いいたしまする」

稽古では、格下が先に仕掛けるのが決まりである。聡四郎は、袋竹刀を青眼に構え、つま先を床板に食いこませるようにゆっくりと前に進めた。

入江無手斎はまったく動きを見せなかった。見守る弟子たちが固唾をのむなか、聡四郎は間合いを二間に縮めた。

聡四郎は、袋竹刀を青眼から下段にさげた。入江無手斎が、少し目を見開いた。

「…………」

息を詰めると聡四郎は、大きく左足を踏みこみ、下段の袋竹刀を振りあげた。入江無手斎が、わずかに身をそらすだけでかわした。

聡四郎は、勢いのまま袋竹刀を頭上で輪を描くようにして、入江無手斎の右首筋目がけて落とした。

「甘いわ」

入江無手斎が、たらしていた袋竹刀を片手で突きだしながら、体を開いた。聡四郎の袋竹刀は、一寸（約三センチ）届かなかった。

聡四郎も入江無手斎の突きをかわした。大きく身体を半回転させて、半身となった聡四郎の下腹すれすれに、入江無手斎の袋竹刀が通過した。

「つっ」

あたらなかったが、入江無手斎の袋竹刀が放つ力に、聡四郎の下腹がしびれた。

「よくかわしたな」

入江無手斎が笑った。聡四郎には言葉を返す余裕などなかった。

半身になったぶん、聡四郎の袋竹刀が入江無手斎から遠くなった。聡四郎は、崩れかけた体勢を踏ん張って止めた。勢いのまま一回りして、入江無手斎の姿を一瞬とはいえ見失うほど聡四郎はおろかではなかった。

入江無手斎の横薙ぎが、聡四郎を撃った。

「まああの判断だが、遅いな」

「参りました」

入江無手斎の一撃を腰に受けた聡四郎は、二歩さがって礼をした。

「うむ」

入江無手斎が、首肯した。

聡四郎は、入江無手斎の袋竹刀になに一つ対処できなかったことに呆然となった。必殺の雷閃を遣うどころか、入江無手斎は殺気さえ切っ先にこめていなかった。

毎日稽古を続けている己が鈍ったのではないと聡四郎は確信していた。入江無手斎がさらに高みへ、手の届かないところまで昇ったことを聡四郎は思い知らされた。

「畏れいりましてございまする」

聡四郎は心底、入江無手斎を恐ろしいと思った。

「ふん」

入江無手斎が、笑った。

「気づいただけましだ。聡四郎もできるようになった」

入江無手斎が、壁際に端座している弟子たちを見まわした。

「見るがいい。儂と聡四郎の稽古でなにかを学んだのは、玄馬ぐらいだろう」

弟子たちの目がいっせいに大宮玄馬に向けられた。

大宮玄馬は、麒麟児といわれた天才である。御家人の三男だったが、入江無手斎の口添えで、聡四郎の家臣となっていた。

聡四郎も、大宮玄馬のようすにうなった。

「ううむ」

たしかに、他の弟子たちが呆然としているのに比して、大宮玄馬だけは目を伏せて震えていた。

「任せたぞ、おまえの家人(けにん)じゃ」

入江無手斎が、聡四郎の肩をたたいた。

聡四郎は黙って、大宮玄馬の隣に腰をおろした。

「殿……」

気配に気づいた大宮玄馬が、顔をあげた。

「頂上はどこにあるのでしょうや」

「わからぬ。師が特別なのか、それとも剣術の奥が深いのかさえな」

聡四郎は正直に答えた。

稽古始めは、午前中で終わる。そのあと入江道場では皆で餅をつき、雑煮(ぞうに)を食するのが慣例となっていた。

「すまんな」

弟子たちに雑煮が配られるのを見ながら入江無手斎が、聡四郎に小さな声で告げた。

「いえ」

聡四郎は首を振った。

無名に近い一放流入江道場にかよう弟子の数は少ない。道場主である入江無手斎が、自ら空き土地で野菜を栽培せねばならぬほど内証は厳しい。弟子たちも大身の旗本や諸藩の上士はおらず、貧しい御家人や小禄の藩士ばかりである。生活に余裕のある聡四郎は、当主になってから節季ごとに束脩とは別に金を届けていた。その金で入江無手斎は、糯米を用意したのだった。

「婿入り先も養子先もなく、実家で厄介叔父として妻もめとれず、使用人同然の暮らしをすることになる。そう思っていた聡四郎が、いまや五百五十石の勘定吟味役。世のなかはどうなるかわからぬな」

入江無手斎が、感慨深げに言った。

たしかに聡四郎は水城家の四男で、家督を継げるはずではなかった。それが、長兄の急死で変わった。すでに次兄、三兄は他家に養子に出ていたため、もらい手もなく実家で腐っていくはずの聡四郎に家督がまわってきた。それだけではなく、聡四郎は六代将軍家宣の懐刀、側衆格政務若年寄に準ずる一千二百石取りの旗本新井筑後守君美、号して白石に目をかけられ、いきなり勘定奉行次席である勘定吟味役に抜擢されていた。

「これも師のおかげでございまする」

聡四郎は、ていねいに頭をさげた。

「剣が遣えませなんだら、新井白石どのは、わたくしを取りたててはくださいませんでした」

勘定吟味役は、五代将軍綱吉が、幕府の無駄金をなくすために創設した役職である。一時廃止されたりしたが、その役目柄勘定のことに精通した熟練の役人がなるべきであり、聡四郎のような算盤を触ったことさえない者が就くことのできるものではなかった。それを、新井白石があえて再置されたばかりの勘定吟味役に、聡四郎を抜擢したのには理由があった。

聡四郎が勘定方の色に染まっていなかったからである。

旗本には筋目というものがあった。代々の家柄が就くことのできる役目が決まっている。勘定奉行を筆頭に勘定方、郡代、代官など勘定関連の勘定筋、大番組、小姓組、目付などの武方に属する番方筋である。

代々その役目を踏襲することで、跡継ぎに要領を教えこめ、就任直後から支障なく任を果たすことができる利点もあったが、なれあいを生む欠点があった。とくに金をあつかう勘定方は、利権が絡むために弊害がひどかった。勘定奉行のさじ加減一つで幕府の出納はどうにでもなった。

そのことに気づいた新井白石は、勘定方改革に大鉈を振るうべく、勘定筋に染まっていない聡四郎に白羽の矢を立てたのだった。

そして、聡四郎は新井白石の期待によく応え、勘定方を牛耳っていた勘定奉行荻原近江守重秀をその座から引きずり下ろし、さらに吉原から幕府に流れていた闇運上を明かし、ついには徳川家の菩提寺に眠るはずだった秘事さえも見つけだした。

だが、その聡四郎は、いま新井白石から忌避されていた。聡四郎はやりすぎたのだ。新井白石の思惑以上の動きを見せたとき、聡四郎は走狗ではなくなった。

「呼ぶまで顔を見せるな」

政敵間部越前守を陥れることのできる書付を、聡四郎が独断で焼却したことを知った新井白石は、仇敵を見るような目つきで告げた。

「為政者というのは、そんなもんよ。己が国中で誰よりえらいと思っているから始末に負えぬ。新井白石はそのうえに、己だけが賢く世間は皆馬鹿だと考えておる。人に優劣があるのはたしかだが、天から見れば、米粒の大小より些末でしかない。それに気づかぬようでは、新井白石も凡人でしかない」

顚末を聡四郎から聞かされた入江無手斎が、そう言ってなぐさめてくれた。

「暇ならば、いまのうちに修行をやりなおしておけ。まだ一伝流に聡四郎は勝てぬ」

入江無手斎は、無為に日を過ごすなと警告した。

一伝流とは、二代目浅山一伝斎が興した剣術であった。

上野国生まれの一伝斎は、わずか十一歳で武術の極意を悟った天才であった。香良山の不動明王を信心する修験者として、全国武者修行に旅立った一伝斎は鞍馬山で入江無手斎と出会い、戦った。勝負に負けた一伝斎は、ついに鬼道に堕ちた。入江無手斎に勝つためには、人を斬りなれるしかないと無道な死合をおこなうようになった。その一伝斎の弟子と思われる男と、聡四郎は出会っていた。

「きさまが変わらねば、いずれ人の心を捨てねば勝てぬときが来る。たいせつなものを失うぞ」

入江無手斎の言葉は、聡四郎の脳裏に深く刻みこまれた。

明けて正月三日、水城家に年賀のあいさつを告げる客が訪れた。

婿養子に出た聡四郎の兄たちが、妻と子供たちを連れてきた。次兄、三兄ともに実家の水城家より、禄高も少なく格も落ちる旗本の家を継いでいた。

武家の宿命として、兄たちは水城家の当主となった弟聡四郎に、ていねいなあいさつを述べねばならなかった。剣しかできぬ、時代遅れの厄介者が、勘定方でも重要な勘定吟味役を拝命し、さらに加増まで受けている。婿入り先さえない弟を蔑視していた兄たちは、そそくさと居心地の悪い実家から去っていった。

つづいて下役、勘定吟味改役の太田彦左衛門が、顔を出した。勘定衆殿中方を長く務めた老練な役人である太田彦左衛門は、荻原近江守によって娘婿を排された恨みで、聡四郎につき、いまでは右腕となっていた。

「新年は明けましたが、おめでたいかどうか、わかりませぬ」

太田彦左衛門の顔色はすぐれなかった。

「いきなり腹を切らされることはございますまい」

聡四郎は、太田彦左衛門の危惧を気にしてもしかたないと否定した。

つい一ヵ月ほど前まで、聡四郎は新井白石の懐刀であった。命じられるままに、勘定方の不正を暴き、新井白石の政敵を葬り去ってきた。だが、聡四郎は、命によって手に入れた徳川家菩提寺に秘された六代将軍家宣の最期を願う間部越前守と増上寺の密約の証拠を、新井白石にわたさなかった。

「あってはならぬものでござる」

将軍家の交代という幕府がもっとも揺らぐときに、前将軍を呪詛するにひとしい文章が表に出ることは好ましいことではないと、聡四郎は書付を焼き捨てた。新将軍のもと、大きく水をあけられた間部越前守との差を一気に逆転することを夢見ていた新井白石にとって、聡四郎のしたことは重大な裏切りであった。

「飼い犬に手を噛まれるとはこのことか」

新井白石は、聡四郎をにらみつけて、怒りをあらわにした。そして聡四郎を遠ざけた。

「まあ、おっしゃるとおりではございましょうが」

太田彦左衛門が、開きなおった聡四郎にあきれた。

「もともと御役は、上様の思し召しによって命じられるものでござる。新井白石どのが恣意で決められたわけではございますまい」

「建前はそのとおりでございましょうが、本音が違うことぐらいおわかりのはず」

「なればこそ、新井白石どのが考えで、拙者や太田どのに手を出すことはできますまい」

聡四郎の言葉はあたっていた。聡四郎が新井白石の引きで勘定吟味役になったことは、誰もが知っていることだ。これは、聡四郎が新井白石の配下であるとの証明でもあった。六代将軍家宣が存命ならば、新井白石の権は無限に近く、それこそ聡四郎をどのようにしようとも、問題はなかった。だが、家宣が亡くなり、後ろ盾を失った新井白石の味方は、もういないのだ。この逆境期に配下と目されている男を切り捨てることは、命を失うにひとしい。

「ものの見えすぎる新井白石さま。そこまで無駄なことはなさりますまい」

太田彦左衛門も納得した。

「我らは、勘定吟味役としてあたりまえのことをなしていればよろしいのでございまする」

聡四郎は、淡々と語った。

太田彦左衛門が、出された屠蘇に頬を染めて帰ったのを待っていたかのように、町人の男女が訪問を告げた。

「お待ち申しておりました」

玄関脇の小部屋で来客を受けつけていた大宮玄馬が、相好を崩した。

「玄馬さん、おめでとう」

式台の前で腰を折ったのは、紅であった。

紅は江戸城の出入りも許されている人入れ屋相模屋伝兵衛の一人娘である。勘定吟味役になりたてで右も左もわからずに江戸の町をうろついていた聡四郎を、職探しの浪人者とまちがえて、紅が声をかけて以来のつきあいであった。

「おめでとうございまする」

大宮玄馬がていねいに式台に手を突いた。

いかに旗本の家臣、陪臣でしかないとはいえ大宮玄馬が町人の娘に取るべき態度ではなかったが、紅はゆったりとした笑みを浮かべてあいさつを受けた。

「で、あの馬鹿はどこ」

紅が大宮玄馬に問うた。

「馬鹿はご勘弁願えませんか」

大宮玄馬が情けなさそうな顔をした。

「真実じゃない。まちがったことを言ってないわよ」

紅が、さらに言いつのる。

「殿は、居間におられまする」

大宮玄馬が、あきらめて聡四郎の居場所を教えた。

「ありがとう」

紅はさっさと屋敷のなかへと入っていった。

玄関先に残された二人の男は、顔を見あわせて苦笑した。

「勝てるはずありやせんよ」

職人風の男がため息をついた。相模屋の職人頭袖吉(そできち)である。優秀な鳶(とび)職人でもある袖吉は、相模屋伝兵衛から娘紅の後見(こうけん)としてつけられていた。

「殿も紅さまには頭があがりませぬ」

大宮玄馬も頬をゆるめた。そういう大宮玄馬も、初めて人を斬った衝撃に落ちこんでいるところを紅によって救われた過去があった。

「では、あっしもご挨拶にあがらせていただきやす」

袖吉は玄関ではなく、台所口へとまわった。

聡四郎の居間は、中庭に面した書院である。太田彦左衛門と酌(く)み交わした酒の余韻(よいん)に浸っていた聡四郎は、廊下を近づいてくる足音に気づいた。

「紅どのか」

聡四郎は、障子が開く前に声をかけた。

「はい」

思ったよりおしとやかな返事がして、障子がゆっくりと引き開けられた。

紅は廊下に正座していた。武家の礼法、小笠原流にのっとって正しく障子に添えていた手を膝の上に戻すと、静かに指を廊下に突いて、きれいな礼をした。

「新年明けましておめでとうございまする」

「お、おめでとうござる」

普段との差に、聡四郎がとまどった。

膝先を使って紅が居間に入ってきた。作法どおりに両手を交互に使って障子を閉める。今朝早くに結いあげたらしい島田髷が、つやつやと光り、鬢付けの匂いが部屋を満たしていく。聡四郎は、紅の艶姿に見とれた。

相模屋伝兵衛は、幕府の出入りであることから、旗本格名字帯刀を許されている。いわば紅は旗本の娘でもあった。

「水城さま」

紅にそう呼ばれて、聡四郎は違和感を禁じえなかった。

みょうな顔をしている聡四郎に気づいたのか、紅が小さく笑った。

「やめたわ。あたしに似合わないもの」

紅が、いつもの伝法な口調になった。

「暇そうな顔してるわよ」

紅が、聡四郎に言った。

「することがないといった表情じゃなさそうだけど。なにのどこから手をつけたらいいか迷っているというところかしら」

「わかるのか」

聡四郎は、驚いた。

「つきあいもいい加減長いから」

紅が膝でにじり寄ってきた。

「お見通しだな」

聡四郎は苦笑した。

「このまま無事に家継さまが大統(たいとう)をお継ぎになられるかどうかが、気になるのだ」

聡四郎は語った。

「あたしたちには、かかわりのあることじゃないけどね」

紅があっさりと告げた。

「御上(おかみ)が誰になろうが、庶民にまったく影響はないわ。年貢(ねんぐ)が減るわけでもないし、米の値段がさがるわけでもないから」

「ううむ」

紅の冷たい反応に聡四郎はうなった。

「わかっているでしょう」

「ああ」

紅に念を押された聡四郎は首肯するしかなかった。

幕府は支配するだけで、庶民になに一つ恩恵を施すことはない。勘定吟味役も幕府の金の出納を監査するだけで、豪商によって買い占められた木材を放出することもできなければ、物価をさげることも不可能であった。

「将軍の座を争うといったところで、本当の戦が始まるわけでもなし」

「それはそうだな」

「なにより、将軍が誰になろうが、あんたは変わらないでしょ」

紅がいたずらをする子供のように、あどけない笑顔を見せた。

「ああ」

聡四郎はうなずいた。

「なら、あんたは思いどおりにすればいいのよ。まちがえそうになったら、前も言ったように、あたしが止めてあげるから」

「頼む」

聡四郎が頭をさげたところで、遠慮がちな声が廊下からかけられた。

「もうよろしいでござんすか」

「袖吉か」

聡四郎は、声の主に思いあたった。

「へい。開けやすぜ。開けてから、見たな無礼者っていうのは、なしにしてくだせえよ」

「馬鹿、なにを言っているんだい」

紅が頰を染めながら、怒った。

「えへへっへ。旦那、おめでとうございやす」

袖吉が窮屈そうに膝をたたんで、新年の賀を述べた。

「おめでとう。去年は世話になった。今年も頼むぞ」

聡四郎も返した。

「ゆっくりしていってくれ。もう、来客もないだろうからな」

聡四郎が、用意していた酒をふるまった。

「屠蘇には飽きただろう」

「助かりやす。朝からあいさつのし続けで、甘い屠蘇が口から出そうで」

袖吉が、喉を鳴らした。

屋敷内ながら裃（かみしも）を身につけた聡四郎、仕立ておろしの小袖（こそで）の紅、相模屋伝兵衛からわたされたばかりの真新しい印半纏（しるしばんてん）姿の袖吉、新年ならではの風景であった。

「殿」

小半刻（約三十分）ほど経ったところで、大宮玄馬が姿を見せた。

「どうした」

聡四郎が訊いた。

「ご来客でございまする」

大宮玄馬の顔が引き攣（つ）っていた。

「誰だ」

聡四郎は、大宮玄馬の表情にただならぬものを感じた。

「紀伊国屋文左衛門どのと名乗られましてござる」

大宮玄馬は、紀伊国屋文左衛門と直接会ったことがないだけに、確信が持てないようだった。

「なにっ」

「なんですって」

「まさか」

聡四郎、紅、袖吉が驚愕の声を漏らした。

「野郎、いい度胸してやがる」

袖吉が殺気のこもった声を出した。

かつて紀伊国屋文左衛門は紅を人質にして、聡四郎を片づけようとしたことがあった。

「駄目よ」

怒りのまま立ちあがろうとした袖吉を、紅がおさえた。

「なんででやすか、お嬢さん」

袖吉が、食いさがった。

「ここは、水城さまのお宅だよ。もめごとは、御法度(ごはっと)」

紅がたしなめた。

「あっ。そうでやしたね」

頭の冷えた袖吉が、腰を落とした。

聡四郎との戦いに敗れ、引退を宣言して浅草の裏長屋に移った紀伊国屋文左衛門だが、その影響力は、いまだに江戸の町どころか幕閣にもおよんでいる。紀伊国屋文左衛門の機嫌をそこねただけで、旗本はおろか大名でさえ潰されかねなかった。聡四郎の水城家がやられなかったのは、ときの将軍だった家宣の寵臣新井白石の後ろ盾があったからだ。

「いかがなされますか」

大宮玄馬が、とおしていいかどうかと尋ねた。

「客間に」

聡四郎は短く告げた。大宮玄馬が一礼してさがっていった。

腰をあげた聡四郎を、紅がにらんだ。

「どうしてここにとおさないの」

「ここは、居間だ。客を案内するところではない」

聡四郎はそっけなく答えた。

「あたしのことなら気にしないでいい」

紅が聡四郎から目をそらした。

聡四郎は、苦笑した。

「顔も見たくないだろう」

聡四郎は、紅を気遣った。

「見たくないわよ。あんな下卑(げび)た男の顔なんて。でも、あんた一人で会ったんじゃ、丸めこまれてしまうに違いないでしょうが」

「大丈夫だ。話を聞いてみるだけだ。返答はいっさいしない」

聡四郎も、己がまだまだ世間知らずだということをわかっていた。

「でも……」

まだ続けようとした紅を、袖吉がおさえた。

「お嬢さん、ここは我慢ですぜ。出しゃばりすぎる女は嫌われやす。それに、ご隠居さまへのご挨拶がまだでござんしょ」

「わかったわよ」

袖吉にさとされて、紅が不満ながら首肯した。

「でも、あとで全部話すのよ」

しっかりと紅に釘を刺されて、聡四郎は居間を出た。

五百石をこえる旗本の屋敷ともなると、来客用の部屋も一つではなかった。しかし、聡四郎は迷うこともなく、もっとも小さな玄関脇の客間へと入った。

「お待たせした」

聡四郎は、上座へと腰をおろした。

江戸の経済を握り、幕閣の主要人物とも膝を交えて語るだけの力をもつとはいえ、紀伊国屋文左衛門は商人である。旗本の聡四郎と同席するとなれば、下座にかしこまることになる。

「ご無沙汰をいたしております。ご活躍のお噂はかねがね」

紀伊国屋文左衛門が、深く頭をさげた。

稀代の商人紀伊国屋文左衛門は、寛文九年（一六六九）の生まれで、明けて四十五歳になった。紀州の廻船問屋を一代で江戸中の材木をとりあつかうほどの豪商にのしあげた。

八丁堀に豪勢な屋敷を兼ねた店をもち、その資産は、将軍家に匹敵するとまで言われている。また、金を稼ぐだけでなく、使い方も豪快であった。御免色里吉原一の見世、大三浦屋一軒を総揚げしてみせたり、節分の豆の代わりに小粒金を撒いてみたり、誰もやったことのない遊びを派手にしてのけていた。

「いや、拙者のほうこそ、紀伊国屋どのがことをよく耳にする。隠居なされたというのにな」

聡四郎も応じた。

「それはそれは……」

紀伊国屋文左衛門が、笑いながら聡四郎の皮肉を流した。

「ところで、本日はどうされたか」

聡四郎は、用件を問うた。

「いえ、新年のご挨拶をとおじゃまいたしただけでございますれば」

紀伊国屋文左衛門が、好々爺然とした顔を見せる。

「それはごていねいなことだが」

聡四郎は、じっと紀伊国屋文左衛門を見つめた。

「年賀の挨拶をかわすほど、貴殿と親しい仲ではない」

「つれないことを申されますなあ」

紀伊国屋文左衛門が、首を小さく振った。

「水城さまとわたくしは似たもの同士ではございませぬか」

「似たもの」

聡四郎は、唖然とした。武士と商人、勘定吟味役と御用達、立場は両極端ほど違う。なによりも聡四郎と紀伊国屋文左衛門は、敵同士であった。

「ともに権力をお持ちの方の走狗」

「むう」

聡四郎はうなるしかなかった。

「そして、その飼い主から見捨てられた身」

紀伊国屋文左衛門が、下卑た笑いを見せた。

「………」

聡四郎は、無言で紀伊国屋文左衛門をにらみつけた。

「新井白石さまのところに、ご年始に行かれましたかな」

紀伊国屋文左衛門が、訊いてきた。

「知っておるのだろうが」

聡四郎は、返事をしなかった。

「勘定吟味役さまというのは、みょうなお仕事でございますな。勘定方でありながら、お勘定奉行さまの御支配ではない」

紀伊国屋文左衛門が、話を変えた。

「上役といえば、御老中さまだけ」

勘定吟味役は、その役目柄知りえたことを同役にも報せず、直接老中に面会して話すことができた。

「なれど、水城さまは御老中さまと親しく話をすることはほとんどなく、お役人でさえない新井白石さまと語るのみ」

「それがどうした」

聡四郎は紀伊国屋文左衛門の言葉をさえぎった。

「新井白石さまと仲違い（たが）された今、水城さまをかばってくださるお方はおられませぬな」

紀伊国屋文左衛門が、聡四郎の目を見つめた。

「たいしたことではない。お役目は、新井白石どのからではなく、先の上様からおおせつかったものだ」

聡四郎は、言った。

「隠居した身でございますれば、あまりおもしろいお話を存じませぬが、ちと小耳に挟んだことを」

紀伊国屋文左衛門は、聡四郎の建前を無視して続けた。

「尾張藩で十四家が断絶（だんぜつ）を命じられたそうで」

「なにっ」

聡四郎は驚愕した。

紀伊国屋文左衛門がなにを報せたいのか、聡四郎はすぐに悟った。

それは、同じく家康の息子でありながら、家臣として生きていくしかない御三家筆頭尾張徳川家が持ち続けてきた将軍への執念として創設された役、お旗持ち衆の末路であった。

「生き残った当主たちは士籍抹消のうえ、追放となったとのこと」

紀伊国屋文左衛門が淡々と告げた。

侍としての身分を奪いさる士籍抹消とは、切腹の次に重い処分であった。士籍抹消をされた者は、武士としてのあつかいを受けられず、他家に仕官することもできなくなった。

すでに戦が絶えて百年をこえた。領土を増やすことができなくなった大名たちは、経済的な困窮に対処するために、人減らしを続けていた。そんな世に侍として生きるしかすべのない者たちを放りだせば、どうなるかは言わずと知れている。生活に困り、手持ちのものを売りつくしたそのあとは、妻や娘を遊廓に沈めるしかないのだ。武士としての誇りどころか、人としての尊厳さえも失う。禄を離れた浪人たちの最後は悲惨であった。

「つっ」

聡四郎の顔がゆがんだ。

「水城さま、正しきこととはなんでございましょうかな」

紀伊国屋文左衛門が、ふいに問いかけた。

「正しきことか」

聡四郎は、とまどった。

「お旗持ち衆と戦われたのは、なぜでございましたか。新井白石さまに命じられたからで」

「いや。そうせねばならぬと思ったからだ」

聡四郎は、答えた。

お旗持ち衆たちは、尾張家当主徳川吉通を将軍にすべく、暗躍していた。人の命さえもお旗持ち衆は目的のために奪おうとしていた。聡四郎はそれを見過ごせなかった。

「水城さまのご活躍で、お旗持ち衆は敗退、命を狙われていたお方たちは無事。なれど、負けたお旗持ち衆に与えられたのは死にひとしきあつかい」

「うっ」

聡四郎は、反論できなかった。

「お旗持ち衆にとって正しきは、藩命ではございませんかな」

紀伊国屋文左衛門が、話を続ける。

「一方が正しいと思ったことは、他方にとってじゃまでしかない。これが世の理というやつでございましょう。水城さま、あなたがなされたことで、不幸になった者がおる。これはたしかな真実で」

紀伊国屋文左衛門が、聡四郎の気配をうかがった。

「旗本にとっては将軍家が絶対である」

聡四郎は、声を荒らげた。そうしないと圧されそうであった。

「庶民にとって、将軍は雲の上。いてもいなくても変わりません。そう、神さまでございますな」

「神だと」

「はい。神というのはなにもしてくれませぬ。ただ、人の心の上にのっかっているのみ。将軍家も庶民にとっては、同じで」

紀伊国屋文左衛門が、断じた。

聡四郎は言い返せなかった。さきほどの紅との会話が心に残っていた。

「水城さま、将軍さまにお目にかかったことはおありで」

「御当代さまには、いまだお目通りをいたしておらぬが、先代家宣さまには、家督を継いだときに拝謁をした」

「お話をなさいましたか」

「いや。江戸城の廊下で平伏した拙者の前をお通りになっただけだ」

将軍家にお目通りがかなう旗本といえどもこのようなものだった。戦国から幕初のころなら規制も厳しくなく、将軍家も江戸城の奥に引っこんでばかりではなかったので、小禄の旗本でも言葉をかわすことができた。

しかし、将軍は完成した幕府の頂点として君臨し、それにふさわしい権威をもたなければならなくなった。

ほとんどの旗本が、役付、非役を問わず、将軍の顔を見るのは、家督相続のときのみになっていた。それも、同時期に家督を継いだ旗本数人とならんで廊下に平伏している前を将軍が通過するだけである。家柄や禄高によっては、将軍に同道している側役や奏者番が、旗本の名前を読みあげることもあるが、ほとんどは声を聞くことさえなく終わる。

「水城さまにとって、将軍さまと庶民たち、どちらが親しいのでしょうな」

紀伊国屋文左衛門が、大変なことを口にした。

「なにが言いたい」

聡四郎は、声を低くした。旗本としてけっして口にできぬ答えがそこにひそんでいた。

「いかがでございますか。わたくしと手を組んでみられませぬか」

紀伊国屋文左衛門が誘った。

「きさまとか」

聡四郎が、念を押した。

「さようで。水城さまの剣、わたくしの財。かなりのことができましょう」

「なにをするというのだ」

聡四郎は、返答をする前に問うた。

「変えてみませぬか、世のなかを」

紀伊国屋文左衛門が、言った。

「能力がありながら、生まれが悪いだけで報われぬような世は、まちがっておりましょう」

「…………」

聡四郎は、無言を続けた。紀伊国屋文左衛門に最後まで語らせるつもりになっていた。

「誰もが働いただけ、苦労しただけ、実を得られて当然だとは思われませぬか。そのために、水城さまとわたくしで江戸を、いえ、この国すべてを手にいたしませぬか」

紀伊国屋文左衛門が、言い終えたとばかりに背筋を伸ばした。

「おぬしの飼い主はどうするつもりだ」

聡四郎は、最初に紀伊国屋文左衛門が口にした走狗という言葉を忘れていなかった。

「いつまでも犬のつもりではおりませんので」

紀伊国屋文左衛門が、にやりと笑った。

「………」

紀伊国屋文左衛門の答えに、聡四郎は一瞬唖然となった。

「では、色よいご返事をお待ちしておりますよ」

隙をついたように紀伊国屋文左衛門は腰をあげると、さっさと座敷を出ていった。

聡四郎は、声をかけることも止めることもできなかった。

「あんた、なにやってるの。もう、紀伊国屋文左衛門はいないわよ」

客間で呆然としていた聡四郎は、紅に呼ばれて我に返った。

「ああ。そうか」

「そうかじゃないわよ。紀伊国屋文左衛門が帰っても、まったく出てくるようすがないからって、玄馬さんが心配してたわ」

「迷惑をかけた」

聡四郎は詫びた。

「謝るほどのことじゃないでしょ。それより、紀伊国屋はなにを言ってきたの」

紅が、聡四郎の前に座った。

「相模屋どのにも聞いてもらいたいのだが」

聡四郎は、人生経験豊かな相模屋伝兵衛の意見を求めた。

「それだけたいへんなことというわけね」

紅はすぐに気づいた。

幕府お出入りの人入れ業相模屋は、銀座(ぎんざ)の筋向かい元大坂町(もとおおさかちょう)の表通りにあった。障子戸の隅に小さな屋号が入っているだけの目立たないたたずまいである。

普段なら仕事を求める人足たちで、騒々しいぐらいなのだが、正月でどこも普請は休みのため、人の気配もなく、静かであった。

「これは、水城さま。新年あけましておめでとうございまする」

店先で年賀客の応対をしていた相模屋伝兵衛が、聡四郎に気づいた。

「新年の賀を謹んで申しあげる」

聡四郎も返礼をした。

「なんの用意もございませんが、屠蘇の祝いだけでも。袖吉、あとを頼むよ」

相模屋伝兵衛が年賀の客への対応を袖吉に任せ、聡四郎たちを居間に案内した。

「なにかございましたか。お顔の色がすぐれませんが」

相模屋伝兵衛が、席に着くなり問いかけた。

「じつは……」

聡四郎は紀伊国屋文左衛門が来たことをふくめて語った。

「紀伊国屋文左衛門が、でございますか」

相模屋伝兵衛が、うなった。

「どうお考えになられるか」

年長者に対しての礼儀といままで世話になってきたこともあわせて、聡四郎はていねいな口調で尋ねた。

「本心はわかりませぬ。本気で水城さまを誘っているのか、それとも罠なのか」

相模屋伝兵衛が難しい顔をした。

「水城さまが新井白石さまと仲違いされたのを紀伊国屋文左衛門は知った。それを利用しようとしているのはたしかでございましょう」

「利用するとは」

「おそらく、おそらくでございますが」

相模屋伝兵衛が、言葉をきった。

「紀伊国屋文左衛門は、水城さまのお心にくさびを打ちこみに参ったのではないかと」

「拙者の心にでござるか」

聡四郎が目を見張った。

「はい。まず最初に先だっての尾張藩のことで、処断された者がいると教え、水城さまの動揺を狙い、そのあとで誘いをかけることで、お心に波をたたせようとしたのではございませぬか」

相模屋伝兵衛が、話した。

「ううむ」

聡四郎は、言葉もなかった。

剣の戦いと同じことを紀伊国屋文左衛門がしかけてきたと、相模屋伝兵衛の語りで聡四郎は悟った。

剣の心構えは明鏡止水にたとえられる。深い山の泉が、波一つたつことなく鏡のように静かなたたずまいを見せているがごとく、剣士の精神は乱れないように落ち着いていなければならないということである。

「切っ先を鈍らせるつもりか」

聡四郎はつぶやいた。

「しっかり鈍らされたくせに」

紅が、屠蘇を聡四郎の杯につぎながら言った。

「これ、紅」

娘の口のきき方に、相模屋伝兵衛があわてた。

「お気になさらず」

聡四郎は、相模屋伝兵衛にかまわないと伝えた。

「あんたのことだから、尾張藩士のことが気になっているでしょうが」

「……ああ」

紅の指摘に聡四郎は、首肯した。

「しかたないですますことのできない人だもの」

紅の瞳がやさしくなる。

「町人の娘のために命を捨てられるお旗本というのは、ちょいといやせんからねえ」

袖吉が後始末を終えて顔を出した。

「やさしすぎるのも、どうかと思うわよ」

紅が、聡四郎を見る。

「素直じゃありやせんね、お嬢さんも」

袖吉があきれた。

「ですが、お嬢さんの言われることも一理ありやすぜ、旦那」

聡四郎の斜め後ろに袖吉が座った。

「今後、命のやりとりの場に情を持ちこまないと、断言できやすかい」

袖吉が聡四郎に厳しい言葉をかけた。

何度も命を賭けてともに戦ってきた袖吉の言いぶんに、聡四郎は反論できなかった。

「むうう」

「真剣を抜いた敵の後ろになにか見てしまうようじゃ、死にやすぜ」

袖吉は冷たく言った。

「紀伊国屋の野郎、旦那のなかに大きな石を投げていきやがった」

聡四郎は、袖吉の声に全身が震えた。

三

老中、若年寄ら執政衆とともに年賀の拝謁を許された新井白石は、満足していた。もちろん、側衆格若年寄に準じて政務にかかわるべしと命じた家宣が亡くなって無役あつかいになった新井白石に、名誉を与えたのは間部越前守である。

「ご一緒に並ぶべきとは存じまするが」

恐縮した顔で言いわけをした間部越前守は、老中たちよりも上座、家継を膝の上に抱いて大広間上之間上段に座していたが、そんなことを新井白石は気にしていなかった。

「ご学問始めは、林大学頭（はやしだいがくのかみ）にいたさせねばなりませぬが、ご進講（しんこう）は白石先生にお願いいたしますゆえ」

間部越前守は、家宣が存命のころと同じように、新井白石を家継の儒学師とした。

「お気遣いに感謝する」

新井白石は、年賀拝礼が若年寄の末席であったことを我慢した。幼君の教育係となることは、まだまっさらな白絹を思うがままに色づけるにひとしいのだ。

「家宣さまが目指された、儒学に根ざした正しき政を、家継さまにはなしとげていただかねばなるまい」

新井白石は、家継の姿を執政たちの背中ごしに見ながら、つぶやいた。

「使うまでもなかったな」

下部屋に戻った新井白石は、一枚の書付を手にした。

真新しい懐紙に鮮やかな墨痕（ぼっこん）のそれは、昨年末に聡四郎が命がけで手に入れてきた増上寺と間部越前守の密約を写したものだ。そこに記されていることが明るみに出れば、家継第一の寵臣間部越前守といえども、切腹はまぬがれない。

「しかし、本物でないことはかえすがえすも無念じゃ」

新井白石が、憎しみのこもった表情に変わった。

「生意気なまねをいたしおって」

家継の御世、新井白石を側衆格ではなく、老中としてくれる確約になるはずだった書付は灰になってしまった。新井白石の手許にあるのは写しでしかない。

「新井さま」

下部屋の外から、御殿坊主の声がした。

「なにかの」

狷介な新井白石といえども、御殿坊主のおそろしさは知っている。御殿坊主の気分を害さないように、返事をした。

御殿坊主は、江戸城の雑用を一手に握っていた。人を呼びだすことから、複雑な城内の案内、昼飯の用意など、御殿坊主がいなければ老中といえども、茶一杯飲めない。二十俵二人扶持と身分は軽いが、執政たちの近くに侍り、話をすることも多いため、嫌われるとたいへんな目に遭うこともあった。

「土佐守さまが、お目通りをと申されておられまするが、いかがいたしましょう」

御殿坊主が訊いた。

土佐守とは、四国高知城主山内侯のことだ。外様ながら二十四万石を領する大大名である。

「承知した。お手数だが、ここまでご足労を願ってくれるように」

「はい」

新井白石の返事を受けて、御殿坊主が去っていった。

「願いごとだな」

新井白石は、山内侯の用件を察して、満足そうにうなずいた。大名が面談を申しこんでくる。これは権力を認められているかどうかの目安であった。事実、家宣の死を境目に、それこそ、降るようにあった面談の申しこみが、まったくと言っていいほどなくなったことからもわかる。その面談をまた求められたのは、新井白石に力があると皆が再認識したことを表していた。

「白石先生」

下部屋の外から、土佐守の声が新井白石を呼んだ。

尾張藩のお旗持ち衆は、ただ放逐されたのではなかった。

「紀州徳川吉宗を亡き者にすれば、帰参を許す。のみならず三千石の加増をくれてやる」

徳川吉通は、そう告げていた。

三千石といえば、六十万石をこす大藩の尾張家でも上士である。浪人とされたお旗持ち衆にとって、大きな魅力であった。

十四人のお旗持ち衆は、一つになって徳川吉宗を狙うことにした。

尾張藩と紀州藩の仲は悪い。その始まりは藩設立までさかのぼる。ともに家康の子供でありながら、本家を継ぐことの出来なかった九男義直と十男頼宣は、たえずくらべられてきた。

石高では、義直がまさった。だが、家康の愛情では頼宣が上だった。家康は死ぬまで頼宣を手許から離さず、死後はその遺した領土、城、家臣すべてを譲った。将軍を継いだ兄秀忠との差はあきらめのつくことだったが、弟に与えられたものの多さに義直は、嫉妬した。

頼宣は、家康から可愛がられることを当然として育った。徳川で、いやこの国でもっとも重要な人物に育てられた頼宣は、秀忠にさえ遠慮しなかった。豪放な性格で父にもっとも似ていると評されることを誇りとした頼宣は、秀忠に嫌われて家康から与えられた領土と城を取りあげられ、紀州に押しこめられたが、性格は変わらなかった。

初代の恨みはそのまま代々の藩主に引き継がれ、近しい親戚でありながら、尾張藩と紀州藩の交流はないにひとしかった。

「紀州の参勤交代は三月よな」

お旗持ち衆のなかでもっとも禄高の多かった鬼頭琢磨が、仲間に確認をとった。

江戸まで呼びだされて、改易を告げられたお旗持ち衆たちは、本拠地であった牛込の尾張藩お抱え屋敷に隣接する月桂寺のお堂に集まっていた。

「はい」

年若な一人が答えた。

「紀州藩の参勤路は、和歌山を出て、雄ノ山峠から大坂、大津をへて宮、宮から船で熱田だったか」

鬼頭琢磨が、もう一度問うた。

「それだけではござらぬ。和歌山から大和五条、飛び領地の松坂を経て宮、そして宮から熱田というのもござる」

年嵩のお旗持ち衆が、別の道を示唆した。紀州家は、伊勢国松坂の城と領地を幕府から預けられていた。

「ううむ。どちらをとるか決まっておらぬとなると、待ち伏せるのは、やはり宮か」

宮の湊(みなと)は尾張領地内であった。

「紀州藩に入りこむには、人手がなさすぎましょう」

年嵩のお旗持ち衆が、首肯する。

「紀州家ともなると参勤の人数は五百人近い。それに宮は東海道の主要な湊。船が着くたびに多くの人が動く。ここならば、目立たずにすむ」

鬼頭琢磨が、腕を組んだ。

「しかし、鬼頭どの。紀州家の参勤交代まで、まだ二月近くござる。その間はどうしておけばよいのでござる」

若いお旗持ち衆が尋ねた。

「剣の腕を磨かれよ。あと、準備ができるなら、鉄炮を手に入れておけばいい」

「鉄炮」

鬼頭琢磨以外のお旗持ち衆が、声をあげた。

「鉄炮があれば、行列に近づかずともよかろう。吉宗さまを倒したはいいが、全員討ち死にしましたでは、話になるまい。生き残ってこその三千石ではないか」

「まさに」

「そのとおりでござるな」

皆もいっせいに首肯した。

「忠義だとか、ご奉公だとか言ったところで、この体たらくだからな」

鬼頭琢磨が、苦い笑いを浮かべた。

「命をかけ、殿を将軍にすべく、じゃまとなる者を除けるために戦った報いが、士籍抹消、禄召し上げ。馬鹿らしくてやってられぬわ」

「言われるとおりよな」

年嵩のお旗持ち衆が、同意した。

「武士だとか、直参に次ぐ誇りなど、尻喰らえじゃ。これからは己のために生きようぞ」

「………」

お旗持ち衆たちが、無言でうなずく。

「そのためには、卑怯と罵られようが、未練と言われようが、かかわりなくあがこうぞ」

「おおっ」

「それまでの二月をどうするかだ」

鬼頭琢磨が現実を口にした。

お旗持ち組は、藩主に御目見得のできる中士身分であるが、知行所を与えられるほどの家柄ではなかった。年に三回藩から玄米を石高に応じて支給される給米取りであり、最後の給米は、去年の十月に支払われていた。もともと余裕のある暮らしではなく、蓄えなどほとんどない。

武士が天下の中心であったのは、明暦の火事までであった。四代将軍家綱の御世に、江戸を灰燼に帰した大火事は、できあがりつつあった城下を一から再建させることになった。屋敷の建てなおし、調度品の新規購入は、生産することを知らない武家の余力を根こそぎ奪った。戦もなく、増収の手だてを失った武士たちは、値上がりしていく物価についていくことができず、生活は困窮の一途をたどっていた。

「鉄炮を買う金も要る。江戸から宮へと向かう旅費もかかる」

鬼頭琢磨が、集まったお旗持ち衆たちの顔を見まわした。

誰も言葉を発しなかった。

「なにより、生きていくのに金がかかりましょう」

お旗持ち衆たちが集まっているお堂に、闖入者が現れた。

「誰だ」

鬼頭琢磨が声をあげ、お旗持ち衆たちは太刀を手にした。

「紀伊国屋文左衛門と申しまする」

「なにっ」

名のりに鬼頭琢磨が驚愕した。

「ご入り用な金子は、僭越ながらこの紀伊国屋文左衛門がお立替えさせていただきましょう」

紀伊国屋文左衛門は、お旗持ち衆が放つ殺気など気にもせずに、下座についた。

「どういうことだ」

鬼頭琢磨が問うた。

「日ごろ尾張さまにはお世話になっておりますので。ご恩返しと申しあげては口はばったいですかな」

紀伊国屋文左衛門が小さく頭をさげた。

「そうかと信じるほど、我らはうつけではないぞ」

鬼頭琢磨が猜疑心もあらわに告げた。

「なかなか鋭いお方で」

紀伊国屋文左衛門が、ほほえんだ。

「わたくしはご存じのとおり、商人でございまする。商人の目的は金儲け。尾張さまと紀州さま、どちらの殿さまが将軍さまになられたほうが、儲かるかと思案しただけで」

「殿が儲けにつながると申すか」

紀伊国屋文左衛門の言いぶんに、鬼頭琢磨がくいついた。

「はい。尾張の殿さまは、お派手好み。ものを買ってくださる。それに対して紀州の殿さまは、倹約倹約と細かいところまで出し渋られて、金を遣ってくださいませぬ」

紀伊国屋文左衛門が、続けた。

吉宗は、藩主になるなり藩政改革にのりだし、自ら木綿ものを身につけ、食事も一汁二菜に減らし、財政難に陥っていた紀州藩をたてなおした。

「あのお方が江戸城の主となられたら、わたくしども商人は、やっていけなくなりましょう。絹物はいかぬ、贅沢は禁じる。家屋敷に檜を使うことは許さぬ。これでは、商売あがったりで」

紀伊国屋文左衛門が語った。

「なるほど。ゆえに我らに手を貸すと」

「はい。と申したところで、金を出すだけでございますよ。人を出したり、手伝ったりはいたしませぬ。すべてみなさま方にやっていただきます」

紀伊国屋文左衛門が釘を刺した。

「名前を出すなといいたいのだな」

鬼頭琢磨が言った。

「察しのよいお方は、楽でございますな」

紀伊国屋文左衛門が、懐に手を入れた。

「とりあえず五十両お持ちいたしました。どうぞ、お納めになってくださいませ」

金座後藤家の極印が入った二十五両包みを二つ、紀伊国屋文左衛門は差しだした。

一両で親子四人が一ヵ月店賃をふくめて生活できる。五十両は大金であった。

「五十両」

若いお旗持ち組士が、目を見張った。

小判さえ滅多に見ることがないだけに、その金額の多さに驚いたのだ。

「鉄炮の手配は、こちらでさせていただきまする。この金は、ときが来るまでの生活の費えと、宮までの旅費に」

「わかった。礼はいわぬぞ」

金包みを受けとりながら、鬼頭琢磨が威を張った。

「けっこうでございまする。のちのち十分に取りもどしますゆえ」

紀伊国屋文左衛門が、腰をあげた。

「では、朗報をお待ちしておりまする」

「われらにできぬことなどない」

胸を張る鬼頭琢磨に背をむけながら、紀伊国屋文左衛門が口を開いた。

「わたくしどもの店へのお出入りはご遠慮くださいませ。鉄炮は、ときが近づいてからお渡しいたしまする。宮の廻船問屋の伊勢屋をお訪ねくださいませ。わかるようにいたしておきまする」

紀伊国屋文左衛門は、お堂を出た。

背中に小判が床にぶつかる甲高い音を聞きながら、紀伊国屋文左衛門は、頬をゆがめた。

「勘定吟味役一人を殺せなかった癖に、できぬことなどないとは、よく抜かしたものよ。せいぜい踊ってくださいよ。わたくしの隠れ蓑(みの)としてね」

紀伊国屋文左衛門は、足早に月桂寺をあとにした。

第二章　江戸城の闇

一

いつものように、聡四郎は登城した。勘定吟味役の詰め所は、大手門を入ったところにある下勘定所ではなく、御納戸口御門を入って右手奥の内座であった。すぐ側には老中、若年寄、側用人など幕府重職の下部屋、食事や着替えなどをするために与えられた小部屋が並ぶ。

役目柄知りえたことを老中たちに直接話すことができるようにとの配慮から、勘定吟味役の詰め所がここに決められたのであった。

そして内座には、勘定衆御殿詰めもいた。

幕府、すなわちこの国すべての経済を担っている勘定方に、正月気分などどこを探してもなかった。

「増上寺への百日法要料は、どうなっている」

「黒書院の畳、表替えの願いが畳奉行よりあがっておるが、見積もり書きが見あたらぬぞ」

怒声に近い叫びが、飛びかっている。

騒々しい内座で一人静かなのが、聡四郎であった。

「お暇そうでございますな」

太田彦左衛門が、隣に腰をおろした。

「なにもやることがございませぬ」

聡四郎は苦笑した。

新井白石からの呼びだしは、あれ以来一度もない。それは聡四郎への怒りを、新井白石がまだ解いていないあらわれであった。

「小耳にはさんだのでございまするが」

太田彦左衛門が、声をひそめた。

内座は敵地であった。勘定方を牛耳っていた荻原近江守を失脚させるために、新井白石が送りこんだ刺客が聡四郎である。勘定筋と呼ばれる、代々の家柄で固められた勘定方にとって、貨幣の改鋳や、普請の割り増しなど悪事でしかないことをする荻原近江守も、その恩恵を分けてくれた頭領であった。その頭領を排除した聡四郎が、勘定方でうとまれるのは当然である。

もっとも、家宣が遺言のなかで荻原近江守の復帰を禁じたことで、聡四郎に対する風当たりはかなりやわらいでいたが、それでもなごやかというにはほど遠かった。

「なにをでございますか」

聡四郎も声を落とした。

「御当代さまのご元服が近いとの噂でございまする」

太田彦左衛門が答えた。

太田彦左衛門も家継のことを御当代さまと呼んだのは、まだ元服していないため、上様と称せないからであった。

「まことでございまするか。御当代さまは、ようやく五歳になられたばかりではございませぬか」

聡四郎が、驚愕した。

武家の元服は普通十五歳前後でおこなわれることが多い。元服すれば、前髪を落とし、一人前の男としてあつかわれる。

「朝廷もご元服前の和子さまに将軍職を与えることはできませんでしょう」

太田彦左衛門が言った。

「それはそうでございまするが」

聡四郎もうなずくが、納得はできていなかった。

戦が起こることはまずありえないが、将軍はこの国すべての武士を統べるのだ。十歳に満たない子供にさせていいことではない。

「儀式でございまする。そう割りきるしかございますまい」

太田彦左衛門が、なだめた。

「わかりました。で、それがどうかするとお考えか」

聡四郎が訊いた。

「将軍宣下がなされてしまえば終わりとお思いの方にとっては、余裕がなくなると」

太田彦左衛門は、最後まで口にしなかった。

「まさか、御当代さまのお命を……」

「水城さま、声が大きい」

思わず調子のあがった聡四郎を、太田彦左衛門がたしなめた。

あわてて見回すと、内座の全員が、聡四郎に目を向けていた。

「失礼つかまつった」

聡四郎が頭をさげると、ふたたびおのおのの仕事に戻ったが、あきらかに二人の会話に耳をそばだてている。

「出ましょう」

聡四郎は、太田彦左衛門を誘って内座を出た。

新井白石の下部屋が使えなくなった二人は、御納戸口御門を出て右に曲がった。塀で仕切られた物陰で足を止めた。

「水城さま」

あたりに人がいないことを確認して、太田彦左衛門が口を開いた。

「このまま尾張さまが、だまって見過ごされるとは思えませんが」

「なれど、どうやって御当代さまを狙うと」

聡四郎は、疑問を口にした。

父家宣の葬儀なればこそ、家継は江戸城から出たのだ。法事ていどなら代参として詰衆か、側役を出せばすむ。

江戸城から出ない家継を、どうやって襲うのか、聡四郎には思いつかなかった。

「やりようはいくらでもございまする。御小納戸衆を懐柔して、御当代さまのお食事に毒を盛るとか」

御小納戸とは、徳川家当主の身の回りを世話する役目のことである。名門旗本の子息たちから選ばれる若い小姓組にくらべ、御小納戸は雑事になれた中堅どころの旗本がなる。

朝の目覚めの洗顔から、就寝前のうがいにいたるまでまる一日、家継の側につく。もちろん、お台所から運ばれた食事を温めなおすのも役目であった。

「毒味は、お台所から御囲炉裏の間に運ばれるまでに終わるか」

聡四郎は、お台所から御囲炉裏の間までの経路を思い出した。

「だが、それでは、すぐに誰がやったかわかってしまいませぬか。ばれれば、己はもちろん、一族郎党まで根絶やしにされまする」

聡四郎が話した。

幕府にとって最大の罪は、反逆である。目下が目上を襲うことはすべて重罪であった。とくに主殺しは、九族根絶やしが決まりであった。

「あくまでも、やれるという話でございます」

太田彦左衛門が、真剣になった聡四郎に述べた。

「絶対はないと」

「はい」

聡四郎の確認に、太田彦左衛門が首肯した。

「それに、御当代さまでなくともよいのではございませぬか」

太田彦左衛門が、告げた。

「どういうことでございまするか」

聡四郎は、まだそこまで裏を読むことができなかった。

「御当代さまを支えている者を排除できればよろしいのでございまする」

「間部越前守どのがことでござるか」

「さようで。御当代さまが将軍になられるについて、こころから賛しておる者がどれほどおりましょうか」

太田彦左衛門が、他人に聞かれれば、目付の取り調べを受けるようなことをあっさりと口にした。

「幼すぎられるので。御当代さまは将来あっぱれ名君となられるかもしれませぬ。

なれど、それまでには二十年近い年月がかかりましょう。いまの幕府にそんな余裕はございませぬ」

太田彦左衛門の言うとおりであった。

徳川幕府は、家康が将軍になってから六代、百年のときをすごしてきた。当初盤石に思えた幕府も、時代とともにひび割れを起こしていた。

そのもっとも大きなひび割れが、五代将軍綱吉であった。

四代将軍家綱に子供がいなかったことで、将軍の座に就くことのできた綱吉は、当初善政を敷いていた。

だが家綱同様、子供ができなかったことが、綱吉を悪政にはしらせた。権力と結びつくことを願っていた一人の僧侶が口にした出任せにまどわされたのだ。

「子供ができないのは前世で、生類をたいせつにしなかった報いである。子供が欲しければ、生類を殺さぬこと。とくに生まれ干支の犬を大事にしなければならない」

家綱の二の舞になりたくなかった綱吉は、それにすがった。そして、過去に例を見ない悪法、生類憐みの令が施行された。

人よりも犬に重きを置く法令は、野良犬の保護などに莫大な金を浪費しただけでなく、人心に大きな影響をおよぼした。幕府の信頼を地に落としたのだ。

稀代の悪法は、綱吉が亡くなり、甥家宣が将軍を継ぐやいなや廃止されたが、その残した傷跡は深く、そう簡単に消えなかった。

さらに悪いことに綱吉の尻ぬぐいを期待された家宣は、生類憐みの令を取りやめただけで、幕政停滞の根本的な解決に手をつけることなく、死んでしまった。問題が山積した幕政は待ったなしの状態になっていた。こんなときに、指導力はもとより、求心力さえ発することのできない幼君の登場を望む者がいるわけはなかった。

「御当代さまの将軍就任を喜ぶのは、間部越前守どのと新井白石どののぐらいだと」

「おそらく」

聡四郎があげた人名を太田彦左衛門が肯定した。

「お二人のうちで、いろいろな策をめぐらせることができるのは、間部越前守どの。新井白石どのは、あまりに猜疑心が強過ぎられる。人を信じられぬ者は、信じてももらえませぬ」

「なるほど」

聡四郎は、ようやく理解した。

家継将軍就任を目的としているのは、間部越前守と新井白石、月光院の三人が中心となった勢力である。老中格、側衆格準若年寄、将軍実母とそうそうたる面々であるが、三人とも一つ見方を変えれば、もろかった。

誰もが名門の出ではないのだ。四天王はもとより、譜代の家柄でさえない。間部越前守は家宣に仕えた能役者、新井白石は浪人の息子、月光院は町医者の娘の出身であり、有力な親戚はもとより一族もないにひとしい。

支えてくれる血脈をもたないだけに地力が不足していた。

「間部越前守どのが欠ければ、あとのお二人ではどうしようもありますまい」

太田彦左衛門が首を小さく振った。

「直系を重ねるという大義名分がございましょう」

聡四郎が、食いさがった。家継最大の強みが前将軍の息子ということであった。伝統を重んじる幕府において、これは大きかった。

「簡単なことでござる」

太田彦左衛門が、いっそう声をひそめた。

「御当代さまに代わって将軍となられる方の養子になさればいい。家継さまが成人なされたら、将軍の座を譲るとの体をとられれば、文句は出ますまい」

「なるほど。その手がありましたか」

太田彦左衛門の言葉に聡四郎は納得した。

「…………」

太田彦左衛門が、一拍の間を取った。

「そして、将軍の座に就いてしまえば、あとはどうにでもできましょう」

「ううむ」

聡四郎はうなった。戦国の世ならいざ知らず、泰平の今、人は人物ではなく権威に群れる。この正徳の世、かつての徳川家康、いや豊臣秀吉のような英雄が、幕府以外に現れたとしても、天下を揺るがすことさえできない。平穏は変化を嫌うのだ。

「老中、若年寄、他の役人を己の息のかかった者で占めてしまえば、かつての約束など反故にしたところで、どうということはなくなりまする。うるさく口をはさんでくる者がいるようなら、御当代さまを……」

太田彦左衛門が語尾をにごした。

「その先を言われるな」

太田彦左衛門が口にしなかったことを聡四郎は察した。

「人というのは、おそろしいものでございまするな」

聡四郎は、空を仰いだ。

大奥に呼ばれた間部越前守は、月光院に与えられている局に向かっていた。

局とは、中臈以上の女中に与えられる居室のことである。

間部越前守が迷うことなく、入りくんだ大奥を進めるのは、構造を熟知しているからだ。間部越前守は、家宣が将軍就任に際して、江戸城ならびに大奥の改築をおこなったときの総普請奉行であった。

その費用はじつに七十万両におよび、逼迫していた幕政をさらに圧したのだが、新井白石の反対を押しきって家宣は断行した。

大奥でもっとも変わったのが、女中たちが住む長局の場所であった。綱吉のころ、天守台の南に設けられていた長局を、東に移し、さらにその規模を三倍の大きさに拡げた。このことによって、中奥から大奥への通路であった御鈴廊下から長局はかなり離れることになった。

しかし、その長局に月光院は住んでいなかった。

月光院は、家継が徳川宗家を相続したことで長局から御殿向の御膳部奥、新座敷に移っていた。

新座敷は、前将軍の正室、将軍の子女、生母たちの居室を集めたところである。本来ならまだ将軍に就任してない家継の母に新座敷への移住は認められないのだが、家宣の死後すぐに引っ越している。これは、大奥が間部越前守と月光院の手中にあることの証明であった。

あと一つ角を曲がれば月光院の局というところで、間部越前守が足を止めた。

数百人の女が暮らす大奥で、そこだけ人の気配がなかった。

長局の出入り口を兼ねている戸障子は、固く釘で打ちつけられ、人の力で開かれることはできないようになっていた。

「今更、他人払いか」

しばらく立ち止まっていた間部越前守が、ふたたび歩きだした。

「間部越前守さま」

新座敷、月光院の局前でお付きの中臈絵島が出迎えた。

「お待ちでございまする」

「これは絵島どの。わざわざのお迎えいたみいりまする」

間部越前守が、にこやかに笑った。能役者の家に生まれた間部越前守は、細身でなかなかに男前であった。声をかけられた絵島が、ほんのり頬を染めた。

「いえ。月光院さまが誰よりもお頼りになられる越前守さま。これぐらいは当然でございまする」

絵島が、媚びるように言った。

大奥の中臈は大きな権威を持っていた。老中や若年寄でさえ、なになにどのとしか呼ばず、さまづけするのは、将軍とその一門、大奥の上臈(じょうろう)だけである。その絵島が間部越前守にさまをつけた。

「おそれおおいことでございますな」

間部越前守が軽く頭をさげた。

「ここでお引き留めいたしては、月光院さまにお叱りを受けまする。どうぞ、なかへ」

絵島が、襖際に控えている女中に目配せした。

「はい」

首肯した女中の一人が、局の襖を開けた。

将軍生母の長局となると、一つの屋敷といえる規模になる。

「うむ」

最初に間部越前守が踏みこんだのは、御末と呼ばれる雑用をこなす身分の低い女中たちが起居する控えの間であった。

控えの間から御次の間、御下段の間を経て、ようやく月光院の居室御上段の間にいたることができる。

このほかにも、御納戸部屋、将軍生母付き中臈の居室などが周囲にあった。

「お方さま、お呼びでございまするか」

間部越前守は、御上段の間の襖際に膝をただして座った。

「おう、越前守、参ったか。近う、近う」

月光院が、間部越前守を招いた。

「はっ」

間部越前守が、膝を突いたまま、擦るようにして進んだ。

あわせるように月光院の左右に控えていた女中たちが、出ていく。間部越前守が月光院の手の届くところに着いたとき、御上段の間は二人きりになり、隣の部屋との襖もしっかりと閉められていた。

「大事はないか」

月光院が、上座から立ちあがって間部越前守の身体に触れた。月光院は、先夜の襲撃を気にかけていた。

「お心遣い、感謝の言葉もございませぬ」

間部越前守が、平伏した。

「他人行儀なまねをしてくれるな。そなたもわらわも、ともに家継さまを支える者ではないか」

すりよった月光院が甘えた声を出した。

月光院ことお喜世の方は、町医者を兼ねた僧侶勝田玄哲の娘である。加賀藩士であった勝田は浪人したのち、浅草門徒唯念寺にて得度し、その塔頭林昌軒の住持となった。月光院は、最初京極甲斐守、続いて戸沢上総介に仕えた。そののち、大御番矢島治太夫の養女となって、家宣がいた桜田御殿へあがった。そこで家宣の手がつき、鍋松君、いまの家継を産んだ。

家宣が将軍となるにしたがって、江戸城に移り、御台所天英院を抑えて、大奥を支配していた。

「かたじけなき思し召し、越前、身命をかけまして、家継さまのおために働きまする」

忠臣らしいことを言いながらも、間部越前守の右手は、月光院の襟口を割って懐に入っていた。

「た、頼みにしておりますぞ」

月光院の息が荒くなった。

小半刻（約三十分）ほどの短い逢瀬が終わり、間部越前守が袴をただし、月光院がほどけた帯を結びなおした。

「越前、そなたを襲った者の正体はわかったのかえ」

声に余韻を残しながら、月光院が訊いた。

「いえ、探索を命じてはおりまするが、なにぶん表立って動くことができませぬゆえ、難渋いたしておりまする」

間部越前守が、しぶい顔をした。

いまだ敵対する者が幕閣にも、将軍家連枝のなかにもいるだけに、町奉行や徒目付などに探索させることができなかった。襲撃されただけであっても、間部越前守の失脚を狙う者からすれば、かっこうの弾劾材料になるのだ。

「おのれ、憎き奴よな。家継さまの真の忠臣を襲うとは、幕府に弓引くも同然。なんとしてでも探しだして、厳罰に処さねばならぬぞ」

月光院が柳眉をさかだてた。

「うれしいことを仰せられる」

間部越前守が、今一度月光院の肩を抱いた。

「ああ」

情熱が再燃したのか、月光院の瞳が濡れた。

しかし、間部越前守は、あっさりと月光院を離した。

恨めしそうな表情で、月光院が言った。

「御広敷に探させようぞ」

月光院の声には、明らかな媚びがふくまれていた。

「御広敷に……それはかたじけないことでございまする」

間部越前守が、大仰に喜んだ。

御広敷とは、大奥と中奥の境を受け持つ役目であった。将軍家の公ではなく私をつかさどる。留守居支配で五百石高の御広敷番頭に統率され、大奥にかかわる事務いっさいを取りしきった。御広敷には、伊賀者が配され、奥女中の外出の供や大奥の警備を担当していた。月光院は、この伊賀者を探索に出すと言ったのだ。

表のことにはかかわらない御広敷に間部越前守を襲撃した刺客のことを命じる。これは、間部越前守が家継の一族あつかいを受けることでもあった。

「礼にはおよばぬ。それより、家継さまのご元服はどうなりそうじゃ」

ようやく情念の色を消した月光院が、尋ねた。

「はい。春弥生の早いうちにおこなうべきと存じ、そのように手配をいたしております る」

「弥生と申すか。まだ、二月もあるではないか。もそっと早うならぬのか」

月光院が不満を口にした。

「仰せではございまするが、なにぶん徳川家ご当主さまのご元服でございまする。京より祝賀の使者も参りまする。また、御三家ご一門の方々もお集まりいただかねばなりませぬゆえ、これ以上は難しゅうございまする」

間部越前守が、落ちついて反論した。

「京の使者か。迎えねばならぬわな」

月光院が、納得した。

元服のあとに控えているのは、将軍宣下である。これをすまさねば、家継は江戸城の主になったと誇示できなかった。

「さようでございまする。なにとぞ、ご辛抱のほどを」

「わかった。なれど、一日でもな」

月光院が、もう一度念を押した。

「承知つかまつりましてございまする」

「もう一つ越前、頼みがある。わらわの局を移してくれぬか。開かずの局の隣は、気味が悪うてならぬ」

月光院が、小さく身を震わせた。

「それだけはご辛抱願いまする」

間部越前守が拒否した。

「あの部屋は、わざわざ大奥を建てなおしたときでも、かつてと同じ間取り、いえ、そんなものではございませぬ。使用している襖、畳の一枚にいたるまでまったくそのままで残せと家宣さまが申しつけられた場所でございまする」

「綱吉公ご正室、浄光院（じょうこういん）さまがお局だったまま……」

月光院がつぶやいた。

「家宣さまは、なぜ、あのような場所を残されたのか」

月光院が問うた。

「わかりませぬ。そのことは、お亡くなりになるまで口になさいませんでした。ですが、わたくしごときの推察でよろしければ」

間部越前守が遠慮がちに言った。

「申してみよ」

月光院がうながした。

「いましめのために残されたのではないかと」

「なんと、いましめだと申すか」

「はい。あの局で亡くなられた五代将軍綱吉公のことを忘れられぬようにと。そう、開かずの局、あれは家宣さまが、権に溺れ、悪政に染まられることを防ぐ砦（とりで）」

間部越前守が、しみじみと語った。

「ゆえに、あの局は封じておかねばならぬか」

月光院が、じっと間部越前守を見た。

「なればこそ、他人が入りこむことのないように、お方さまのお目を届かせていただきたいのでございまする。お方さまだけが信じられるのでございまする。どうぞ、家継さまにお父君の断行の罪がおよびませぬように、ご尽力を」

間部越前守は、そう言いながら月光院の唇を吸った。

「あっ……」

月光院が、間部越前守の首に両手を回した。

「では。お願い申しあげまする」

間部越前守は一礼して、月光院の前をさがった。

「御用はおすみでございましょうか」

下の部屋で絵島が待っていた。

「終わりましてござる。ところで、なにか」

間部越前守が、小さく首をかしげて、絵島をうながした。

「まことに申しあげにくきことながら……」

絵島が口ごもった。

「お手元のことでございますかな」

間部越前守が、笑いながら問うた。

「お言葉のとおりでございまする」

絵島が顔を真っ赤にした。絵島は金が欲しいとねだったのであった。

「吉原からの運上が、二月(ふたつき)ほど止まりましたゆえに、ご迷惑をおかけいたしましたが、それももとどおりとなりましたので、すぐにでもお手元金をお届けいたしましょう」

間部越前守が、了承した。

「それが、明日、代参に出ますゆえ、本日中にちょうだいいたしたいのでございまする」

絵島が、襟首まで赤く染めて、小さな声で告げた。

「それは、それは」

間部越前守が、驚いた顔をした。大奥女中の代参は、おもに仕えている御台所、上臈、将軍生母などの身内が年忌に出向くことだ。もっとも、代参はほとんどが口実に過ぎず、そのじつ、大奥女中たちの芝居見物や花見などの遊興(ゆうきょう)であった。間部越前守は、絵島が芝居小屋の役者に惚れこんでかよっていることを知っていた。

「無理を承知の願いでございまする」

絵島が、ふたたび頭をさげた。

「百両ほどで、よろしゅうございますか」

絵島の願いに間部越前守が応えた。

「かたじけないことでございまする」

絵島が、ていねいに礼をした。

「いやいや。絵島さまはいつも拙者を手助けしてくださる。これしきのこと、お気になさるほどではありませぬ。ただちに使いを出しましょう。のちほど、七つ口より、絵島さまあてにと届けさせまする」

間部越前守が、まかせておけとうなずいた。

七つ口とは、御広敷御門を入った右手にある大奥の出入り口のことだ。出入り商人もここまでなら入ることが許されていた。

「よしなに」

絵島に送られて、間部越前守は表へと戻っていった。

二

一日の勤めを終えて江戸城をさがった聡四郎を、大手門前の広場で大宮玄馬が出迎えていた。

「ご苦労だな」

聡四郎は、弟弟子でもある家臣をねぎらった。

「いえ。それより、殿」

大宮玄馬が、聡四郎に近づいた。

「なんだ」

「相模屋伝兵衛どのから、使いの方がお見えになり、お寄り願いたいとのことでございまする」

大宮玄馬が告げた。

「相模屋どのがか。珍しいな」

聡四郎は、足を元大坂町に向けた。聡四郎から訪れることは多いが、相模屋伝兵衛から呼ばれることはほとんどなかった。

江戸城大手から相模屋伝兵衛宅までは、聡四郎の足なら小半刻（約三十分）もかからない。聡四郎と大宮玄馬が、相模屋に着いたとき、初春の日はかろうじて明かりを残していた。

「お呼びたてをいたしまして」

来るころだとわかっていたのか、障子戸を開けた土間に相模屋伝兵衛が待っていた。

「これは、西田屋どの」

相模屋伝兵衛の隣に立っている人を見て、聡四郎は驚きの声をあげた。

「あけましておめでとうございまする」

小腰をていねいにかがめたのは、御免色里吉原の惣名主西田屋甚右衛門であった。

聡四郎と西田屋甚右衛門の関係は、吉原の闇運上の一件にさかのぼる。

闇運上をなくす代わりに吉原から公許の二文字を奪おうとした新井白石と、それを利用して聡四郎を片づけようとした紀伊国屋文左衛門の思惑に揺れた遊廓を力をあわせて守りぬいたことから、聡四郎と西田屋甚右衛門は、胸襟を開く仲となっていた。

「お屋敷までうかがうのは、かえってご無礼かと存じ、新年のご挨拶を遠慮いたしておりました。失礼の段はご容赦くださいませ」

戦国大名北条氏の武将、庄司甚内を初代とする吉原の遊女屋西田屋甚右衛門は、五代目にあたる。

聡四郎より十四歳ほど上なだけに、西田屋甚右衛門は、はるかに落ちついた所作で、非礼を詫びた。

「いや、こちらこそ。一度も足を運んでおらず、申しわけないことでございまする」

聡四郎は恐縮した。

「新年は八日より大門を開きまする。お待ちしておりまする」

西田屋甚右衛門が、ほほえんだ。

「それよりも、どうしてここに」

聡四郎は気になっていたことを問うた。

「お屋敷にうかがうより、こちらのほうがよろしかろうと存じまして」

西田屋甚右衛門が、ちらと土間すみに控えている忘八に目をやった。

忘八は、吉原の雑用いっさいを引き受ける男衆のことである。人別を失い、世間では生きていけなくなった男たちの行き着く先だけに、命知らずで剽悍な者ばかりであった。

忘八の目が小さく光ったのを見て、聡四郎は思いあたった。

「屋敷が見張られておりますか」

「はい」

聡四郎の言葉に西田屋甚右衛門が首肯した。

「もちろん、相模屋伝兵衛さま宅にも目は張りついておるようでございますが、わたくしが出入りして、まだ目立たないのは、こちらかと」

西田屋甚右衛門が述べた。

相模屋伝兵衛は、妻を亡くしていた。紅がまだ小さいときの話だとかで、もう二十年近くやもめ暮らしをしていた。まだ枯れるには早い相模屋伝兵衛が、吉原にかようのは不思議ではなく、その馴染みの見世が西田屋で、二人は顔見知りであった。

「まあ、こんなところでお話もなんでしょう。奥へどうぞ」

相模屋伝兵衛の案内で聡四郎と西田屋甚右衛門は、居間へととおされた。

「紅を使いに出しましたんで、男手で愛想もございませんが」

相模屋伝兵衛が、茶碗に酒を直接注いでわたした。

「いただきまする」

「おこころざし、ありがたくちょうだいいたしまする」

聡四郎と西田屋甚右衛門は、酒で口を湿した。

「さて、水城さまは、先日、間部越前守さまのご行列が、襲われたことをご存じで」

西田屋甚右衛門が、口を開いた。

「なんと言われた」

聡四郎は、茶碗を取り落としそうになった。今日江戸城内で太田彦左衛門と、間部越前守を襲うのが早道だと話したばかりの聡四郎は、驚きを隠せなかった。

「やはりご存じではございませんでしたか」

「詳細をお聞かせ願いたい」

聡四郎はていねいに問うた。

「わたくしも見ていたわけではございませぬ。忘八が耳に入れてきただけなので、詳しくお話はできませぬが……」

西田屋甚右衛門が、知っていることを語った。

「撃退されたか。間部越前守どのが御家中にそれだけの遣い手がおられるとは」

聡四郎は感心していた。

襲われた側は、食いこまれたことで受け身になってしまう。剣術はどう言いつくろっても殺しあいでしかない。気迫でまさった者が有利なのは変わらないのだ。それをひっくり返すことがどれだけ難しいか、聡四郎はよく知っていた。

「どうやら、加勢がおられたようなので」

「加勢でござるか。間部越前守に。大番組か、徒目付衆で」

聡四郎は、江戸城の諸門を警備している連中のことではないかと、口にした。

「そこがわからないのでございます」

西田屋甚右衛門が首を振った。

「忘八どもに噂を拾わせたのでございまするが、加勢の姿ははっきりとしなかったとか」

「はっきりしないのでございますか」

相模屋伝兵衛が、口をはさんだ。

「はい」

西田屋甚右衛門が首肯した。

「それは、正体がわからぬと」

「と取るしかございませぬ」

聡四郎の答えに、西田屋甚右衛門がうなずいた。

「とにかく、間部越前守どのを狙う者と護る者がおるとわかっただけでもありがたい」

西田屋甚右衛門を聡四郎はねぎらった。

「お役に立てませいで」

西田屋甚右衛門が、恐縮した。

「いえ、ご厚意に感謝しております」

聡四郎は、礼を述べると席を立った。

玄関先の土間で待っている大宮玄馬に、聡四郎は声をかけた。

「待たせたな。帰るぞ」

「はい」

承諾した大宮玄馬が、障子戸に手をかけた。

「旦那」

土間隅にずっとうずくまっていた忘八が、声を出した。

「なんだ」

聡四郎は顔を向けた。

「お気をつけなせえ。じっと見ている目がござんす」

忘八が、無表情なまま告げた。

「玄馬」

聡四郎が大宮玄馬に目をやった。大宮玄馬が首を小さく振った。聡四郎も大宮玄馬もなにも感じられなかった。

「わかるのか」

驚きながら聡四郎は、忘八に訊いた。

「へい」

忘八が、答えた。

「湯吉は、もと盗人でございますれば、人の気配にさといのでございますよ」

西田屋甚右衛門が、奥から出てきた。

「二つ名は勘弁してやってください。聞こえただけで、町同心が束になってかけつけてまいりますゆえ」

西田屋甚右衛門が、湯吉を紹介した。

「湯吉、どのあたりか、わかるか」

「そこまでは、わかりやせん」

西田屋甚右衛門の問いに、湯吉が首を振った。

「おまえに気づかせないとは、相当だね」

柔らかい笑みを浮かべていた西田屋甚右衛門の顔がひきしまった。

「わたくしどもが先に参りましょう」

得体の知れぬ相手のおとりになろうかと、西田屋甚右衛門が聡四郎に提案した。

「いえ。結構でござる」

西田屋甚右衛門には、借りはあっても貸しはもうない。聡四郎は、ていちょうに断った。

「いくぞ、玄馬」

「はっ」

玄馬が、障子戸を開けた。

「では」

聡四郎は相模屋伝兵衛宅を出た。

障子戸が閉じられるのをたしかめた西田屋甚右衛門が、小さな声を出した。

「つきとめなさい」

「へい」

湯吉が、音もなく外へ消えていった。

聡四郎と大宮玄馬は、あたりに気を配りながら、神田川(かんだがわ)に向かって歩いていた。

「どうだ」

半歩前で提灯を足下に差しだしている大宮玄馬に、声をかけた。

「申しわけありませぬ」

大宮玄馬がすまなそうに言った。

「気にするな。儂にもわからぬからな」

聡四郎は、なぐさめた。

「あの忘八が申したことは偽りでは」

「いや、西田屋どのが連れているほどの男だ。そんな底が浅いわけはない」

聡四郎は西田屋甚右衛門に厚い信頼を置いていた。

「油断さえせねば、なんとかなる」

聡四郎は、大宮玄馬を励ましながら、自戒した。

その一丁（約一〇九メートル）ほど後を、徒目付永渕啓輔がつけていた。

「相模屋に寄って、そのあと帰宅か。いつもどおりではないか」

永渕啓輔は、つぶやいた。

徒目付永渕啓輔は、五代将軍綱吉の御世、最大の権力者だった柳沢美濃守吉保の家中であった。心きいたる家臣として目をかけられていた永渕啓輔は、綱吉が柳沢吉保の屋敷に成ったときに目をつけられ、幕臣として召しだされた。しかし、柳沢吉保に心酔していた永渕啓輔は、御家人となった今でもその配下として動いていた。

永渕啓輔が、怪訝な顔をした。

「つけられているか」

足を止めることなく永渕啓輔は、背後を探った。

「水城は、あのまま帰邸するだけだろう。ならば」

永渕啓輔は、足並みを変えることなく、聡四郎のあとをつけつづけた。やがて聡四郎たちが、林大学頭の屋敷角を右に曲がった。

「…………」

永渕啓輔の姿が消えた。

すでに日が落ち、春とはいえ寒い夜に人影はまったくない。三日月の弱い明かりのなかに、湯吉の姿が現れた。

「ちっ、気づきやがったか」

永渕啓輔を見失った湯吉は、あたりをさがす愚をおかさずに、きびすを返した。

しかし、湯吉は逃げだすことができなかった。振り向いた湯吉の前に、覆面をした永渕啓輔が立っていた。

「うっ」

永渕啓輔から発せられる殺気に、湯吉が動けなくなった。

「誰に頼まれた」

永渕啓輔が問うた。

「…………」

湯吉は、答えなかった。

「しゃべれば、命は助けてやる。逃げるだけの金もやろう。犬死にする意味はあるまい」

永渕啓輔が、諭しながらも太刀を抜いた。

「もう一度訊く。おまえの後ろにいるのは誰だ」

「…………」

湯吉は、無言をとおした。

「ならば、死ね」

永渕啓輔が太刀を振るう。湯吉が、大きく後ろに跳んだ。

大きく開いた間合いを利用して、背中を見せて逃げだそうとした湯吉が崩れ落ちた。

地に伏した湯吉の身体から赤黒い血がしみ出た。かわしたはずの一閃は、ぞんぶんに湯吉の身体を割っていた。

「苦鳴一つあげなかったか。何者だ、こいつ」

足でひっくり返した湯吉の懐を、永渕啓輔が探った。だが、なにも出てこなかった。

永渕啓輔は、湯吉をそのままに闇のなかへ溶けた。


勘定吟味役は、その職制上毎日出勤する義務もなく、出務しているかどうかを上司である老中に報せなくともよかった。もっとも普段は、他の勘定方と同じく、朝五つ（午前八時ごろ）前には内座に就いているのが慣例であった。

いつものように、早朝の稽古をすませ、井戸水で汗を流している聡四郎のもとに、紅がやってきた。

「この寒いのによくやるわね」

口ではあきれながら、紅が手ぬぐいを差しだした。

「かたじけない」

聡四郎は、受けとった手ぬぐいで濡れた身体を拭いた。

「また危ないことに手を出してない」

紅が小さな声で訊いてきた。

「いや。いまのところ、なにもないが」

聡四郎は、正直に答えた。

「本当」

紅の表情はまだ曇っていた。

「なにかあったのか」

聡四郎は逆に問うた。

「ここに来る途中に、人死にがあったのよ」

紅が語った。

「なんだと」

聡四郎は、紅に詰め寄った。

「ば、馬鹿。急に近づかないでよ」

紅が、もろ肌脱ぎの聡四郎に、顔をそらした。

「あんたがかかわってないなら、いいんだけどね。辻斬りらしいって」

「斬られていたのは、侍か、それとも」

「町人だっていう話よ。あたしが通ったときには、もう筵(むしろ)がかけられていたから、歳や格好まではわからないけど、一刀でばっさりだそう」

紅が身体を小さく震わせた。

人を斬ることは難しい。それも一撃で致命傷を与えるのは、ちょっと剣術の修行をしただけでは無理であった。

「吉原へ行ってくる」

「なんですって」

顔色を変える紅を置いて、聡四郎は、大宮玄馬を連れて屋敷を出た。

城下はまだ正月の雰囲気をただよわせていた。子供たちのあげる凧が、薄灰色の空にあがり、家々の門松は、まだ青々としていた。

すでに二日から商家は店を開けていた。初荷もすぎ、ほとんど人の動きはいつもと変わらなくなっているが、それでもどことなく浮かれている。

吉原に向かう途中、聡四郎は浅草に大勢の庶民が集まっているのに気づいた。

「そうか、今日までか」

聡四郎は、首肯した。

「なにがでございまするか」

大宮玄馬が尋ねた。

「浅草寺の鬼やらいよ」

聡四郎が答えた。

浅草観音浅草寺では、大晦日から七日間豆まきをしていた。これは、迎える新年の厄をはらうためで、お堂の上から豆をまいた。多くの人が集まり、出店も軒を並べ、たいそうな賑わいであった。

上野寛永寺もおなじく豆をまいたが、こちらは庶民の出入りを禁じていた。

「なかなかにすごい人出でございまするな」

大宮玄馬が、感嘆した。

「境内を抜けていくのは、あきらめたほうがよさそうだな」

聡四郎は、吉原への近道をあきらめた。

明暦の火事によって浅草の東、日本堤に移転させられた吉原に向かうには、いくつかの道があった。そのなかでも、浅草寺の境内を抜けて、浅草田圃のあぜ道を何度も曲がりながら行くもの、隅田川沿いに出て山谷堀に沿って日本堤を西に進むものが主であった。

聡四郎は山谷堀をまわって吉原に着いた。

年始は吉原唯一の長い休みである。大門は固く閉ざされ、客が入ることは許されていない。聡四郎は、大門の右脇にある潜り門をたたいた。

「誰でえ」

なかから声がして潜り門が少しだけ開けられた。

「水城聡四郎と申す。西田屋甚右衛門どのにお目にかかりたいのだが」

聡四郎は、顔を出した吉原会所の忘八に用件を告げた。

「惣名主さまに……へい。ちょいとお待ちを」

忘八は一度、潜り門を閉めた。

「なかなか用心のいいことでございますな」

大宮玄馬が、閉じられた潜り門に目をやった。

「女の城だからな」

聡四郎は、かつて吉原一の名見世三浦屋四郎左衛門と争ったとき、仲裁に入った西田屋甚右衛門から聞かされた話を思いだした。吉原の大門も人の背をこす高さの塀も、妓が逃げだすのを防ぐためではなく、身を売らなければならない女たちを護る盾なのだ。

「たしかに」

大宮玄馬も、その場にいた。

潜り戸のかんぬきが外される音がして、なかから西田屋甚右衛門が顔を見せた。

「これは、水城さま。ようこそのご来訪を。こんなところでは、なんのおもてなしもいたせませぬ。どうぞ」

西田屋甚右衛門は、二人を大門うちへと招いた。

吉原でもっとも歴史の古い西田屋は、大門からまっすぐに伸びる仲之町通りを最初の角で右に折れた二軒目にあった。

西田屋は、吉原惣名主の見世とは思えぬほど、こぢんまりした造りであった。

「どうぞ。表は閉めておりますので、裏からで失礼とは存じますが」

聡四郎と大宮玄馬は、路地に面した木戸からなかへと案内された。

「あいにく、妓どもはお客さまをお迎えする用意をまだいたしておりませぬ」

西田屋甚右衛門が申しわけなさそうに詫びた。

「いや、遊びに来たわけではない。訊きたいことがあっておじゃました」

聡四郎は、手を振った。

「お待ちくださいませ。お話は、お茶の準備がととのいましてから。お見えくださったお客さまになんのおもてなしもしなかったとあっては、吉原の名折れでございますれば」

西田屋甚右衛門が、みずから部屋の隅にきられた炉で茶を点てた。

「どうぞ」

差しだされた茶を喫する間、静かなときが流れた。

「では、ご用件をお聞かせくださいませ」

己のために点てた茶を喫し終わった西田屋甚右衛門が、顔をあげた。

「湯吉どのはおられるか」

聡四郎は、訊いた。

西田屋甚右衛門の表情が苦くなった。

「亡くなりましてございまする」

「やはり、湯島で見つかった死体が」

「はい」

西田屋甚右衛門が首肯した。

「水城さまのあとをつけている男を探らせたのですが、残念なことになりました」

「申しわけないことをした」

聡四郎が、頭をさげた。

「気になさらずとも。わたくしが勝手に命じたことでございまする。水城さまにはまったくかかわりのないことで」

西田屋甚右衛門は、あっさりと聡四郎の謝罪を拒否した。

「しかし……」

「水城さま」

さらに言いつのろうとした聡四郎を、西田屋甚右衛門がさえぎった。

「それ以上は、ご勘弁くださいませ。でなければ、今後わたくしはいっさいのことを為(な)すに、水城さまのお許しを得てからでなければならなくなりまする」

「……ううむ」

西田屋甚右衛門の言いぶんをうなりながら、聡四郎は受けいれた。

「ご覧になられましたので」

西田屋甚右衛門が、湯吉の死体を見たかと訊いた。

「いや、辻斬りにやられた死体があったと聞いただけでござる」

聡四郎は正直に答えた。

「さようで。しばらくお待ちを」

西田屋甚右衛門が、手をたたいた。

「誰か、いないかい」

「へい」

すぐに応答があって、襖が音もなく開かれた。

「高弥かい。さっき岩井さまから届けられた絵図があっただろう。持ってきておくれ」

「承知しやした」

忘八の高弥が、うなずいた。

たばこを一服吸いつけるほどの間で、高弥が戻ってきた。

「惣名主さま」

高弥の手から二枚の紙が西田屋甚右衛門にわたされた。

「ご苦労だったね。もういいよ」

高弥をさがらせた西田屋甚右衛門が、聡四郎の前に一枚の紙を拡げて置いた。

「これは、傷口の絵」

「はい。南町のお方にお願いして、写していただきました」

西田屋甚右衛門は、さりげなく告げた。

吉原は、一日に千両の金が動くと言われていた。そして大門うちは無縁の地として、なにがあってもやり得（どく）、やられ損とされている。だが、実際は町奉行所の管轄地であった。しかし、幕府の手出し口出しを嫌った吉原は、南北の町奉行所、火付盗賊改方（ひつけとうぞくあらためかた）に十分な金を撒（ま）くことで、それらを骨抜きにしていた。

もちろん、金は口封じだけでなく、いろいろな要望をかなえるためにも使われている。

「昨晩、湯吉が戻って参りませんでしたので、お奉行所まで人を出しておきまして」

西田屋甚右衛門が手回しのよさを語った。そうでなければ、これ以上堕ちていくところのない吉原の住人たちをとりまとめる惣名主など務まらなかった。

「拝見する」

聡四郎は、絵を手に持った。

「これは……」

大きく目を見開いた聡四郎は、絵を大宮玄馬に回した。

大宮玄馬が息をのんだ。

見事の一言しかなかった。おそらくこれを写した絵師も、まっすぐに筆を滑らせるだけですんだだろうと思わせるほど、斬り口は鮮やかだった。

「こちらが、湯吉の身体全部の絵図で」

西田屋甚右衛門が、残していた一枚を出した。

そこには、あおむけに横たわる湯吉と、その胸下から腹へと延びた傷が描かれていた。

「やはり」

聡四郎が小さくつぶやいたのを、西田屋甚右衛門が聞き咎めた。

「お心あたりがございまするか」

「確たることは申せませぬ。拙者も一度しか、そやつが剣を遣うのを見たことがございませぬゆえ」

聡四郎は、答えた。

「かまいませぬ。ぜひ、お教え願いますように」

西田屋甚右衛門が、迫った。

「名前は知りませぬ。どこに住んでおるのかも。わかっているのは、かなり腕がたつということと……」

聡四郎が、唾を飲んだ。

「一伝(いちでん)流を遣うことだけでござる」

聡四郎は話した。

「一伝流でございまするか。あまり耳慣れぬ流派でございますな」

西田屋甚右衛門が首をかしげた。

「そこからたぐれば、行きつけるやもしれませぬな」

西田屋甚右衛門が、真剣な表情になった。

吉原に住まいする者たちの結束の強さを、よく知っている聡四郎は止めなかった。

「ありがとうございました」

西田屋甚右衛門が頭をさげた。

「いや、こちらこそ。助かりましてございまする」

聡四郎も礼を述べて、吉原を後にした。

吉原を出てすぐ、大宮玄馬が声をかけてきた。

「殿」

「なんだ」

聡四郎は足を止めた。

「一伝流とは、なんでございましょうか」

大宮玄馬は、聡四郎が出会った一伝流の剣士のことも、師入江無手斎と一伝流の二代目浅山一伝斎の因縁も聞かされていなかった。

「そうか、玄馬には告げていなかったか。わかった。道場へ行くぞ」

聡四郎は、玄馬を連れて、入江無手斎の道場に足を向けた。

昼を過ぎて、かよいの弟子たちがいなくなった道場は閑散としていた。

「おう。来たか。中食はすませたかの」

道場に隣接する台所で、入江無手斎が火鉢にあたっていた。

「いえ。まだでございまするが」

聡四郎が、首をかしげた。中食もなにも、煮炊きの匂いさえしていなかった。

「なにを探しておる。餅しかないぞ」

入江無手斎が、火鉢の陰から小餅を取りだした。

「ですが、それは師の」

遠慮しようとした聡四郎を、入江無手斎が止めた。

「馬鹿め。早く食わぬと黴びてしまうだろうが。気にするな、数日食うだけの米ならあるわ。麦も味噌も漬けものもな」

入江無手斎が、火鉢の上に金網を置いて、餅を焼き始めた。

「話は、食ってから聞く」

師匠にそこまで言われて、弟子の身で反論することは許されない。聡四郎と大宮玄馬は火鉢から少し離れて腰をおろした。

「玄馬、遣っておるか」

餅が焦げないように、こまめに動かしながら入江無手斎が訊いた。

「はい。毎日の稽古は欠かしておりませぬ」

大宮玄馬が答えた。

「うむ。よいか、小太刀の妙は、その疾さにある。素早さを失った小太刀など、矢の尽きた弓のようなものだ。身体を錆びつかせてはいかぬ。関節を固めてしまわぬように筋を伸ばし、毎日こまめに身体を動かせ」

入江無手斎が大宮玄馬を諭した。

「はい」

しっかりと、大宮玄馬はうなずいた。

大宮玄馬は入江道場でもっとも若くして百人抜き稽古を終わらせた天才であった。麒麟児と称され、将来を嘱望されていたが、不幸なことに体躯があまり大きく育たなかった。戦場で甲冑武者を鎧ごと両断する重さを極意とする一放流にとって、身体が小さいことは致命傷であった。免許をこえて、奥義(おうぎ)を究めることはできないと見抜いた入江無手斎は、大宮玄馬を一放流のもととなった富田流小太刀へと転じさせたのであった。

「ほい、焼けたわ」

入江無手斎が不意に、膨らんだ餅を聡四郎目がけて投げた。

「ちょうだいいたしまする」

入江無手斎の稚戯(ちぎ)を、聡四郎はなんなく受け止めた。

「ふふふ」

餅を両手の間で受けわたしして、冷ましている聡四郎を見て入江無手斎が笑った。

「なにか」

聡四郎は尋ねた。

「いやなに、勘定吟味役でございと申したところで、水城家の当主でございと申したところで、中身は変わっておらぬなと思っての」

「はあ」

入江無手斎になにを言われても、聡四郎は、さからうことができなかった。

聡四郎が入江道場に入門したのは、六歳になって半年ほど経ったころであった。

「勘定筋の家柄に、剣など要らぬ」

刀などなんの役にも立たぬと公言してはばからない父功之進は、本来六歳の誕生日から始める剣を聡四郎になかなかさせようとしなかった。そのため聡四郎の入門は半年遅れていた。

武術というのは、いかに早く身体を作りあげるかで、上達の度合いが大きく変わってくる。とくに身体の筋が柔らかい子供のころは、その差がよく出る。己よりも年若の子供に袋竹刀でいいようにやられた聡四郎が、嫌がらずに続けられたのは入江無手斎のやさしさのお陰であった。

入江無手斎は、道場が終わった後、聡四郎を残していねいに稽古をつけてくれたのだ。

「よいか。戦がなくなって剣術など無用になったと思うかもしれぬ。だがな、武士が刀を持つのは、身分の証(あかし)ではない。いざというときに主君を、己を、そして人を護るために両刀を差しておるのだ。刀も鉄炮と同じく武器じゃ。遣い方を知らねば、役に立たぬ。四民の上に立つ者として剣を、武器をたえず手にすることが許されておる武士は、そのあつかいに精通せねば、庶民たちに申しわけないではないか」

入江無手斎は、袋竹刀を黙々と聡四郎に振らせながら続けた。

「遅れて入門した聡四郎が、兄弟子たちに勝てぬのは当然。だがの。剣には素質がある。これは、持って生まれたもので、変えようがない。そう、皆の顔が違うように、素質もまた人それぞれなのじゃ。恵まれた者、まったくない者とな」

入江無手斎の言葉に、子供だった聡四郎は不安になった。

「聡四郎、素質だけを言うなら、おまえは、儂が今まで見てきたなかで、五指に入ろう。だがな、磨かねばいかなる石といえども光ることはないのと同様、剣の素質も鍛錬を続けなければ、花開くことなく枯れてしまうぞ」

入江無手斎のこの言葉が、聡四郎をずっと支えてきた。

「さて、そろそろ腹もくちくなったの。どれ、道場へ行くとするか。どうせ、おまえたちの話は、剣にかかわることであろう」

入江無手斎が、立ちあがった。

道場は、冷え冷えとしていた。武術の常である。道場がどれだけ寒くても、火のたぐいはいっさい持ちこまれることはない。もちろん、足袋（たび）を履くことも論外である。

聡四郎は、床板の冷たさに身が引き締まる思いであった。

「申してみよ」

道場中央に立った入江無手斎が、命じた。

「はい」

聡四郎は、昨夜からのことを語った。

「一伝流か」

聞き終わった入江無手斎が、苦い声を出した。

「まちがいなかったか」

「先夜、わたくしが目のあたりにした一伝流前腰(まえごし)の太刀と、斬り口は、うり二つでございました」

聡四郎が首肯した。

「おそれいりまするが、前腰とはどのような太刀でございましょうか」

大宮玄馬が遠慮がちに口をはさんだ。

「よろしゅうございましょうか」

聡四郎が、手にしていた袋竹刀を少しあげて見せた。

「いや、儂がやろう」

入江無手斎が聡四郎を止めた。

聡四郎と大宮玄馬は、急いで道場の壁際にさがった。

入江無手斎が袋竹刀を青眼に構えた。とたんに空気が変わった。好々爺然としていた入江無手斎が、別人のようにけわしい顔になった。

入江無手斎の袋竹刀が、下段に変わった。左足のつま先が、床板をするようにして出されていく。そのまま右足を置いているので、入江無手斎の腰がどんどん低くなっていった。

居合いの構えに近いほど腰を落とした入江無手斎に、大宮玄馬の目が大きく見開かれた。

道場に初春の寒気よりも身を震わせる氷のような殺気が満ちた。

聡四郎は、入江無手斎の二間（約三・六メートル）前に幻の敵を見た。

「…………」

無言の気迫とともに、入江無手斎が右足を踏みだしながら、腰をひねるようにして下段からの斬りあげを見せた。

風音を発した袋竹刀が天を指し、一転してまっすぐに斬り落とされた。聡四郎は、幻影が真っ二つに割られるのを感じた。

「ひくっ」

大宮玄馬が、しゃっくりのような声を漏らした。

膝を曲げ、姿勢を低くした残心の構えを、入江無手斎が解いた。

「見えたか」

入江無手斎が、大宮玄馬に問うた。

「は、はいっ」

大宮玄馬が、大きな声で答えた。

「これが、一伝流前腰じゃ。もっとも儂が見たのは、何十年も前のこと。今はもっと洗練されておろう」

入江無手斎が、袋竹刀を差しだした。大宮玄馬があわてて受けとった。

「さて、もう帰れ。儂は昼寝をする」

入江無手斎が、母屋へと消えていった。

残された聡四郎と大宮玄馬は、入江無手斎の剣気にあてられていた。

「殿、あれが師の本気でございまするか」

大宮玄馬が訊いた。

「あれほどのものなら、何度か見せられた。たぶん、師の本気はこのていどではないだろうな」

聡四郎は、硬くなった首と背中をほぐすように、両肩を動かした。

「おそろしい技を遣う敵」

大宮玄馬は、まだ気を奪われていた。

「だが、逃げることは許されぬ」

聡四郎が決意を口にした。

三

江戸城での年賀あいさつ以来、薬研堀埋立地前、新井白石の屋敷に夜陰にまぎれて、毎日数人の客が訪れていた。

「長崎奉行、佐久間安芸守さまがお見えで」

用人が、今夜の客を告げた。

「佐久間安芸守どのだと」

新井白石が、驚きの声をあげた。

佐久間安芸守信就、元禄十六年（一七〇三）に西丸目付から長崎奉行に抜擢された能吏である。長崎奉行四人の一人として、現在江戸在府をしていた。

長崎奉行は、一千石高で従五位諸大夫に任じられ、役料四千俵。遠国奉行筆頭の地位を与えられ、四年ほど務めた後は勘定奉行、町奉行などに転じていく要職であった。

いっぽうで、長崎奉行ほど人数の変遷が多い役職も珍しい。慶長八年（一六〇三）に新設された長崎奉行は、当初一人であった。それが、竹中采女正重興の私曲を受け、相互監視の意味をこめて寛永十年（一六三三）に二人となった。その後、異国貿易が長崎だけに集約されたことで増えた仕事量に見あうようにと貞享三年（一六八六）に三人となり、さらに緊迫した幕府財政の打開を貿易に求めた五代将軍綱吉によって、元禄十二年（一六九九）に四人に増員された。

しかし、貿易が思ったほどの収益を上げなかったことから、六代将軍家宣によって正徳三年（一七一三）一人減じられて三人に戻されることになっていた。三人の長崎奉行のうち、二人が長崎在番として実務にあたり、残る一人が江戸に在府し幕閣との連絡などをおこなうこととなる。長崎在番と江戸在府は一年ごとに輪番で交代するのが慣例であった。

「客間におとおししております」

一千二百石寄合旗本である新井家の家宰も務める用人が、気を利かしていた。

客あしらいにも二つある。訪問を受けて、玄関先で待たせたまま主に会うかどうかを問い合わせる場合と、とりあえず客間などに案内してから、報告するときである。この見分けがなかなか難しかった。誰彼なしにとおしてしまえば、顔をあわせたくない客や会う意味のない者であった場合、主に無駄なときを取らせることになる。かといって、格上の客を玄関先であしらい、機嫌を損ねられたりしては主の評判にひびく。

新井白石の用人は、この機微のわかる男であった。

すぐに新井白石は首肯した。

「わかった。会おう」

新井家は、その格式にあわないほど質素であった。家宣が将軍となったことで引きあげられたとはいえ、貧しい時代が長かった新井白石は、無駄なことに金を費やす気がなかったからである。

主の居間も質素を極めていた。襖はなんの装飾もない白一色、庭に面したところは明かり取りを優先して障子を使い、十二畳ほどの部屋で畳は半分も敷かれていなかった。

それにあわせて客間も質素であった。畳こそ敷きつめられているが、床の間には、愛想のない書がかけられているだけで、花も生けられず、もちろん襖絵などはほどこされていない。

佐久間安芸守は、黙念と色のない客間で座っていた。

「お待たせいたしました」

新井白石が、詫びを口にした。

主客の関係は、なかなかに微妙であった。家宣存命ならば、新井白石が確実に上であった。だが、寵愛をそそいでくれた将軍を失ったいま、正式なことを言えば、新井白石は無役の寄合旗本でしかなく、長崎奉行である佐久間安芸守より格下になった。

「いや、突然押しかけて申しわけござらぬ」

佐久間安芸守が、腰を曲げた。

「お忙しい長崎奉行どのが、いかようなご用件でござろうか」

新井白石は、世間話をすることなくいきなり用件を問うた。ここにも無駄を嫌い、機微のわからない新井白石の性格が表れていた。

「またもや長崎奉行が一人減らされるとうかがったのでござるが」

佐久間安芸守が、新井白石の顔色を見ながら訊いた。

「はて、初耳でございまするが」

新井白石は首を振った。

佐久間安芸守が、長崎奉行の定員にかんして新井白石のもとを訪れたのには理由があった。昨正徳二年に決まった長崎奉行一人削減は、新井白石の献策に依ったからであった。

「このたびは、新井どののお話ではないと」

「いかにも。そのような話はまったく耳にしておりませぬ」

新井白石は憮然とした。

「さようでございましたか。なれど、わたくしがお目にかかりたいと申したことは無駄になりませぬ」

佐久間安芸守が、話を続けた。

「長崎奉行がどれほどの激務であり、重要な役目であるかは、新井どのもよくご存じでございましょう」

佐久間安芸守の言葉に、新井白石は無言でうなずいた。

キリシタンの流入を避けるために国を閉じた徳川幕府が、ただ一つ残した開港地が長崎であった。幕府は長崎をつうじて、世界の情勢を知り、この国ではできないものを手に入れていた。通交をなしているオランダ、朝鮮、清から得られる情報は、貴重であり、幕府が独占すべきものであった。

「その長崎奉行を、今年四人から三人に減らされることになり、これにより、江戸在府は拙者だけになり申した。任が忙しくなったことに異をとなえに参ったのではございませぬ。これによっていろいろな用が遅れぎみになったことが、御上にとってよろしくないと申したいのでござる」

佐久間安芸守が、建前を口にする。

「そのうえ、もう一人減らされるとなれば、次は、長崎在番でございましょう。長崎在番の任がどれほど大きいか、釈迦に説法とは存じますが、言わせていただきたい」

佐久間安芸守が、一度話を止めて、新井白石の顔を見た。

「長崎奉行の任は、交易だけではございませぬ。南蛮や清などの国たちの情勢を知り、我が国の安寧をはかるのみならず、さらに、徳川家にかつて弓ひいた西国の大名どもを監視し、謀反などが起こらぬように抑えつける。まさに十万石の大名でも難しいことを、与えられた同心どもだけでなさねばならぬのでござる。よく江戸町奉行は激務だと申しまする。たしかに将軍のお膝元である江戸の町、百万をこえる人が住まいおる城下を管轄するのがどれほど困難であるかは、論ずるまでもございませぬ。なれど長崎奉行とて、それにまさるともおとりませぬ。江戸町奉行は北と南と中の三人に増えましたが、それを一人にせよという話が持ちあがったなどと聞いたことさえございませぬ。しかし、長崎奉行だけは、減らし続けようとなされている。これが、どれほど……」

佐久間安芸守の話はとぎれなかったが、新井白石は聞いていなかった。

昨年、家宣が存命の間に長崎奉行を一人減らすと決したのは、新井白石のやったことであった。これは、交易の収益が思ったほど上がらなくなり、役料の高い奉行を一人減らすことで経費削減をはかったのだ。役料だけではなかった。長崎奉行は、その任地が遠いこと、さらにその役目が西国の外様大名たちに侮られてはならぬことなどから、赴任(ふにん)にさいして十万石の大名に匹敵するだけの行列が許されていた。そして、その費用は、幕府もちであった。

「千両か」

新井白石がつぶやいた。

「なにか、言われたか」

ずっとしゃべり続けていた佐久間安芸守が、聞き咎めた。

「いや。独り言でござる」

新井白石が、首を振った。

千両とは、長崎奉行が江戸と任地を行き来する費用のことであった。

「というわけで、長崎奉行を二人に減らすことは、御上にとって百害あって一利なしでござる。このことをよろしく間部越前守さまとお話しあいいただきたく、お願いにあがった所存」

ようやく佐久間安芸守の話が終わった。

「ついては、手ぶらで参るのもなにかと存じ、手みやげ代わりに長崎で手に入れた珍品をお持ちした。お納めいただきたい」

佐久間安芸守が、左脇に置いていた風呂敷包みを新井白石に向けて押しだした。

「これは……」

新井白石は首をかしげた。

「南蛮渡来の段通(だんつう)でござる」

佐久間安芸守が開いた風呂敷のなかから、一尺(約三〇センチ)四方ほどの、分厚い織物が現れた。

「これが、段通でございまするか」

新井白石が目を見張った。

「はるか南蛮の国で作られておるもので、なかなか手に入るものではございませぬ」

佐久間安芸守が、自慢げに言った。

段通の貴重さは、新井白石も知っていた。段通は、将軍家にも献上されるが、その数は少なく、かなりの貴重品としてあつかわれている。まれに将軍から功績のあった家臣に下賜されることがあるが、そのときの大きさが寸（約三センチ）刻みであることからも、その高価さがわかる。佐久間安芸守が持ってきた段通は、数百両の値がつくことはまちがいなかった。

「ごていねいに」

新井白石は、礼ともなんともつかない言葉で応じた。

佐久間安芸守は、役目を果たしたと思ったのか、機嫌よく帰っていった。

「長崎奉行か。これほどのものを差しだしても、その座にありたいと願うか」

一人客間に残って、新井白石は腕を組んだ。

「調べねばならぬな。儂が直接動ければよいが、そのようなことをしている場合でもないし、暇もない。儂が出かけている間に、間部越前守から執政への招きがあっては困る。なにより、儂は人の上に立つ者。こそこそ嗅ぎまわるような小者同然のまねなどできぬ。かと申して、飼い主の意を守らぬ犬を使う気にはならぬ」

新井白石が苦い顔で言った。

内座に出勤した水城聡四郎は、太田彦左衛門から長崎奉行がまた減員になるのではないかとの噂を聞かされていた。

「続けて減らすとは、急なことでございまするな」

聡四郎は首をかしげた。

「どのあたりから出たお話でございましょうか」

聡四郎は、城中の内情にくわしい太田彦左衛門に問うた。

「それが、どうやら御用部屋からのようでございまする」

太田彦左衛門が声をひそめた。

将軍の代替わりが、数年の間に二度もあったことで、思わぬ出費が幕政を大きく圧迫していることは、幕府に勤めている者なら誰でも知っていた。諸事倹約をあらゆるところに命じている執政たちが、実効性のない役目の数を減らすことに手をつけ始めたのだ。

「役料が減るという話のわりに、勘定方が騒いでおりませぬな」

聡四郎が疑問を口にした。

「もともと勘定方にとって長崎奉行は、どうでもいい役目でございますれば」

太田彦左衛門が、言った。

長崎奉行は勘定筋が独占できる役職ではなかった。いや、勘定筋から長崎奉行に転じた者は皆無であった。長崎奉行は交易のことにあたるとはいえ、諸外国からの侵略や、西国大名の叛乱（はんらん）を未然に防ぐ任が主であり、武方（ぶかた）の役目となっていた。結果、旗本の役職としてもっともうまみのある長崎奉行に加わることのできない勘定筋としては、どうでもいい役目であった。

「なるほど」

聡四郎は太田彦左衛門の話にうなずいた。

「長崎奉行を一人減らすだけで、じつに、年にして三千両からの金が浮くそうでございまする」

「それはすごい」

聡四郎が目を見張った。

「十年で三万両となれば、減らしたくもなりまする」

太田彦左衛門が、首肯した。

「なれど、そうすんなりとは参りますまい」

聡四郎は、懸念を口にした。武方にとっては貴重な役、とくに使番や目付など、次は長崎奉行にと座を狙っていた者たちが黙っているとは思えなかった。

「おっしゃるとおりだと存じまする。なにせ、あれほど金になる役目はございませぬから」

「それほど金になりまするか」

世間にうとい聡四郎が問うた。

「はい。長崎奉行を一度やれば、三代裕福にすごせると申しますから」

「三代とは、また大げさな」

聡四郎が、笑った。三代とは、本人、子供、そして孫のことだ。一代を三十年ずつとしても九十年になる。どこの旗本も格式を保つのに汲々としている正徳の世に、百年近い余裕となれば一万両ではきかない。

「それが、事実なのでございまする。ちょっとお待ちを」

太田彦左衛門が、聡四郎の前から立った。

内座は、勘定衆御殿詰めと勘定吟味役の詰め所である。勘定衆は、内座を入った奥に、勘定吟味役は奥に席が与えられた。その勘定衆と勘定吟味役の中間に勘定吟味役の配下たちの机があった。

勘定吟味役には、勘定吟味改役と勘定吟味下役がつけられるが、勘定方からにらまれている聡四郎にしたがうのは、太田彦左衛門だけである。

太田彦左衛門は、自席の机下に詰めこんである書付のなかから数枚をつかみ出すと、聡四郎のもとへ戻ってきた。

「まず、長崎奉行の役料についてはご存じでしょうか」

「たしか、四千俵と聞いたような気がいたしまするが」

太田彦左衛門の質問に、聡四郎はうろ覚えの数字を口にした。

「さすがでございますな」

太田彦左衛門がほほえんだ。

「で、遠国奉行として、格上とされる大坂(おおさか)町奉行と京都町奉行、伏見(ふしみ)奉行の役料についてはいかがで」

「正確なところは、知りませぬ」

聡四郎は正直に答えた。

「けっこうでございまする。大坂町奉行と京都町奉行は六百石、伏見奉行が三千俵。ちなみに勘定衆筆頭の勘定奉行さまでさえ、役料七百俵、お手当金三百両しかございませぬ」

太田彦左衛門が語ったことに聡四郎は目をむいた。

「役料六百石は、俵に直して一千五百、三百両は七百五十俵ていどにしかなりませぬぞ」

勘定吟味役になってから、早くなった計算で聡四郎は、換算した。

「どれだけ、長崎奉行が優遇されているか、おわかりでございましょうか。たしかに遠国奉行は、家族を江戸に残していくのが通例でございまする。江戸と長崎、二ヵ所の生活を維持しなければならないのは、面倒なうえに費えもかかりまする。ですが、四千俵、金になおして一千四百両からの役料が要るとは思えませぬ」

太田彦左衛門が、述べた。

長崎奉行は通例として、千石内外の旗本が任じられる。千石取りの年収は四公六民でおよそ四百石。精米での目減りを考えると実質三百六十石の手取りとなる。一石一両がおおよその相場であるので、三百六十両で一年の生活とふさわしい格式をたもたねばならないのだ。

そこに一千四百両、じつに四年分の年収の役料が与えられる。これだけでも長崎奉行の待遇がずぬけていることがわかった。

「まあ、役料はたいしたことではございませぬ」

「たいしたことないと、これで」

聡四郎は、太田彦左衛門の言葉に、驚愕した。

「はい。役料はたしかに他職にくらべて手厚うございますが、申したところで役料は表の金。武士の体面として、遣わずに貯めこむことはできませぬ。吝嗇との噂がたてば、こととしだいによっては、家に傷がつきまする」

太田彦左衛門が、小さく首を振った。

事実、殖財に熱中したあまり、役目を解かれたり、減禄や家格落ちの目にあった旗本は何人もいた。

「裏の金があると言われるか」

聡四郎が、口にした。

「いかにも。長崎奉行の真髄は、ここにございまする」

太田彦左衛門が、一枚の書付をまず出した。

「これは、長崎の乙名衆が、江戸で言う町年寄でございまするが、書き記した市中明細帳の抜き書きで」

太田彦左衛門が、ずらりと並んだ項目の、中央あたりを筆の先で指した。聡四郎は、そこに書かれている文字を読んだ。

「八朔銀、これはいったい」

聡四郎は、聞いたことのない言葉にとまどった。

「八朔の日に、長崎奉行が寸志の名目で集める銀子のことでございまする」

太田彦左衛門が答えた。

八朔とは、八月の一日のことである。徳川家康が、初めて江戸に入ったのが、天正十八年（一五九〇）八月一日であったことから、八朔は徳川家にとって特別な意味を持つ日となっていた。

長崎奉行は、この日、長崎の裕福な商人たちから、暑中お見舞いとの名目で金を受けとっていた。聡四郎の目の前にあるこれは、差しだした町人たちがどのくらい支払ったかを記録した書付であった。

「二百八十二貫目。馬鹿な」

聡四郎が絶句した。

変動相場ながら、およそ銀六十匁が金一両に換算される。そして一貫は一千匁に値する。すなわち銀二百八十二貫目は、四千七百両に相当した。

「それを四人の奉行で割るのでございまする。長崎奉行に就いてからの年数や、家格で多少の差は出ますが、一人あたり、およそ年一千両を、商人どもから受けとっておるのでございます」

「一千両とは」

聡四郎はうなった。聡四郎は、新井白石の命で勘定奉行荻原近江守の罪を暴き、失脚させた。荻原近江守と組んだ紀伊国屋文左衛門とも戦い、命を失いかけた。そうやって得たのが、五十石の加増である。これは、五十石分の米が穫れる知行所をあらたにもらったのだが、手取りにすれば、一年で二十両ていどの増収でしかない。長崎奉行は、夏のあいさつだけで、その五十倍を手にするのだ。

「水城さま、まだこれは序の口でござる」

太田彦左衛門の声は、冷静であった。

「他に長崎在番だけの特権でございまするが、お調べものというのがございまする」

「お調べものでございまするか」

聡四郎は、首をかしげた。

「除物とも称しますが、これは、オランダ船や清国船が長崎に入ったとき、誰よりも先んじて、持ちこまれた商品を買い取ることでございまする。もちろん、無制限ではございませんが、数百両内外までのものを仕入れ値で強制的に買いあげ、それを長崎の商人に託して、京、大坂で売らせるので。仕入れ値の数倍の儲けが出ると言い、これを、船が入るたびにおこなうことができまする」

太田彦左衛門が、語った。オランダ船は、年に何度も来ないが、清国船は年に何隻かやってくる。毎回千両近い儲けがあるとしたら、一年で数千両になる。

「水城さま、まだございますので」

太田彦左衛門の声に聡四郎は怖気だった。

「管轄する西国の外様大名から、すさまじいほどのつけ届けが参るので」

「西国の外様といえば、薩摩、久留米、柳川、熊本、大村などでございますな」

「他に、長州の毛利もで。他に譜代の小倉、唐津も長崎奉行に気を遣いまする。そしてなにより、長崎の警固を命じられている佐賀と福岡がございまする」

「ううむ」

聡四郎はうなった。

「とくに、直接長崎奉行とかかわる佐賀、福岡の贈りものは、とほうもございませぬ」

太田彦左衛門が、別の書付を出した。

「いや、もう結構でござる」

これ以上聞いては、気分が悪くなりそうだと聡四郎が、手を出して止めた。

「長崎奉行を一度やれば、孫子の代まで裕福というのが、身に染みてわかり申した。三人役を二人に減らす。これでは、なかなか難しいでしょうな」

困難さは、聡四郎にもわかった。

長崎奉行をやっている者はもちろん、次こそ、いずれはと狙っている者が減員など認めるはずはなかった。

「なにより……」

太田彦左衛門が、いっそう声を低くした。

「またも長崎奉行を減らそうと、どなたが考えられたか。いや、誰が後ろで糸を引いているか。このまま見過ごされるとは……」

「新井白石どのが、動かれると」

「はい」

太田彦左衛門が首肯した。

「拙者に命じられるとは思えませぬが」

聡四郎は、顔も見たくないと、怒鳴りつけた新井白石の表情を思いだした。

「新井さまほど、矜持が高く賢いお方はおられませぬ。ゆえに、かの御仁の期待に応えられるほどの者が、そういるとは思えませぬ」

太田彦左衛門が、語った。

「いずれは、回ってくると」

「はい。そして、それを拒むことはできませぬ。我ら二人、荻原近江守どのが失脚したとはいえ、勘定方では、目の上のたんこぶ。排除する機会を誰もが虎視眈々と狙っております」

太田彦左衛門の言うとおりであった。聡四郎が任、勘定吟味役は、勘定奉行の次席と位置づけられ、勤めあげれば勘定奉行も夢ではないと五百石内外の旗本から羨望を集めていた。同様に太田彦左衛門の勘定吟味改役も勘定組頭などへの足がかりとして、目をつけられていた。

「庇護者のおらぬ役人ほど、足下の危うい者はございませぬ。そして、役に就いていなければ、なにもなすことはかないませぬ」

太田彦左衛門は、聡四郎がめざしていることに気づいている。

「覚悟を決めるしかありませぬな」

聡四郎は、大きく息を吸った。

第三章　亡霊蘇生

一

御広敷伊賀者は、戦国の技を伝える忍で構成されていた。

伊賀組頭領服部半蔵に統括されていた伊賀者たちだったが、二代目服部半蔵の仕打ちに耐えかねて叛乱をおこしたことで、小普請組伊賀者、明屋敷番伊賀者、山里伊賀者、御広敷伊賀者に分割され、往時の力を失っていた。

分割されたなかで最大の勢力が御広敷伊賀者であった。定員は九十六人、三十俵二人扶持を給され、その任は大奥の出入り口である七つ口の警備、将軍家御膳の監視、大奥女中の供などだが、忍にふさわしいものではなくなっていた。

月光院から間部越前守を襲った者たちの探索を命じられて、御広敷伊賀者は三交代にあわせて分割された非番の一組をまるまる江戸中へ散らしていた。

探索は難航していた。間部越前守を襲った連中の死体は、まさに隅々まで調べられた。髷のなかから草鞋の紐まで徹底的にである。それでもなに一つ手がかりになりそうなものはなかった。

そんななか、伊賀者の一人が調べ終わった襲撃者たちの持っていた太刀を売った。

伊賀者ほど貧しい者はない。御広敷伊賀者はまだよかった。同族である小普請組伊賀者や明屋敷番伊賀者は禄さえ与えられず、わずかに十五人扶持を恵まれるだけと侍あつかいさえされていなかった。

一人扶持は一日玄米五合の現物支給である。十五人扶持は一年になおして、二十七石にしかならない。その上、町同心のような余得がいっさいないのだ。伊賀者が食べていくためには、互いを支えあうしかなく、死者に不要な刀を売るのは必然であった。

「ほう、なかなかの業物ばかりでございまするな」

伊賀者が持ちこんだ六振りの太刀を鑑定した刀剣商が目を細めた。

「お侍さまのご先祖は、京のお方でございますか」

「京ではないが、近いな」

伊賀者が商人の問いに答えた。

「なぜわかった」

「そりゃあ、わかりまする。この刀すべて三条小鍛冶ものでございまするから」

「三条小鍛冶……」

「へい。京に古くから続く打ち刃の一門、ご存じでございましょうに。とくにこの太刀は、鍛え筋が読めず、よく詰んだ地肌。二十五代目埋忠明寿と鑑ましたが」

商人が太刀の茎をじっと見つめた。

「あとも三条小鍛冶の流れをくんでおりましょう。銘もなく誰と特定はできませぬが、なかなかのできばえと拝見いたしました」

「そうか」

伊賀者がそわそわしだした。

「いかがでございましょう。すべてで五十両、いえ六十両では」

商人が伊賀者の表情をうかがった。

「すまぬ。この話はなかったことにしてくれ」

伊賀者はそそくさと刀を手許に取り戻した。

「お気に召さぬなら、どうでございましょう。七十両、いえ七十五両まで……」

未練がましく声をかける商人を残して、伊賀者は店を出た。

組屋敷に戻った伊賀者の話を聞いて、組頭が目を細めた。

「京か」

組頭は、みょうな憶測をつけずに、そのままを間部越前守に報告した。

「京とくれば、どこの家中か」

間部越前守が、江戸城中奥御広敷板の間片隅に平伏する組頭に問うた。

「山城国のなかでは、淀藩六万石戸田さまのみ。近隣となりまするとを大和国郡山十二万石本多さま、摂津国高槻三万六千石永井さま、近江国膳所六万石本多さま、彦根三十万石井伊さまあたりかと」

組頭が平伏したまま口にした。

「ふうむ。どこも譜代の名門方ばかりか。恨まれる覚えはないが、嫌われておることはたしかだな」

間部越前守は、四面楚歌の状況を十分把握していた。

「あと」

組頭が遠慮がちに声を出した。

「なんじゃ、申してみよ」

「京に領地をお持ちではございませぬが、かかわりの深いお方なら……」

組頭が、ちらと間部越前守の顔を見あげた。

「申せ」

間部越前守がもう一度せかした。

「上野国矢田一万石松平越前守信清さま」

「鷹司か」

組頭の口から出た名前に、間部越前守は驚いた。

松平越前守信清は、松平の姓を冠しているが徳川の血縁ではなかった。先祖は武士の出ではなく、公家出身の特異な大名であった。

鷹司松平の初代信平は、五摂家の一つ関白鷹司信房の息子であった。三代将軍家光に召されて江戸に下向し、紀州徳川頼宣の娘と婚姻して、松平の姓と廩米四千俵を与えられた。

三代目となる信清は、五代将軍綱吉にかわいがられ、一万石に加増、家格も大広間詰めと親藩並みに引きあげられていた。

「先々代綱吉公ご正室鷹司家の分かれか」

間部越前守が苦い顔をした。

「なるほどな。出世の糸口を断ちきられた恨みか」

「…………」

間部越前守の独り言に、組頭は応えなかった。

松平信清は、元禄二年（一六八九）の生まれである。父の急逝により、わずか三歳で当主となった。普通ならば、目通りもすませていない幼児に相続が許されることはないのだが、綱吉正室の実家筋として特別あつかいを受けた。さらに信清は、かぞえの十四歳で従四位侍従に任官する。綱吉の恩寵はそれだけで終わらなかった。なんと信清に綱吉は形見分けと三千石の加増、親藩並み大名への格上げを遺言として残していた。

「綱吉さまが今少しご存命であったなら、信清にはさらなる加増と執政への登用もあったかもしれぬな」

「しかし、それで間部越前守さまをお恨みするのは筋違いでは」

組頭が言った。

「ふん。わかっておりながら、それを言うか。気に入ったぞ」

間部越前守が、剣呑な光を瞳に宿した。

「きさま、名は」

「御広敷伊賀者組頭柘植卯之と申しまする」

柘植が、名のった。

「ここでの話は大丈夫であろうな」

「伊賀の結界を張っておりまする。何者もここをうかがうことさえできませぬ」

柘植が自信ありげに胸を張った。

「よし。伊賀者は何人おるのだ」

さらに間部越前守が訊いた。

「御広敷に九十人余り、西丸御広敷に六十人、明屋敷、山里、小普請を入れまして、二百人ほどでございまする」

「ふうむ。二千石もあれば、当座足りるか」

間部越前守がつぶやきに、柘植の目が光った。

「家継さまが政をご親政なされば、伊賀組を再編し、与力にしてやろう。それまでは隠し扶持で我慢せい」

間部越前守が、味方につけと柘植を誘った。

「かたじけのうございまする」

柘植が平伏した。

「松平信清さまがことはいかがいたしましょうや」

柘植が問うた。

「しばし放っておけ。なまじ手出しをして、衆目を集めては意味がない」

「はっ。では、大奥開かずの間の警固だけにとどめまする」

「うむ。無断で近づく者は……」

間部越前守は、最後まで言わなかった。

「お任せくださいませ」

柘植も具体的なことは口にしなかった。

「それより、一つ気になることがある。新井白石がみょうに強気である。当初は儂に遠慮しておったが、ここ最近、炯々たる眼差しで儂に向かいよる。なにがあったのか、調べあげよ」

「うけたまわりましてございまする」

柘植が平伏した。

伊賀組から選ばれた二人の忍が、さっそく新井白石の屋敷を探った。伊賀忍者は戦国の昔より、一人働きを得意としていた。集団で任にあたった甲賀忍者とは一線を画し、個人技に自負を持っていた。だが、かならず二人で行動した。これは、一人がやられたときにその状況を報せるためである。したがって、役目を果たす一人目と違い、二人目はなにがあってもかかわることなく、ただじっとようすを見届けるだけであった。

新井白石は一千二百石を与えられていたが、ふさわしいだけの家臣を雇ってはいなかった。また、刀剣の術にまったく価値を見いだしておらず、家臣たちは実務に秀でてはいたが、武芸にはまったくつうじていなかった。

伊賀者はらくらくと新井白石の屋敷に入りこんだ。

新井白石の帰邸は遅い。早くとも宵五つ（午後八時ごろ）、下手をすれば四つ（午後十時ごろ）を過ぎることもあった。

今宵も新井白石はまだ帰っていなかった。

頭のいい男にありがちなことだが、新井白石は整理整頓が苦手であった。寝室も兼ねている居室は、積みあげられた書籍や書付で足の踏み場もないほどであった。

「よくこれで、どこになにがあるかわかるものだ」

あきれながら伊賀者は、文机(ふづくえ)の引き出し、違い棚のなかを探った。

半刻(はんとき)(約一時間)ほど経ったころ、玄関がざわつき、新井白石の帰宅が屋敷内に伝えられた。

「…………」

伊賀者は、あきらめて屋敷を出た。このまま江戸城に戻り、入れ替わりに主のいなくなった側役下部屋を探るためであった。

用人に言葉少なに指示を与えながら、居室に入った新井白石は、足を止めた。

「誰か入ったか」

新井白石が用人に質問した。

「いえ。ご命じのとおり、殿がお留守の間は、入ることを禁じておりまする」

用人が怪訝な顔をした。

「そうか。ならばよい」

新井白石は、用人を去らせると部屋中を一瞥(いちべつ)した。

「ふん。無駄なことをしてくれる。たいせつなものを見つかるようなところに置くものか。すべては儂の頭のなかよ。ここなら、他人に見られることも奪われるともないからな」

新井白石がうそぶいた。

江戸城下部屋でもなに一つ見つけられなかった伊賀者は、その旨を間部越前守に告げた。

「さすがは白石よな。身辺にないなら周囲を探せ。白石の手足となっている勘定吟味役がいたはずよ。そやつを調べよ」

間部越前守に新しい命を出され、伊賀者は聡四郎の屋敷に向かった。

塀を乗りこえ、屋敷の天井裏に入りこんだ伊賀者は、聡四郎の居室である書斎の天井裏に張りついた。

そっと天井板をずらし、五分（約一・五センチ）ほどの隙間を作り、そこから覗きこんだ伊賀者は、目を見張った。

鉄漿で歯も染めず、眉も剃っていない町娘に、旗本が叱られていた。

「で、吉原でなにをしていたの」

紅が、聡四郎の前に置かれた夕餉の膳をはさんだ真正面で詰問した。

「なにもしておらぬ。西田屋甚右衛門どのに話を聞いただけだ。なにより、吉原は正月八日から。それまで客をとることはない」

聡四郎が言い訳をした。

「よくご存じなこと」

紅の機嫌はますます傾いた。

「お嬢さん、女の嫉妬は嫌われやすぜ」

袖吉が顔を出した。

「もう、そんな刻限かい」

紅が袖吉に訊いた。

紀伊国屋文左衛門の一件があって以来、袖吉が紅の送り迎えをしていた。

「へい。もう暮れ六つ（午後六時ごろ）で」

袖吉がうなずいた。

「わかったよ」

紅が立ちあがった。

「男って、本当にやらしいんだから」

紅が、ふんと横を向いた。

「なにを言ってるんだか。旦那が吉原通いをするほど柔らかけりゃ、お嬢さんの苦労も八割方消えるでしょうが」

「うるさいね。男のおしゃべりはみっともない。帰るよ、袖吉」

紅が、書斎を出た。

「やれやれ」

ため息をつきながらも、袖吉が鋭い顔つきになった。

「…………」

聡四郎は、黙って首肯した。

袖吉と紅の足音が消えるのを待って、聡四郎は天井を見あげた。

「なんの用だ」

天井から返答はなかったが、聡四郎はかまわず続けた。

「どなたの命かは知らぬが、拙者はいかなるお方にもつかぬ。今後もな」

聡四郎が手に入れたはずの密書。間部越前守と増上寺がかわした六代将軍の菩提寺選定にかかわる書付が狙いだと、聡四郎にはわかっていた。

「あれはすでに我が手にはない。いや、この世にあってはならぬものだ。そう拙者が申していたとお伝えあれ」

聡四郎は、それだけ言うと食事を再開した。

伊賀者の仕事は、得たものをそのまま持ちかえることである。伊賀者は、聡四郎に見つかったことに驚愕を覚えたが、あえて戦いを挑むことなく、屋敷を去った。

「そうか」

聡四郎の言葉を聞かされて、間部越前守は、己が奪われたものの正体に気づいた。

「新井白石が強気になるはずよ。だが、それもものがあってこそ。ふん」

間部越前守が、鼻で笑った。

「よろしいのでございまするか。ご命じくだされば、勘定吟味役一人、闇に葬るぐらいはさしたる難事ではございませぬが」

柘植が口を出した。

「ふうむ。やれれば大きいが、今、手の者を失いすぎるのは避けたい」

「ならば、二組四人だけ出しまする」

柘植が言った。ここで手柄をもう一つ立てて、間部越前守への食いこみを深くしたいのだ。

「よかろう。なれど、それ以上は許さぬ。これからますます手は要る。尾張、紀州もこのまま家継さまのご成長を黙って見ておるとは思えぬからの」

間部越前守は、ようやく手にした手足を無駄遣いする気はなかった。

「承知」

柘植が首肯した。

「新井さまはいかがいたしましょう」

柘植が問いかけた。

「まずいことを知られたが、うかつな手出しはできぬ。あやつのことだ、どのような手段に出るかわからぬ。場合によっては御三家と結託しかねぬ。儒学をもとにした理想の政（まつりごと）という妄執（もうしゅう）につかれておるからな。そのためなら、家継さまでさえ売りかねぬ。ここは、期待を持たせておくが良策。儂の手のひらで転がしておけばいい。たかが儒学者一人、一千二百石では、力の持ちようもない。まあ、図にのらぬていどには釘を刺さねばなるまいが」

間部越前守が、笑った。

「では」

柘植が、間部越前守の前をさがった。

紅は幼いころに母親を失った。娘として母親から学ぶべきことを、紅は他人から教わるしかなかった。

十日に一度、紅は近くに住む寡婦のもとに針仕事を習いに行っていた。

江戸の人入れ稼業を一手に押さえている相模屋の娘となれば、べつに縫いものができなくても困らないのだが、嫁にいって恥をかかないようにと思いやった伝兵衛によって、紅は半年ほど前からかよわされていた。

「単衣ものを仕立てたいと」

「はい」

針仕事の師であるお崎に問われて、紅がうなずいた。

呉服屋で着物を仕立てるのは、江戸でもごくかぎられた人だけである。大名あるいは寄合と呼ばれる高禄旗本か、商人でもかなりの大店でないと、呉服屋であつらえることはなかった。庶民は、古着屋で手に入れてきたものを、自宅で繕うか、反物を買ってきて、自ら仕立てるのが普通であった。

「寸法はとったの」

お崎が訊いた。

紅よりも二十ほど歳上のお崎は、十五のとき、相模屋伝兵衛から仕事を受ける大工と一緒になった。しかし、二年ちょっとで、博奕に身を持ち崩した夫が夜逃げしてしまった。子供はいなかったが、実家を継いだ弟も嫁をもらい、帰るわけにもいかず、お崎はその日の暮らしにも困っていた。そのお崎に相模屋伝兵衛が仕立ての仕事を紹介したのがきっかけとなり、紅は針仕事を教わることになった。

「おおよそは」

紅の顔が赤くなった。

「あら、珍しい。ひょっとして、いい人のかしら」

お崎が、ほほえんだ。

「ち、違うから。あんなのは、いい人じゃない」

紅が、強く否定する。

「そうなの。なら、なにも紅さんがわざわざ一から仕立てあげることはないでしょう」

紅の膝元に置かれている反物に目をやりながら、いじわるくお崎が言った。

「…………」

紅が、黙りこんだ。

「ごめんなさいね。からかいすぎたわ。でも、うれしかったのよ。あの紅さんが、男の人のために着物を仕立てようと思うなんて」

お崎が、しみじみと述べた。

「男勝りどころじゃなかった。育て方をまちがえたかと相模屋の旦那が、いつもいつも嘆いておられたけど。紅さんも娘になられたんだねえ」

お崎にとって、紅は歳の離れた妹のようなものだった。

首筋まで真っ赤に染めた紅は、じっとうつむいていた。

「いいわねえ。あたしも二十年前を思いだしますよ」

お崎がほほえんだ。

「もういいでしょう」

紅が、小さな声を出した。

「じゃあ、まずは裁ち合わせから始めましょう。寸法書きを見せてくださいな。あら、けっこう大柄なお方なのですね。反足りればいいけど」

紅から見せられた寸法書きを読んだお崎が、首をかしげた。

「足りない」

紅が不安そうな声をあげた。

「裁ち合わせを工夫すれば、いけるでしょうよ。紅さん初めての仕立てには、ちょっと難しいでしょうが、いい経験になりますよ。これをうまく仕上げれば、もっと凝ったものもできるようになりますから」

「本当」

紅がうれしそうに顔をあげた。

「はい。ですから、頑張りましょうね」

お崎の言葉に、紅が強くうなずいた。

二

永渕啓輔は江戸茅町の甲州二十二万八千七百六十五石柳沢家中屋敷に、前藩主柳沢美濃守吉保を訪ねていた。

小身から大名に引きあげてくれた五代将軍綱吉がこの世を去るなり、あっさりと家督を嫡男吉里に譲った柳沢吉保は、この中屋敷の庭に面した書院を隠居場と定めて、来客も断り、静かに余生を過ごしている体をよそおっていた。

「どうした」

庭のなかほどにある四阿が、永渕啓輔と柳沢吉保の密談の場となっていた。

「水城が、なにかしたか」

柳沢吉保の問いかけに、永渕啓輔は首を振った。

「いえ。相変わらず、なにもわからぬままに動きまわっておるだけで、とりたてて、なにかにかかずらっておるようではございませぬ」

「そうか。新井筑後と仲違いしたとの話は、まことだったか」

柳沢吉保が、満足そうにうなずいた。

「では、今宵は何用だ」

柳沢吉保が、問いなおした。

「長崎奉行が一人減らされるとの噂は真実でございましょうや」

永渕啓輔が訊いた。

「うむ。そのように執政どもが申しておったわ」

柳沢吉保は、中屋敷から出ることなく城中のことを手に取るように把握していた。

「どうやら、新井白石がそれに興味をしめしておるようでございまする」

永渕啓輔が、話した。

「水城と和解したか。いや、あの新井筑後が、折れるとは思えぬな」

「はい。水城ではございませぬ。徒目付の田之倉忠太が、新井白石に呼びだされましてございまする」

永渕啓輔が報告した。

徒目付は、目付の下役で、百俵五人扶持である。定員は八十人で三人の組頭に統率され、城中の巡回、諸門の警固、探索を任とした。役目柄武術につうじていることが求められ、剣や槍はもちろん、忍の術にたけている者もいた。

「徒目付か」

柳沢吉保が小さく笑った。

「その何とやらと申す徒目付は、遣えるのか」

「真田流軍学に精通しておるとの評判でございまする」

「ほう。ということは、ご先代家宣さまの」

「はい。もとは、甲府宰相家の家臣だったそうで」

家宣は将軍になる前は、甲府藩主であった。戦国の雄甲斐の武田信玄が本拠地としていた甲府では、軍学が盛んであり、とくに、有名な甲州流軍学の他に、武田信玄に属していた稀代の謀将真田昌幸の流れをくむ真田流軍学が知られていた。

「おもしろいな。やらせてみよ。なにもわからぬだろうがな」

「はっ」

永渕啓輔が、応じた。

「さがってよい」

柳沢吉保は一度手を振ったが、思い返したように声をかけた。

「そういえば、そなたの師はなにをしておったか」

「ご領内で過ごさせていただいておりまする」

永渕啓輔が答えた。

「ふうむ」

柳沢吉保が思案に入った。

「おもしろいか」

「ご大老さま」

柳沢吉保は、大老格でしかなく、すでに隠居していたが、誰もが畏怖をこめてこう呼んでいた。永渕啓輔が声をかけた。

「なんと申したか、そなたの剣術の師は」

「二代目浅山一伝斎でございまするが」

永渕啓輔が、首をかしげながらも伝えた。

「呼べ」

「殿の御前にでございまするか」

「聞き返すな」

柳沢吉保が機嫌を損ねた。

「そなたは、儂の命じるようにしておればよい」

「はっ」

永渕啓輔があわてて平伏した。

「儂の思惑がうまくいけば、一伝流の名を残させてやろう。道場というわけにはいかぬが。一伝斎の稽古に耐えられる弟子が、江戸にそうそうはおるまい」

「はい」

永渕啓輔も同意した。

入江無手斎に負けて、剣名を失った一伝斎の復讐（ふくしゅう）の念はすさまじく、技を磨く相手にされた永渕啓輔も何度殺されかかったかわからなかった。

「江戸で道場を開く望みなど師は持っておりませぬ。ただ、師は決着をつけたいと願っておるだけでございまする」

「入江無手斎とのか」

柳沢吉保は、入江無手斎と浅山一伝斎のいきさつを聞かされていた。

「はい」

永渕啓輔が、返事をした。

「水城の師とか。ふうむ。使えるやもしれぬ。それも許してやろう」

柳沢吉保が、認めた。

「ありがたき幸せでございまする」

永渕啓輔が、平蜘蛛のようになって礼を述べた。

田之倉忠太は、今年で二十五歳になった。百石取りの旗本田之倉家の三男であった田之倉忠太の父が、三代将軍家光の子供綱重に付けられ、三十石取りの先手衆として召しだされた。そして、綱重のあとを受けた綱豊が、将軍家宣となって江戸城に入るのにあわせて、田之倉忠太も、百俵五人扶持の徒目付に転じた。

「新井さまのお言いつけとはいえ、なかなかに難しいな」

父の赴任について甲府入りした田之倉忠太は、八歳から真田流軍学を真田信斎について習っていた。真田信斎は、かの信州の雄真田昌幸が一族の末裔と称して、手広く軍学を教えていた。

生来小柄だった田之倉忠太は、真田信斎の勧めもあって、戸隠流忍術を身につけ、十八歳で免許皆伝を許されていた。

「長崎奉行となれば、在番で江戸にいる佐久間安芸守どのから調べるしかないか」

田之倉忠太は、暗くなるのを待った。

徒目付は、目付の管轄下にある。探索に出るとなれば、組頭に内容から目的を届け出なければならなかったが、新井白石はこれを禁じた。

「他人に知れてはならぬ。すべての報告は、儂一人にいたせ。うまくなしとげた暁には、家格御目見得（おめみえ）にあげ、禄高もそれなりにしてくれる」

田之倉忠太は、その新井白石の誘いにのった。

徒目付はきつい役目である。三日に一度の勤務ながら、任によっては朝から晩まで城門脇で、雨が降ろうが、日が焼けつくように照ろうが、傘一つ持つことを許されることなく立ちつくさねばならない。また、城内の監察を命じられれば、他職のあら探しをせねばならず、誰からも嫌がられ、冷たい目で見られることになる。

手柄を立てたところで、出世することはほとんどできないのが徒目付である。徒目付の手柄は上司である目付のものとされるからだ。

こうして目付は手柄を増やし出世していくが、手柄を奪われた徒目付は浮かびあがらない。若い田之倉忠太は、己の境遇に不満を持っていた。

江戸の町は、日が暮れると一気に人気を失う。とくに武家地は閑散となる。

田之倉忠太が組屋敷を出たのは、もう五つ半（午後九時ごろ）に近かった。

そこが武家地であるかどうかは、常夜灯の有無でわかる。明暦の大火事を教訓にしたのか、幕府は町人地での常夜灯を禁じていた。

武家地は、常在戦場の気風を守るためか、辻ごとに常夜灯が設けられていた。高禄の旗本や大名は一軒で、小禄の者たちは近隣で力をあわせて、灯りの監視、油代の支払いなどを担当した。

常夜灯と言ったところで、辻がぼんやりと照らされるていどでしかなく、門まで光は届いていなかった。

あらかじめ、徒目付控え所に常備されている地図で確認しておいた田之倉忠太は、迷うことなく佐久間安芸守屋敷へと着いた。

旗本の屋敷は、敷地の大きさは違えども、構造はよく似ている。

黒ずくめの筒袖衣装に覆面をした田之倉忠太は、軽々と塀を跳びこえてなかに入りこんだ。

旗本屋敷の床下は低い。下から槍で突かれるのを防ぐためであるが、それでも匍匐するには十分である。田之倉忠太は、音もなく床下を這い、屋敷の中央にある書院を目指した。

しかし、その日は、なに一つ有益な話を聞くことはできなかった。

田之倉忠太は辛抱強く、連夜佐久間安芸守の屋敷にかよった。

五日目、日が暮れる前から田之倉忠太は、佐久間安芸守の屋敷を見張っていた。

残照のなか、屋敷門が開いて、なかから行列が出てきた。

江戸在府長崎奉行には役座敷も公邸も与えられず、己の屋敷で執務をとる。幕閣からの呼びだしでもないかぎり、佐久間安芸守が屋敷から出ることは滅多になかった。

公務で老中に面会を求めるには、遅すぎた。駕籠に乗った佐久間安芸守は、わずかな供だけで、いかにもお忍びといった風であった。

小半刻（約三十分）ほど進んだところで、行列は門戸を開いて待っていた屋敷へと消えていった。

辻角からうかがっていた田之倉忠太は、太刀を踏み台にして、屋敷に忍びこんだ。

田之倉忠太は、見事な庭園の端に潜んだ。すでに駕籠は式台におろされ、供たちもくつろいでいる。田之倉忠太は、玄関前で燃やされているかがり火の灯りに映りこまないよう、姿勢を低くして奔(はし)った。江戸の武家屋敷は、表札を掲げないのが通例である。田之倉忠太も誰の屋敷かわからなかったが、その大きさから大名であろうと考えていた。

　大名や高禄の旗本となると、表と奥の区分けは厳格である。近しい親戚筋でもないかぎり、自室書院にとおすことはなく、比較的玄関に近い客間が、応対の場所となっていた。

　田之倉忠太は、人の話し声のする座敷下にたどり着いた。

「いかがでございましょうや、御側御用人(おそばごようにん)さま」

　畳と床板をとおして、佐久間安芸守の声が、聞こえた。

「ご懸念あるな。安芸守どの。長崎奉行削減の話は、御用部屋から出たもの。このままちがいなく、本決まりとなろう」

　若い声が自信ありげに答えた。聞き覚えのある口調に、田之倉忠太の眉がひそめられた。

「長崎奉行が二人になれば、もらいものを分ける人数が減るうえに、お調べものも奪いあわずともすむ。なかなか深い。まさか長崎奉行が減員を望んでおるとは思うまい」

若い声が、笑いをふくんだ。

「いえ。そのようにお教えいただかなければ、気づきもいたしませなんだ。さすがは、徳川一の名将本多平八郎忠勝さまが、ご直系。感服つかまつりましてございまする」

佐久間安芸守が、二十歳は下の本多中務大輔に、お世辞を言った。

「持ちあげてくれずともよい。ところで、筑後めには、ちゃんと伝えたのであろうな」

本多中務大輔が、問うた。

「はい。長崎奉行が減らされようとしておりますが、それをなんとか止めてくださるようにと、申して参りました」

佐久間安芸守が答えた。

「けっこう。あのなんでも己の思いどおりにしたがる筑後である。すぐに口出しをして参ろう。そこを突く。幕府財政逼迫のおりからを見ることもできぬのかとな」

本多中務大輔が、笑った。

「儒学坊主のくせに、政に加わろうなど、百年早いわ」

本多中務大輔が嘲る言葉を聞きながら、田之倉忠太は床下から去った。

田之倉忠太は、屋敷を逃げたその足で薬研堀まで走った。

すでに深更に近かったが、新井白石はまだ起きていた。

「ふううむ」

田之倉忠太の報告を聞いた新井白石がうなり声をあげた。

「佐久間安芸守は、本多中務大輔に命じられて、儂のところへ来たということか」

新井白石の問いかけに、田之倉忠太は無言で応えた。

探索をおこなうものは、見てきたこと、耳にしてきたことを正確に伝えるだけが任であり、己の意見を口にしないのがきまりごとであった。

「本多中務大輔は家宣様のお覚えめでたく、宝永七年（一七一〇）に奥詰め衆から、いきなり側用人に抜擢されたが、まだ若い」

新井白石は、重要な幕府役人すべての履歴を覚えていた。

奥詰め衆とは、将軍身辺警固のために城中雁の間に詰めた五万石ていどの譜代大名のことである。無役あつかいだったが、将軍と顔をあわせる機会が多く、数年で奏者番や御小姓などの役付に転じていった。なかには、若年寄に起用される者もいたが、いきなり格上である側用人に任じられることは、あまりに異例であった。

「本多中務大輔は名門だが、これを考えつくほど切れるわけではない。おそらく裏で糸を引いた者がおる」

新井白石には、それが誰かわかっていた。

「…………」

田之倉忠太は、新井白石の話をじっと聞いていた。

「ご苦労であった。だが、これだけでは、ことの形が見えただけに過ぎぬ。もっと細かいところまではっきりさせねばならぬ。田之倉、引き続き探索を続けよ。ことが終わった暁には、まずは百石に加増をしてくれる」

「はっ」

新井白石のぶら下げた餌に、田之倉忠太は食らいついた。

白湯の一杯ももらえず田之倉忠太が去っていった後、新井白石は、じっと宙をにらんだ。新井白石には黒幕が誰かわかっていた。

「まだ妄執をもって幕政に手出しをしようとするか、柳沢美濃守よ。きさまのような我欲の者に家継さまの御世を侵されてなるものか。家継さまは、儂が天晴れ天下の名君、さすがは家宣さまのお血筋とたたえられるお方に、お育てする。傷一つつけさせてたまるものか」

新井白石が、地の底を這うような声で呪った。

永渕啓輔は聡四郎の監視をしばらく外れ、同僚田之倉忠太のあとを追っていた。すでに、田之倉忠太が、本多中務大輔の中屋敷に忍びこんだことも、その足で新井白石に面会したこともつかんでいた。

今も、当番を終えて帰宅していく田之倉忠太の姿を目の隅に入れながら歩いていた。

田之倉忠太の屋敷は、内藤新宿に近い四谷伝馬町一丁目にあった。

麴町を過ぎたところで、永渕啓輔は、背筋に氷をつけられたような気がして立ち止まり、あたりを見まわした。

「……っ」

田之倉忠太に気づかれたかと見たが、変わることなく遠ざかっていく。

「なにをしておる。この馬鹿弟子が」

みょうに甲高い声が、永渕啓輔を襲った。

「師」

永渕啓輔が、跳びあがった。

四谷伝馬町二丁目の角から二代目浅山一伝斎が現れた。

「いつこちらに」

永渕啓輔は、もう一度二代目浅山一伝斎を路地に押しこむように戻した。

「昨夜よ。そこの法蔵寺に一夜の宿をとった」

二代目浅山一伝斎は修験者の姿をしていた。

修験者とは、奈良に都があったはるか昔、文武天皇の御世、大和葛城山に籠もった役小角に端を発する山岳仏教の半俗半僧のことである。全身白の衣服に身を固め、背中に笈と呼ばれる小箱を背負い、手に錫杖を持って、国中の峻険な山を走破し、滝に打たれて修行する。

初代浅山一伝斎が観音堂に籠もって剣の悟りを開いたときから、浅山流は、ずっとこの姿をとおしていた。

「入江無手斎がおるそうじゃな」

二代目浅山一伝斎は、いきなり訊いてきた。

「案内せい」

二代目浅山一伝斎が、歩きだした。

「師、今はお役目中でございまする」

永渕啓輔が、止めた。

「お役目……美濃守さまのか」

「はい」

二代目浅山一伝斎の質問に、永渕啓輔が首肯した。

「美濃守さまの御用とあれば、いたしかたない。手伝ってくれようぞ」

「探索御用でございますれば」

二代目浅山一伝斎の申し出を、永渕啓輔が断った。

「さきほどの武士であろう、そなたがつけていたのは」

田之倉忠太の去っていった四谷大通りに、二代目浅山一伝斎が目をやった。

「さようでございまするが、これは、あとをつけてどのようなことをし、誰と会うのかを美濃守さまに報告するのが任でございまする」

「殺してしまってはいかぬのか。ちっ、つまらぬ」

二代目浅山一伝斎が興味を失った。

「ならば、儂は寺に戻る」

さっさと二代目浅山一伝斎は、去っていった。

「あまりお出歩きになられませぬように」

無駄とわかりつつ、永渕啓輔は願った。

目を四谷大通りに戻した永渕啓輔は、すでに田之倉忠太の姿がないことを確認して、ため息をついた。

永渕啓輔は、きびすを返して茅町の柳沢家中屋敷へと向かった。

屋敷に戻った田之倉忠太は、背中にかいた汗を拭っていた。

二代目浅山一伝斎の殺気に田之倉忠太も気づいていた。

「どうした」

出迎えた父忠三（ただぞう）が、田之倉忠太のようすに首をかしげた。

「すさまじい殺気をあびせられました」

田之倉忠太が、告げた。

「おまえが震えるほどのか」

父忠三に言われて、田之倉忠太は己が震えていることに初めて気づいた。

「化けものだな」

「まことに人でございましょうか。富士の麓で熊と出合ったよりも、寒うございました」

田之倉忠太は、真田流軍学の一つ、戸隠流忍術の修行で、何度も富士の樹海に入っていた。

「江戸に熊はいまい。と申したところで、元禄のころには、品川に狼が出たというでな。いないとは言いきれぬが」

「おそろしいことでございました」

田之倉忠太は、衣服をふたたび黒装束に変えた。

「今宵もか」

「はい。新井さまのご要望に応えねばなりませぬ」

「あせるなよ。そなたは、まだ若いのだ。出世に気を取られると、無理をすることになる。命を失えば、なにも残らぬのだ」

「承知しております」

しっかりとわらじの紐を締めながら、田之倉忠太がうなずいた。

「殺気のおかげで、わたくしを見張る目があることに気づきました。知ればやられることなどございませぬ」

田之倉忠太は、懐に布袋を忍ばせた。忍の修行を積んだ己に気づかせない技量、田之倉忠太の顔は厳しく引き締まっていた。

「手裏剣を遣うか」

「…………」

「見られぬようにせよ。御城下で手裏剣を遣うことは禁じられている。見つかれば、出世どころか、家が潰れるぞ」

「ご懸念にはおよびませぬ」

田之倉忠太が、音もなく出ていった。

三

いつもの刻限に下城した聡四郎を、大手門前で紀伊国屋文左衛門が待っていた。

「ちとおつきあいを願えましょうか」

紀伊国屋文左衛門が、いつものようににこやかに笑いながら聡四郎を誘った。

「殿」

迎えに来ていた大宮玄馬が、注意をうながした。

「大丈夫だ。天下の紀伊国屋文左衛門、招待した場でなにかするような男ではない」

聡四郎は、大宮玄馬に先に帰るようにと命じた。

「そうは参りませぬ。このまま一人先に戻るようなまねをいたしましたら、師はもとより、喜久どのに叱られまする。なによりも紅さまがお許しになられませぬ」

大宮玄馬が、冗談ではないとさからった。

「お供の方のおっしゃるのも道理。どうぞ、ご一緒においでくださいませ」

紀伊国屋文左衛門が、大宮玄馬の同道を認めた。

「どこまで参るのか」

歩きだした紀伊国屋文左衛門に聡四郎が問うた。

「失礼ながら、わたくしの店だったところまでご足労を願いまする」

紀伊国屋文左衛門が、にやりと笑った。表向き、紀伊国屋文左衛門は隠居していることになっていた。

天下の豪商紀伊国屋文左衛門の店は、八丁堀のほぼ中央にあった。町同心や与力たちの屋敷が立ち並ぶ八丁堀で、もっとも大きく豪壮(ごうそう)な建物である。

すでに日は落ちていたが、紀伊国屋文左衛門の店前には、大きな提灯が掲げられ、足下を明るく照らしていた。

「帰ったよ」

「お帰りなさいませ」

紀伊国屋文左衛門の声に、雇い人たちがいっせいに出てきた。

大番頭らしき、貫禄のある初老の男が、代表して頭をさげた。

「多兵衛(たひょうえ)、お客さまをお連れした。準備はできているね」

「へい」

多兵衛が、小腰をかがめた。

「どうぞ」

紀伊国屋文左衛門に案内された座敷は、聡四郎の想像を絶する贅沢なものだった。

広さこそ十二畳ほどとたいしたことはないが、その調度品は聡四郎も大宮玄馬も初めて見るものばかりだった。

「みな、海の向こうの国から持ってきたものばかりで」

紀伊国屋文左衛門が、いとおしそうに卓をなでた。

「これは、文机にしては大きいようだが」

聡四郎は、紀伊国屋文左衛門が愛でている畳一枚ほどの卓に驚いていた。

「この上に食器などを置きますので」

「なんと」

部屋の片隅に控えていた大宮玄馬が驚いた。

武家も町人も食事は一人一人に出された膳の上にすべて載せられているのが普通である。膳の数で、食事の豪華さを表すのがあたりまえな時代に、異様なことであった。

「せせこましい膳では、載りきらないこともございましょう。南蛮では、食事はいつもこのような卓を使うと申します。初めてのことでとまどわれておられるようでございまするが、慣れればけっこう便利なもので」

紀伊国屋文左衛門が、説明した。

「食事を馳走になりに来たわけではない」

聡四郎は、用件をせかした。

「まあよろしいではございませぬか。ちと珍しいものをお出ししますゆえ」

紀伊国屋文左衛門は、聡四郎のいらだちをあっさりと流した。

「若いがゆえの性急さは好ましいものでございまするが、仕損じのもとで」

紀伊国屋文左衛門が、笑った。

「ふざけたことを申すな、無礼者が」

主をこけにされて家臣が黙っていることはない。大宮玄馬が怒鳴りつけた。

「忠義はけっこうでございますが、少し落ちつかれては」

大宮玄馬の一喝を、紀伊国屋文左衛門は気にしてさえいなかった。

「茶の道で言うなら、水城さまが正客でわたくしが亭主。招いた側と招かれた者。そこには礼儀が必須だと思われませぬか」

紀伊国屋文左衛門が、聡四郎を見た。

「……玄馬、控えよ」

聡四郎は、大宮玄馬を叱った。

「申しわけございませぬ」

大宮玄馬も詫びた。

「では、食事をいたしながら、お話を。おい」

紀伊国屋文左衛門が手をたたいた。待っていたかのように襖が開いて、大皿に盛りつけられた料理が、山のように並べられた。

「こうやって、皆が一つの皿から分けあうのも、あちらではよくあることだそうで。とくに清の国ではあたりまえのことだとか」

紀伊国屋文左衛門が、語った。

聡四郎は、大皿に料理を一つにした紀伊国屋文左衛門の意図を感じた。同じ皿から取ることで、毒を盛っていないと言っているのだ。

「お供の方もどうぞ」

紀伊国屋文左衛門が、大宮玄馬を誘った。聡四郎も、首肯した。

見たこともない料理ばかりに聡四郎はおどろいた。

「これは、長崎は出島に出入りしている幕府通詞の方々から聞いた話をもとに作らせたもので。材料も調味もできるだけまねしたつもりではございまするが、なにぶん、こちらでは手に入らないものも多ございまして。お口にあわぬかも知れませぬが、そこは一興とお許しくださいませ」

紀伊国屋文左衛門の口上を、聡四郎はまともに聞いていなかった。それほど目の前の料理は衝撃であった。

「まず、これでございますが、とうきびとじゃがいも、それにかぼちゃのすまし煮こみで」

紀伊国屋文左衛門の説明に、聡四郎はうなずくしかなかった。

とうきびなど見たこともなかった。

「これがお気になりまするか」

紀伊国屋文左衛門が、黄色い粒を箸で持ちあげた。

「戦国の終わりにポルトガルから伝わったものだそうでございまするが、我が国にはあまり広まらなかったようで。これは、オランダ商館が乾燥させて保存していたものを譲っていただき、船で運ばせました。他にもございまするが」

「わざわざか」

聡四郎が訊いた。

「はい」

「金のかかったものだな」

聡四郎が皮肉った。

「水城さまに、よその国にはいろいろなものがあり、それを手に入れることが可能だとご理解いただけるなら、安いもので」

紀伊国屋文左衛門が、言った。

「見ているだけでは、わかりませぬよ。人には添うてみよ、馬には乗ってみよ、女は抱いてみよと申しまする。それと同じく料理は食べてみよで」

紀伊国屋文左衛門が、真っ先に箸をつけた。

「礼儀に反しまするが、毒味ということで」

とうきびを一粒、紀伊国屋文左衛門が口に入れた。

「ふむ。前よりうまくなったようで」

聡四郎も箸を伸ばした。大宮玄馬もしたがう。

口にとうきびを入れた聡四郎は、塩味の奥にほのかな甘さがあることに気づいた。

「うまいものだな」

大宮玄馬は目をつぶって口にしている。

「乾燥させたとうきびを石臼でひいて粉にして練り団子としたものを、米代わりに食している国もございますとか」

紀伊国屋文左衛門が、海外の話を語った。

「こちらは、豚肉を塩とこしょうで炒めたもので」

「豚だと」

「げっ」

紀伊国屋文左衛門の言葉に、聡四郎は驚き、大宮玄馬は顔をゆがめた。

「猪と同じでございますよ。本来は牛肉を使うのでございまするが、いきなり牛では抵抗がおありになるかと存じ、猪に近い豚の肉を代わりにいたしました。滋養をつけるにこれ以上のものはございませぬ」

紀伊国屋文左衛門は、嬉々として口に運んでいる。

「この黒い点はなにか」

「こしょうで。ご存じございませんか。唐辛子のような辛い実で。唐辛子よりは、舌に刺激がございまするが、これが肉の獣臭さを消してくれるのでございまする。南蛮では、かなり高価なもので、同じ重さの金と交換すると申しまする」

紀伊国屋文左衛門が、聡四郎の問いに答えた。

「猪の肉をお召しあがりになったこと、ございませんか」

手を出さない聡四郎に、紀伊国屋文左衛門が尋ねた。

「ある。師の道場で数回。味噌で煮た」

聡四郎は経験を話した。山に籠もって修行したことのある剣士たちは、猪や熊、鹿などの獣肉を精をつける薬として口にする。道場を開いてからもおりにふれて道場主たちはなつかしむようにそれらを食したがり、弟子たちもつきあわされるのだ。有名なところに、宝蔵院流槍の狸汁があるが、入江無手斎も例外ではなかった。

「いかがでしたか」

「意外とうまいものであった」

聡四郎は、猪の味を気に入っていたが、獣肉を口にする習慣がなかったので、己で買い求めてまで食べたいとは思っていなかった。

「豚は、猪肉よりもくせがなく食べやすうございますよ」

再度勧められて、聡四郎は箸で小さな一切れをつまんだ。大宮玄馬も、じっと見ている。

聡四郎は、豚の肉を嚙んだ。

「な、なんだ、これは」

こしょうの刺激に聡四郎は、思わず口を押さえた。

「それが、こしょうでございますよ」

紀伊国屋文左衛門が、聡四郎の湯呑みに白湯を注いだ。

「これはきついな」

聡四郎は、ようやく豚の肉を飲みこんだ。

「で、なにが言いたい」

聡四郎は、白湯で口のなかをすすぐと、紀伊国屋文左衛門をにらんだ。

紀伊国屋文左衛門が、箸を置いた。

「これらの珍味を見て、どう思われました」

紀伊国屋文左衛門が、真剣な顔で訊いた。

「贅沢なものだと、感じた」

聡四郎は素直に答えた。

「おっしゃるとおり、これだけのものをそろえるのに百両少しかかりましてございまする」

大宮玄馬が息をのむのが聞こえた。

「この豚肉は、横浜村でわたくしが育てさせていたもの。驚かれましょうが、このなかでもっとも安いのでございまする」

「運び賃か」

「はい」

聡四郎の言葉に、紀伊国屋文左衛門がうなずいた。

「あとのものは、ほとんど長崎から運ばせました」

「長崎か」

聡四郎は、最果ての地を思った。

「もう少し近ければ、野菜などは半値以下にできましょう」

紀伊国屋文左衛門が、とうきびを箸でついた。

「じつは、このとうきびとこしょうにもっとも金がかかりました。我が国では穫れませぬゆえ、当然と申せば当然でございましょうが」

紀伊国屋文左衛門が、居ずまいを正した。

「商いというものの基本は、己の手許にないものをあるものと交換することでございまする。お金はその差を埋めるために遣われるのが本筋。そして、これは商売だけでなく、人の生活すべてに言えることと存じまする。国と国とのつきあいでもそうではございませぬか。鉄炮、大筒のような武器だけでなく、こしょうやとうきびなども我が国にはなかったもの。それを交易という手段で、われらは手に入れて使うことができまする。医術でもそうでございまする。長崎のオランダ医は、漢方医の治せぬ病を、手妻のように消し去るとか」

紀伊国屋文左衛門が語った。

「…………」

聡四郎は、じっと聞いた。

「わたくしの申したいことは、これでおわかりいただけたことと存じまする」

紀伊国屋文左衛門が、卓に額がつくほど頭をさげた。

「国を閉ざしていることの愚を悟れと言うか」

聡四郎は、紀伊国屋文左衛門の言いたいことを的確につかんでいた。

「さすがでございますな」

紀伊国屋文左衛門が、頬をゆるめた。

「国を閉じることは、南蛮の新しいものから逃げることで。今、海の向こうでどのようなことが起こっているかさえ知ることがない。まさに、井の中の蛙（かわず）大海を知らずでございますな」

「オランダ風説書（ふうせつがき）があるではないか」

聡四郎が、口を出した。オランダ風説書とは、出島に駐留しているオランダ商館長から幕府に出される海外の事情を記した文章のことである。

「あのようなもの、己が国のつごうでいかようにでも書き換えられましょう。信用できるわけなどございませぬ」

紀伊国屋文左衛門が、一言のもとに切ってすてた。

「オランダ一国に任せているから、いけないのでございますよ。エゲレス、イスパニア、ポルトガルなど、他の南蛮の国ともつきあえば、オランダも嘘をつくことはできなくなりましょう」

「なれど、他の国は、キリシタンを押しつけてくると聞いたぞ」

聡四郎が、あらがった。

鎖国した最大の理由は、キリシタンの問題であった。

「たしかに、イスパニアなどはキリシタンを持ちこもうといたすでしょう。ですが、そんなものは些細なことではございませぬか。水城さま。今でこそこの国のすべての民を檀家としておりまするが、仏教も渡来したものでございます。それを我が国は受けいれ、もとの形とはかなり違ったものに変えてしまいました。キリシタンもおそらく同じことになるでしょう。広まったところで、南蛮の国々の思いどおりにはなりますまい」

紀伊国屋文左衛門が、話を変えた。

「水城さまは江戸から出られたことは」

「いや」

紀伊国屋文左衛門の問いかけに、聡四郎は首を振った。

「わたくしは、この国を出たことがございますので」

紀伊国屋文左衛門が、とんでもないことを言いだした。

「なんだと」

大宮玄馬が、身をのりだした。鎖国の今、海を渡ることは重罪であった。

「玄馬、控えろ」

聡四郎が命じ、大宮玄馬が、しぶしぶさがる。

「南蛮までは行っておりませぬ。琉球と清の国まででございまするが、身が震えるほど気が高ぶりましたわ。人の顔も、衣服も、話す言葉も違う。持っている道具には、我が国にいるかぎりでは思いもつかぬものさえございました」

紀伊国屋文左衛門が、思いだすかのように目を閉じた。

「もっともっと遠い国にも行ってみとうございましたが、できませぬ。なぜだかおわかりで」

紀伊国屋に投げかけられて、聡四郎は黙って首を振った。

「船がもたぬのでございますよ。国を閉じるということは、他国から来ることを許さぬと同時に、我が国から出ていくこともできないようにする。御上は、海を渡れる巨船の建造を禁じられてしまった。その結果、我が国の船は、長い航海に耐える力を失いましてございまする」

無念そうに、紀伊国屋文左衛門が頬をゆがめた。

「水城さま」

紀伊国屋文左衛門が、ふたたび聡四郎に向きなおった。

「このままでは、我が国は南蛮に後れを取るだけ。百年足らずでついてしまった差を埋めるには一つしかありませぬ。国を開かねばならぬのでございますよ」

聡四郎を見つめていた紀伊国屋文左衛門が、言葉をきった。

「手を組んでくださいませぬか」

紀伊国屋文左衛門が、正月の話を蒸しかえした。

「できぬ」

聡四郎は、きっぱりと口にした。

「先祖代々将軍家の禄をはんできた。拙者の代で家を潰すわけにはいかぬ」

「家を潰すのではございませぬよ。大きくするので」

紀伊国屋文左衛門が、首を振った。

「お武家さまとはいったいなんなんで」

紀伊国屋文左衛門が、口にした。

「失礼ながら、徳川さまも昔は三河の小さな領主にすぎなかったではございませんか」

紀伊国屋文左衛門が言った。

「それが家康さまという傑物が出たお陰で天下を取られた。ならば、水城さまがとって代わられてもおかしくはないと思われませぬか」

「それは違うぞ。家康さまは天下を取られたのではない。戦を終わらせられたのだ」

聡四郎が、否定した。

「水城さま」

紀伊国屋文左衛門が、静かに呼んだ。

「たてまえはけっこうで。おわかりでございましょう、今の世のなかが、いびつであることは」

「ううむ」

聡四郎は、反論できなかった。

「家柄で出世が決まる。これは、家康さまがお決めになった御上の制度。なればこそ、荻原近江守さまのようなお方が、権を握ることができた。荻原さまは、失礼ながらそこそこのお方ではありましたが、傑物ではございませぬ。ですが、そのていどのお方にすがらなければやっていけなかったのでございますよ、御上は。その原因こそ、家柄にありましょう。才ではなく生まれで人を使うから、無理が来るのでございまする。とくに、金のことを考えなしにさせれば、幾万の金でもあっという間になくなりまする。そして、そうしたお方ほど、その場しのぎの策に頼る。小判の改鋳がよい例でございますな」

「貴公に言われたくはないな」

聡四郎が、返した。

小判の改鋳にも、幕府の金の無駄遣いにも紀伊国屋文左衛門が大きくかかわっていたことは、誰もが知っている。

「わたくしは、商人でございますよ。金を儲けるのが本分で。忠義を信条となさるお武家さまとは異なりまする」

紀伊国屋文左衛門が、心外だと言った。

「それに、わたくしがどのように申しあげようとも、最後にお決めになるのは、御上のお役人で」

「うっ」

聡四郎は反論できなかった。

「勘定吟味役というお立場は、御上のお蔵の扉を閉めることはできましょうが、満たすことはできますまい。わたくしには、それができまする。一代で数十万両の金を稼いだ実績がありますので」

紀伊国屋文左衛門が、胸を張った。

「おそれながら、家継さまは幼すぎまする。わたくしの店でもそうでございますよ。雇い人たちすべてが心底仕えてくれているとはかぎりませぬ。なかには、わたくしの名前を使って金を手にしようと企んでいるものもおりました。もっとも、そんなやつは、刻んで鮫の餌にしてやりましたが」

すさまじい笑いを、紀伊国屋文左衛門が浮かべた。

「御上にも同じことがおこると申すか」

聡四郎の確認に、紀伊国屋文左衛門がうなずいた。

「さて、これ以上お話をしても、無駄でございましょう。本日はここまでとさせていただきまする」

二度目も紀伊国屋文左衛門は、聡四郎に答えを強要しなかった。

紀伊国屋文左衛門が手をたたいた。

「おい、お客さまがお帰りだよ。お送りしておくれ」

聡四郎は、しばらく紀伊国屋文左衛門の顔を見つめたが、あきらめて立ちあがった。

大宮玄馬をうながして座敷を出ていこうとした聡四郎に、紀伊国屋文左衛門が、声をかけた。

「このたびは、わたくしは水城さまの敵ではございませぬ。もちろん、お味方はいたしませぬが」

「………」

聡四郎は、振り向かなかった。

四

田之倉忠太は、本多中務大輔の上屋敷に忍びこんだ。御側用人という重職に就いている本多中務大輔が、そう再々中屋敷に出かけていくことはないと読んだのである。

大名の上屋敷は、江戸における出城と同じあつかいを受けた。土地は幕府からの借りものだが、屋敷は自前で建てなければならない。しかし、幕府から屋敷替えを命じられれば、すぐにでも明けわたさなければいけないのだ。凝った造りなどしたくてもできなかった。戦国の気風が色濃く残っていた幕初ならいざしらず、明暦の火事をこえてから、どこの大名屋敷も規模の違いこそあれ、判で押したように同じ建て方になっていた。

田之倉忠太は、屋敷のなかに侵入すると、床下をまっすぐ本多中務大輔の居間へと進んだ。天井裏ではなく、床下を選んだのには理由があった。天井裏は、上から覗くことで誰がいるのかを把握しやすいが、わずかな動きで天井板をきしませ、気配を見破られることがある。床下は、音と声しか確認できないが、見つかるおそれは少なかった。

本多中務大輔の渋い声が聞こえた。

「また金がないか」

「申しわけございませぬ」

家臣の詫びる声もした。

「いまだ国替えによる出費の返済が終わっておりませず、去年の年貢はそちらに回さざるを……」

「豊作であったのだろう、多門（たもん）」

本多中務大輔が、口を出した。

「さようではございまするが、豊作の地方が多かったために、米相場がさがり、かえって例年よりも蔵入り金は目減りいたしまして」

多門が言いわけを口にした。

「なんとかならぬのか。金がなければ、若年寄の席が手に入らぬ。ようやく執政の座に届くところまで来たのだぞ」

本多中務大輔が、不満を言った。

格は側用人が上であったが、政にかかわることができなかった。側用人から老中へと昇った例もないわけではなかったが、年齢も若く、将軍家の寵臣でもない本多中務大輔に、その栄達は難しい。地道に若年寄となって執政の経験を積み、老中の座を狙うのが、正しい道といえた。

「殿、申しあげにくきことながら、執政の座をもう数年、ご辛抱くださいませぬか」

多門が、本多中務大輔の顔色をうかがった。

「どういうことじゃ」

本多中務大輔の声に怒気がふくまれた。

「奥詰め衆となられるにも、側用人にご出世あそばされるにも、相応の金を使いましてございまする。藩内にもかなりの無理を命じました。もともと先代の急逝で減封され、藩士どもの禄が減りましたところへ、さらに借りあげもおこなっておりまする。これ以上の出費が重なれば、生きていけぬ者も出かねませぬ」

多門が、悲壮な内容を語った。

「そのようなこと、わかっておるわ」

本多中務大輔が、きつい口調で多門を止めた。

「よいか。儂はけっして己の立身出世を望んでおるのではないぞ。徳川四天王と言われながら、酒井、井伊の後塵を拝し続ける情けなさ。先祖への顔向けができぬではないか。それに儂が老中になれば、当然領地も増える。往時に戻ることは無理としても、十万石には届こう。そうなれば、藩士たちの禄も旧に復してやれようし、放逐するしかなかった者どもも呼び返せよう。多門、江戸家老であるそなたが、心得違いをいたしてどうするのだ。戦のない正徳の世に、領地を増やすには、執政衆となるしかないのだ」

本多中務大輔が、滔々と述べた。

「では、殿。なぜ、間部越前守さまにお近づきになられませぬ」

多門が、問うた。

「いま、どなたがお力をお持ちかなど、思案することもなく間部越前守どのでございましょう。なれど、殿は、一度たりとも、ご挨拶にさえ行かれておられませぬ」

「…………」

本多中務大輔が黙った。

「殿が一所懸命に詣でられているお方は、すでにお役を退かれておられまする。そのうえ、先代上様には、蛇蝎のごとく嫌われた。そのご実子、家継さまの御世で、復権なさるとはとうてい思えませぬ。無礼を承知で申しあげますなら、砂に水を撒いているようなものではございませぬか。すべて吸いこまれてしまうだけで、いっこうに貯まりませぬ」

多門が、はっきりと語った。

「きさまごときに、美濃守さまのお力がわかるものか。この度のことでもそうじゃ。誰もが思いもつかぬ。長崎奉行を減らすことが、権につうじるなどとな。

「もうよいわ。きさまの顔を見ていては、疲れが取れぬ。さがれ」

本多中務大輔が、憤って多門を叱った。

「出過ぎたまねをいたしました」

多門が、出ていくのにあわせて、田之倉忠太も本多中務大輔の屋敷から離れた。

田之倉忠太は、その足で柳沢家の中屋敷へと奔った。

柳沢家の中屋敷は、本多中務大輔の上屋敷と規模は変わらなかったが、金のかかり方が桁違いであった。

「忍返しか」

田之倉忠太が、独りごちた。

床下にもぐりこもうとした田之倉忠太を、太さ五分（約一・五センチ）ほどの鉄芯が遮断した。

「錆びておらぬ。警戒しておるのか」

忍は、流派にかかわらず小型の諸刃のこぎりを携帯している。投げれば手裏剣代わりにもなるし、木戸の隙間に先を差しこんでこじ開けることもできる便利なものであった。しかし、田之倉忠太は、諸刃のこぎりを取りだすことなく、中屋敷を脱した。新井白石に報せるが先と考えたのだ。

十五夜は過ぎたとはいえ、中天に月があり、歩くに支障がないほど明るい。田之倉忠太は、家並みの陰を選んでいた。

両国広小路を駆けていた田之倉忠太が、足を止めた。

「気づいたか」

大通りぞいに建てられていた辻灯籠の陰から、黒ずくめの男が現れた。永渕啓輔であった。ずっと田之倉忠太を見張っていた永渕啓輔は、両国広小路で先回りをして待っていたのだ。

「………」

田之倉忠太は、無言で懐に手を入れた。数個の手裏剣を握りこんだ。戸隠流で遣う手裏剣は、伊賀流の鉄針と違って、八方にとげが出た円盤状の形をしている。これは、山中での戦いを主と考えた武器であった。八方手裏剣と呼ばれるそれは、とげへ指をかけることによって、大きく弧を描いて飛ばすことができ、木の陰に隠れた敵でも倒せた。

田之倉忠太は躊躇なく手裏剣を投げた。続けて放つ。

永渕啓輔が辻灯籠の陰に隠れた。追うように手裏剣が曲がる。

田之倉忠太の目が笑った。

一つめが、陰へと吸いこまれていった。二つめは、大きな弧をもって、後ろから回るように飛び、三つめが、先の二つとはまったく違った軌道で、辻灯籠の上をこえて、永渕啓輔を襲った。

漆を塗った八方手裏剣を闇で見つけることは難しい。しかも、それぞれがまったく別の方向から狙ってくる。一つを弾いている間に残りが、かわした方向から次が迫りくる。逃げ道はなかった。田之倉忠太が勝利を確信したのも無理はなかった。

高い音が三度くり返された。田之倉忠太は、手裏剣がたたき落とされたことに気づき、急いで腰に差した忍刀を抜いた。忍刀は、床下や天井裏でも抜きやすいように、脇差並みに細く短くできている。違いは反りがほとんどなく、直刀に近いことだ。

「見切りが早いな」

永渕啓輔がふたたび姿を見せた。右手に太刀を持っていた。

「もう少し在庫があるんだろう、手裏剣に。なあ、田之倉氏」

永渕啓輔が、声をかけた。

「誰だ」

名前を知られているとは思っていた田之倉忠太だったが、こう親しげに話しかけてくるとは思っていなかった。

「名のるわけないだろう。それに、ここでおぬしは死ぬ。聞いても意味はない」

永渕啓輔が、低い声で笑った。

「増上慢(ぞうじょうまん)」

田之倉忠太が、右手に隠していた手裏剣を投げながら、つっこんだ。

「ふっ」

永渕啓輔は、軽く身体を反らすだけで手裏剣を逸(そ)らし、太刀を構えた。走り寄ってくる田之倉忠太に向けて、袈裟懸けに振りおろした。

「……………」

田之倉忠太は、腰をひねりながら太刀を避け、忍刀を突きだした。永渕啓輔が回るようにして、かわした。

互いの立つ位置が、入れ替わった。

二人は三間(約五・五メートル)の間合いで対峙した。

「やるな。今度は、こっちから行く」

永渕啓輔が、満足そうに言うと、跳んだ。膝を曲げただけで、永渕啓輔は一間

（約一・八メートル）を縮めた。

火花を散らして永渕啓輔の太刀と田之倉忠太の忍刀がぶつかった。背中から引っ張られたように二人が、後ろにさがった。

「ふふふ。気に入ったぞ、田之倉。あいつほどではないが、楽しませてくれる」

永渕啓輔が、歓喜の声をあげた。

「黙れ」

田之倉忠太が、口を開いた。

「そうか。ならば、腕で語りあおうぞ」

永渕啓輔が、足を出した。

田之倉忠太も忍刀を下段にして、奔（はし）った。

永渕啓輔の太刀が、田之倉忠太の首筋を狙った。田之倉忠太の忍刀が、跳ねあがってそれを弾いた。直刀で刃渡りの短い忍刀は、とりまわしやすく、太刀よりも疾い。

互いの刀が、触れあう音よりも疾い動きで、二人がふたたび間合いを取った。

「おもしろいことをしておるな」

甲高い声が、田之倉忠太の後ろから聞こえた。

「なにっ」

振り向いた田之倉忠太が、驚愕した。二間（約三・六メートル）離れて、山伏姿の二代目浅山一伝斎が立っていた。これほど近づかれるまで、田之倉忠太は気がつかなかった。

「師」

永渕啓輔も、目を見張っていた。

「啓輔。きさま、殺してはならぬと申したではないか。その舌の根も乾かぬうちにこのありさまはなんだ」

二代目浅山一伝斎が不服だと告げた。

「啓輔……永渕啓輔か」

田之倉忠太が、鋭い目を向けた。

「なるほど、美濃守の飼い犬をいまだ続けていたか」

田之倉忠太が、読んだ。

永渕啓輔が、ため息をついた。

「師。名前を口にされるのは、ご遠慮くだされ。任にさしさわりましょう」

「きさまの事情など知るか。それより、どういうことか説明せんか」

二代目浅山一伝斎が、命じた。

「事情が変わったのでございまする。思ったよりも、こやつ切れ者でございました。美濃守さまに目をつけまして……。お名前が新井白石に聞こえるのはよろしくございませぬ」

永渕啓輔が、話した。

「そうか。では、殺していいのだな」

二代目浅山一伝斎が、嬉しそうに訊いた。周囲を殺気が圧していく。夜の闇が重さをもったように、田之倉忠太を抑えこんでいった。

「お気のままに」

永渕啓輔は、うなずくしかなかった。

「久しぶりじゃ、人を斬るのは。甲府では禁じられていたからの」

嬉々として、二代目浅山一伝斎が田之倉忠太を見た。

「師よ。一つだけお守りいただきたい」

永渕啓輔が、水を差した。

「なんじゃ。せっかく興がのりはじめたところを」

二代目浅山一伝斎が機嫌の悪い声を漏らした。

「首から上は、傷つけず残していただきたい。新井白石への警告といたしますゆえ」

永渕啓輔が求めた。

「わかった。わかった」

面倒くさそうに二代目浅山一伝斎が顔をしかめた。

二代目浅山一伝斎の殺気が、永渕啓輔の声かけでゆるんだ一瞬を田之倉忠太は見逃さずに動いた。

忍刀を二代目浅山一伝斎の顔目がけて投げた。牽制であった。少しでも体勢を崩してくれれば、田之倉忠太は逃げ延びる自信があった。

「ふふふ」

顔を小さく振っただけの二代目浅山一伝斎が、鼻先で笑った。

二代目浅山一伝斎の左側を駆けぬけた田之倉忠太が、足を止めた。

「太刀の届きにくい左側を選んだのは、まあよかったが、遅すぎるな」

田之倉忠太の身体が崩れた。寸瞬、変わらない位置に残っていた首が、つられたように落ちた。

二代目浅山一伝斎の右手には、いつ抜いたかわからない刀があった。

「拝見つかまつりました」

近づきながら、永渕啓輔が頭をさげた。

投げつけられた忍刀をかわしながら、腰をひねり居合い抜きに刀を鞘走(さやばし)らせた二代目浅山一伝斎の刃が、田之倉忠太の首を水平に薙(な)いだのを永渕啓輔は見た。

永渕啓輔は、わずかに震えていた。二代目浅山一伝斎の一撃のすさまじさにではなかった。一閃が、田之倉忠太の首に吸いこまれたのが、すれ違う前だったことに恐怖していた。永渕啓輔には、田之倉忠太が二代目浅山一伝斎の太刀にみずから首を差しだしたように見えた。

「ふん」

興味が尽きたように二代目浅山一伝斎は、刀を拭うことなく鞘に戻した。疾すぎる太刀行きは、血を寄せつけていなかった。

永渕啓輔は緊張したまま、転がった田之倉忠太の首を持ちあげた。首の斬り口から血が滴った。田之倉忠太の口がだらしなく開いて、舌があふれてきた。永渕啓輔は、首から血が出なくなるのを待った。

「これより、新井白石の屋敷まで首を届けに参りまする」

永渕啓輔が、告げた。

「ああ、行くがよい」

二代目浅山一伝斎が、あっさりと背を向けた。

「師、近々ご挨拶に参りまする。しばらくお出歩きになられませぬように願いまする」

永渕啓輔の頼みに応えることなく、二代目浅山一伝斎は消えていった。

ため息をついて見送った永渕啓輔も、闇へと溶けた。

翌朝、夜明けとともに屋敷の玄関を開けた門番が、腰を抜かした。門から玄関へいたる石畳のうえに生首が置かれていた。

たちまち新井白石の屋敷は騒然となった。

玄関の式台上から生首を遠目に見た新井白石は、それが変わり果てていたとはいえ、田之倉忠太のものだと気づいた。

「さっさと片づけろ。塩を撒き、水で徹底的に清めよ。よいか。このことは口外を禁ずる」

新井白石は、今にも呪詛(じゅそ)を吐きそうに口を開けている生首から目をそらした。

「殿。く、首はいかがいたしましょう」

用人がすがるように問うた。

「夜中にでも、大川に捨てればいいだろうが。そのぐらいのこと、儂に訊かずとも判断いたせ」

新井白石が、冷たく言い捨てた。

「は、はっ」

用人が、逃げ腰で首肯した。

居間に戻りながら、新井白石はつぶやいた。

「やむをえぬ。詳細を手にするまでの時をかせがねばならぬ。越前守を使う」

新井白石が苦虫を嚙みつぶしたような顔をした。

新井白石は、申しこんで三日後、ようやく間部越前守に会うことができた。

「どうかなされましたか、白石先生」

間部越前守の口調はていねいであったが、待たせたことへの詫びはなかった。

「長崎奉行がことでござる。定員をさらに一名減じようとの動きを、越前守どのはご存じか」

新井白石は、いきなり用件に入った。

「はい。掃部頭(かもんのかみ)どのからお話だけは」

間部越前守は、大老をどので呼んだ。

「お認めになるおつもりか」

新井白石がきつい声で問うた。

「なんの支障もないかと愚案つかまつり、御用部屋の意見が整えば、上様に言上(ごんじょう)つかまつろうと応えましたが、なにか」

間部越前守が首をかしげた。

幕府の政策は御用部屋で協議し、意思統一されたものだけが、側用人をつうじて将軍家に告げられ、その承諾をもって決定される。

幕府がまだ形作られたばかりの三代家光のころまでは、そこに将軍の意思が影響した。御用部屋一同が決めたことでも、将軍が気に入らなければ拒否することもあった。

しかし、幼くして就任した四代家綱のころから、老中たちの権が強くなり、いまでは言上されたことに将軍はうなずくだけとなっている。

「みょうだとは思われませぬか。こたび一人減らすのでございますぞ」

新井白石が、せまった。

「先だってのことは、白石先生のお考えでございましたでしょうに。たしか、長崎奉行は、他の遠国奉行に比して、多すぎるとの理由だったかと。それで四人が三人に減りました。それから申せば、大坂町奉行と、京都町奉行をのぞいた他の遠国奉行は、定員一人でございまする。長崎奉行の三人が多いのではないかという議論は、おかしくはないと思いまするが」

間部越前守が、新井白石の言動こそ一致していないのではないかと言った。

「あのときに、わたくしは、江戸に二人も在府長崎奉行がおる意味がないと申しあげ、先代の上様もそれをご納得くださったのでござる。今回のたんに減らせばよいとの安易なものとは違いまする」

新井白石が憤慨した。

「それはご無礼を」

間部越前守が、形だけ謝った。

「で、白石先生は、このたびの長崎奉行減員にはご反対なされるのか」

間部越前守があらためて問うた。

「いえ。減らすことは幕府の立て直しにも要ると考えまするが、去年、わたくしが長崎奉行を三人にと申したとき、それをせずともよいと反対された方々からこの話が出てきたことがおかしいと申しておるのでござる」

新井白石が、話した。

「なるほど。たしかに急な話ではございましたな。で、わたくしになにをせよと」

「いま、裏を探らせておりますれば、その報告が参るまで、上様、家継さまへの言上をお待ち願いたいのでござる」

間部越前守の質問に、新井白石が頼んだ。

「そのていどのことでよろしいのか。それぐらいならば、わたくしの一存でおこなえましょう。ですが、そう何ヵ月もは無理でございまするぞ」

間部越前守が首肯した。

「そう時はかかりませぬ」

新井白石がきっぱりと言った。

「勘定吟味役をお使いになるか」

間部越前守の顔が変わった。感情が抜け落ちたようになった。

「…………」

新井白石は沈黙した。

「菩提寺にも出入りをしていたようでござるが。身分をこえたまねは、いつか身を滅ぼすことになるとお伝えください。では、わたくしはこれにて。上様のお側に参らねばなりませぬゆえ」

間部越前守が、背を向けた。

「申しておきましょう」

新井白石も返した。

密談の場、御囲炉裏の間を出かけた間部越前守が足を止めた。

「白石先生。あなたとわたくしは一蓮托生。わたくしになにかあれば、あなたも幕府から去らなければなりますまい。守るべきがなにか、おまちがえのないように」

間部越前守が、去った。

「気づいていたか。ふん。分不相応な地位を狙い、天下万民の許さざるまねをしておるのは、きさまではないか。沈むときは、一人で消えていけ。儂には、先代家宣さまに託された、儒学に基づいた正しき政をおこなうという役目がある」

一人残された新井白石が、低い声でつぶやいた。

下部屋に戻った新井白石は、聡四郎を呼んだ。

苦虫を嚙みつぶしたようなとはよく言ったものだと聡四郎は思った。それほど目の前にいる新井白石の表情はゆがんでいた。

「きさまに一度だけ汚名返上の機会をくれてやる」

新井白石が聡四郎と太田彦左衛門に、恩着せがましく告げた。

聡四郎は、苦笑を浮かべるのを我慢した。

「長崎奉行三人を二人にしようとの動きがある。今年一人減らすところだ。続けざまはいくらなんでもおかしい。裏になにかある。長崎は海の向こうへ開かれたただ一つの湊。そこから得られるものは珍しい物品だけではない。かつて我が国に来訪してきた南蛮の諸国、その事情こそ重要なのだ」

新井白石はかつて、今一度キリスト教を布教しようと密入国してきた神父を直接取り調べたことがあった。数度の面会でオランダ語を習得した新井白石は、幕府でもっとも鎖国のおろかさを知っているといっていい。

「噂は聞いておりました。長崎奉行にかかわる費を減らすだけではないと、新井さまは申されるのでございますか」

聡四郎は確認した。

「そうじゃ」

新井白石が首肯した。

「承知しました」

すでに調べ始めていることなどおくびにも出さず、聡四郎は受けた。

「二度と勝手なまねは許さぬ」

新井白石が、念を押した。

聡四郎は、黙って頭をさげた。

下部屋を出た太田彦左衛門が、小さく笑った。

「家を潰してやるとの脅しは、ございませんでしたな」

「ああ」

聡四郎は、言われて初めて気づいた。

「役に立つ者がいかに少ないか、おわかりになったのでございましょうか」

「いや、御自身に味方がいないことをあらためて認識されたのではないか。なればこそ、従順でない我らを我慢して使う気になられたのであろう」

太田彦左衛門の言葉に、聡四郎は首を振った。

第四章　因縁の対決

一

家継元服の日取りが、正式に告知された。すべてが、それにあわせて動きだした。

紀州徳川家より、元服の儀に間にあうように参勤の出立を早めたいとの願いが、御用部屋に出された。

「支障ござらぬな」

右筆からわたされた願書に目をとおした老中たちが顔を見あわせて首肯した。

参勤交代は、大名ごとに毎年決められた時期におこなうのが慣例である。天候などで数日ずれるぐらいはかまわないが、大きな変更は幕府に届け出ることが義務づけられていた。

「紀州の行列ともなれば、五百人ほどになろうが、街道筋の宿は手配できておるのであろうかの」

老中の一人が、誰にともなく訊いた。

参勤の行列は本陣や脇本陣のある宿場が決まっているために、どこの大名もほとんど同じところに宿をとることになる。重なってしまっては、泊まれない大名が出てしまう。そのために、前もって日時を調整して、かちあわないようにしておくのだ。今出された紀州徳川家の届けは、それを狂わせることになる。

「御三家の威光で押しきるつもりでござろうな」

別の老中が首を振った。

紀州徳川家が圧力をかければ、すでに他の大名から先約を受けている本陣宿も首肯せざるをえない。また、追い立てられることになる大名も紀州徳川家相手にさからうことはできず、泣き寝入りするしかなかった。

「さりげなく、大名どもに報せてやればよろしいのではないかな」

大老井伊掃部頭が、言った。

「そうでございますな。めでたき家継さまのご元服に、些少なりとても瑕瑾（かきん）がつくことのないようにいたすのが、我ら執政衆の職務。なれば、春に参勤する大名どもの留守居役を呼ぶことにいたしましょう」

老中土屋相模守政直が、言った。土屋相模守は、貞享四年（一六八七）から、じつに二十六年の長きにわたって老中の座にある。各藩の留守居役たちとの面識もあり、まさにうってつけの役目であった。

「頼みますぞ」

井伊掃部頭が、首肯した。

「さて、次でござるが、長崎奉行減員の件、最近あちらこちらより時期尚早ではないかとの異論がわき出ましてござる。皆さま方のところにも参っておると存ずる」

井伊掃部頭が次の話題に移った。

老中たちがそろって首を縦に振った。

「執政の意向に逆らう者が、こうも多いというのは問題でござる」

阿部豊後守正喬が、顔をしかめた。

「長崎奉行ほど、うまみのある役職はございませぬからな」

土屋相模守が、ため息をついた。

「長崎奉行を、当初の大名役に戻せとの嘆願も西国筋の譜代どもから出ておりますしな」

井伊掃部頭が言うとおり、初代、二代と長崎奉行は大名が担当した。二代目にあたる竹中采女正重興が、地位を利用してやりたい放題に私曲をつくした。これが問題となり竹中采女正は罪を得て、さらに大名役であった長崎奉行は、地縁のまったくない旗本役となったのであった。

「参勤交代に金のかかる西国大名どもにとっては、喉から手が出るほど欲しい役でござろうな。江戸から遠くなるほど大名が貧しいのは、誰もが知っていることでござるし」

土屋相模守が、笑った。

「しかし、急に雰囲気が変わりましたな。昨日、上様のご機嫌うかがいに参ったとき、間部越前守どのからも釘を刺され申したわ」

老中格四品(しほん)である間部越前守は、御用部屋で閣議に加わることができるが、幼い家継の傅育(ふいく)に重きを置いているために、政策論議にかかわることはない。老中というより、間部越前守は側用人に近かった。

「間部越前守どのも反対だと」

井伊掃部頭の言葉に、阿部豊後守が反応した。

「反対だとは、明言されなかったがな。性急になられることのないようにと言われたわ」

井伊掃部頭が、苦笑した。

「で、原因は」

阿部豊後守が、質問した。

「その話をする前に」

井伊掃部頭が、御用部屋に詰めている右筆、御用部屋坊主を扇子の先でさした。

「なるほど」

わかったと、もっとも老中としての経歴が短い阿部豊後守が、声を出した。

「一同遠慮いたせ」

阿部豊後守に言われた右筆と御用部屋坊主が、慣れたようすで出ていった。御用部屋の襖がきっちりと閉められたのを確認して、井伊掃部頭が一同を近くにと招いた。

「おわかりなのでござろう」

阿部豊後守が、答えをうながした。

「新井筑後守よ」

井伊掃部頭が、名前を出した。

「よほど、己の手が届かぬところで、政が決まっていくことが我慢ならぬようじゃ。あちらこちらに声をかけているだけではなく、手の者を動かそうとしているようじゃ」

「なんと」

驚きの声をあげた老中たちのなかで、土屋相模守だけが違った。

「おのれ……」

土屋相模守は憤怒の表情で、うなった。

「身のほどを知らぬにも限度がある」

土屋相模守がここまで敵愾心をあらわにするには、それだけの理由があった。

新井白石は、土屋相模守の親戚久留里藩土屋家のもと家臣であった。それが当主に見切りをつけて退散したのだ。

忠義をすべての根本としている幕府において、家臣に見限られた藩主ほど格好の悪い者はなかった。忠義を尽くすに値しないと言われたも同然なのだ。久留里藩は大恥をかき、それは同族の土屋相模守にもおよんだ。

「無役のくせにいつまで執政衆のつもりでおるか。すでにあやつをかばってくださる家宣さまはおられないというに」

土屋相模守が、怒りを口にした。

「噂だが」

井伊掃部頭が、老中たちを見回した。

「一度は地に落ちた新井筑後守の権がもとに戻ったのは、間部越前守どのが手をさしのべたからだというのは、皆も承知のことだ」

「それは知っておりまするが、なぜ、間部越前守どのが、新井筑後めを救わねばならぬのでござる。家継さまの側近は、一人で十分でござろう」

阿部豊後守が、訊いた。

「だから、噂だと前置きをいたしたのだ」

「なんでござる」

土屋相模守も問うた。

「よくはわからぬ。家臣どもに調べさせたが、詳細を知ることはかなわなかった。だが、なにやら、間部越前守どのは、新井筑後守に弱みを握られたらしい」

「弱みでござるか」

阿部豊後守がくりかえした。

「なにかはわからないのでござるか」

土屋相模守が老成した慎みを忘れて、身をのりだした。

「残念ながら」

井伊掃部頭が首を振った。

「我らがそれを手に入れることができれば、うるさい新井筑後を排斥するのみならず、間部越前守さえも。そして上様をいただいた我らを押さえつける者も……」

井伊掃部頭が、間部越前守から敬称を取った。そして語尾を濁し、執政衆の目を見た。

「まさか、あのお方を」

土屋相模守が絶句した。

「いつまでも命じられるままというのも情けなきことではござらぬか。こたびの長崎奉行が件もそうだ。あのお方の思惑を教えられることさえない。ただ右を向けと言われれば右を向く。大老じゃ、老中じゃと申しても子供の使いではないか。これでは、御用部屋の権威などないにひとしいとは思われぬか」

井伊掃部頭が、述べた。

「…………」

老中たちは、互いの顔をうかがうだけで返答をしなかった。

「怖れはわかるつもりだが。いつまで我慢を続けられる。たしかに、儂もあのお方のお陰で大老職にある。皆もおなじよな。あのお方の引きがあればこそ、老中でおられる。だが、あのお方はなんだ」

井伊掃部頭が、腹をくったかのように、言葉を止めた。

「譜代とも言えぬ、小旗本だったではないか。我らの先祖のように、神君家康公が窮地に陥っておられたとき、命を賭けて戦った家柄でもない。それが、三代将軍家光公の四男綱吉さまにつけられたことが運の初め。とんとん拍子に出世して、大老格にまでなった。百姓から天下を取った太閤（たいこう）秀吉どのが生きていた戦国の世ではないぞ。この泰平にこのような立身があってよいのか。皆もそうは思われぬか。儂もそうだが、大老になったとはいえ、領地は一石たりとても増えぬ。先祖代々苦労してきた譜代は我慢をして、一人将軍に気に入られた寵臣だけが栄華（えいが）を極める。それでよいのか」

井伊掃部頭が、皆を説得した。

「間部越前守は、このままでは二人目のあのお方になるぞ」

「うむ」

井伊掃部頭の一言に、老中の誰かがうめき声をあげた。

「御上を支えるは、代々血を流してきた三河譜代の任。その誇りがあればこそ、外様どもの足下にもおよばぬ石高で、耐えることができるのではないか」

「……おっしゃるとおりでござる」

最初に賛意を口にしたのは、大久保加賀守忠増であった。

「あのお方もすでに権を離れて数年。いつまでも力を残しておると思い続けられるのもよくないと存ずる」

大久保加賀守が言った。

「いかにも」

ずっと沈黙し続けていた井上大和守正岑が同意した。

井上大和守は、宝永二年（一七〇五）に老中となった。綱吉、家宣と将軍の代替わりを乗りこえてきた人物である。さしたる功績もなく凡庸な体を見せているが、それだけでないことは、御用部屋に長くいることからもわかる。一筋縄でいかない人物であった。

「皆さまがたのお覚悟が決まったならば、拙者も腹をくるといたしましょうぞ」

最後に土屋相模守が参加した。

「しかれども、どのような手段を執ると大老さまはおっしゃるか」

阿部豊後守が訊いた。

「あのお方の手は、幕府のなかに深く入りこんでおりますぞ」

土屋相模守が念を押した。

「この話は、我らだけでとめおきますぞ。若年寄、右筆にも内密に。ご親戚筋といえども他言はされるな。なによりも御殿坊主どもには厳禁でござる」

井伊掃部頭が、強く言った。

「まずは、新井筑後が手に入れたであろう、間部越前守の弱みをつかみましょうぞ」

「どうやってそれを」

井上大和守が問うた。

「伊賀組は使えませぬぞ。御広敷伊賀者は、大奥月光院さまの手のうちにござる。そして月光院さまと間部越前守は、同腹」

大久保加賀守が言葉を選んだが、その裏は全員が知っている。

「目付を使おうと存ずる」

井伊掃部頭が告げた。

目付は、江戸城中の監察を任としている。千石高で旗本のなかでも俊英とされる人物が選ばれ、まさに秋霜烈日の厳しさを誇りとしていた。役目に就いている間は、いささかの疑念も持たれることのないようにと、親戚友人とも義絶し、父親を訴追することさえためらわない。

「目付衆に、探索方のようなまねができましょうか」

土屋相模守が、危惧を口にした。

城内で目付ほどはでな役目はなかった。いや、目立とうとしている者はいなかった。目付は武士の規範は我なりと言わんばかりに、大手を振り大股で堂々と廊下の中央を歩く。さらに辻では、きっちり角にあわせて四角く曲がるのだ。人目を忍ぶのが任の一つである探索方に、もっとも向いていない役目であった。

「なればこそ、あのお方の目もごまかせよう」

井伊掃部頭は、逆手に取るのだと言った。

「探索で使える伊賀組も甲賀組も、そして徒目付も、あのお方の目がついている。それは、まちがいないことだ。だが、目付衆にはおよんでいない。その理由はわかっておるであろう」

井伊掃部頭が、一同に投げかけた。老中たちが首肯した。

目付衆が、柳沢吉保のひもつきでないのには、わけがあった。目付は旗本のなかの旗本と称されるだけに、誇りも自負も強いのだ。旗本とは我のことなりと公言してはばからない目付にとって、陪臣の地位からのしあがった柳沢吉保は、気に入らない相手でしかなかった。

「ですが、使いものにならないのなら意味はございませんぞ。猫の手も借りたいと下世話では申すそうでございますが、届かぬ手はじゃまなだけ」

土屋相模守が、懸念を強くした。

「もちろん、それぐらいは考えておる。人選は一任されたい」

井伊掃部頭が強い口調で告げた。

御用部屋の密談はその日のうちに、土屋相模守によって柳沢吉保のもとへ報された。

数日後、柳沢吉保は四阿の床几に腰掛けて、膝を突く二代目浅山一伝斎を見おろしていた。

「そなたが、浅山一伝斎か」

「はっ。美濃守さまには、初めて御目見得つかまつりまする。一伝流興主二代目浅山一伝斎でございまする」

「興主とは聞かぬ言葉よな」

「一伝流は、父初代一伝斎が創始し、わたくしが興しました。父は流派として存続するための弟子をとりませなんだ。広める者のない流派は絶えたも同然。伝えていく者が多くいてこその流。少ないとはいえ、わたくしには弟子どもがおりまする。いわば流派の命をつむぎ始めたことになりましょう。ゆえに興主と名乗っておりまする」

二代目浅山一伝斎が、強力な自負を見せた。

そう言うだけの努力を二代目浅山一伝斎はおこなってきた。

二代目浅山一伝斎の父、初代一伝斎は、軍学者浅山玄蕃の三男として上野で生まれた。丹波一国を支配した戦国大名波多野氏の一族赤井景遠が軍師であった浅山玄蕃は波多野氏の滅亡で、丹波を離れ上野へと流れ着いたのである。

主を失って放浪する軍師に、世間は冷たかった。浅山玄蕃は、その日の暮らしにも困るありさまとなった。初代浅山一伝斎も、一人歩きができるようになると、すぐに寺へと追いやられた。そこで浅山一伝斎は、独りで軍学を身につけ、武術を学んだ。

香良山の不動明王堂に参禅した浅山一伝斎は、ついに剣術の奥義を悟った。浅山一伝斎十一歳のときであった。それ以降、山伏の姿となって、浅山一伝斎は日本国中を修行して回り、剣を昇華させてきた。

二代目にあたる浅山一伝斎は、初代一伝斎が、不惑の歳に手をつけた修験宿の娘から生まれた。修験宿とは、半俗である修験者を泊める安宿である。諸国回行を止めた修験者が主となって、廃寺やうち捨てられた百姓家を宿として饗していた。

二代目浅山一伝斎は生まれて五年、母のもとで過ごしたが、六歳になるなり初代一伝斎に連れられて生家を出た。そこから筆舌につくしがたい修行が始まった。入江無手斎と戦ったのも二代目浅山一伝斎であった。剣にかぎらず、流派初代の名のりを受け継ぐことは珍しいことではない。一ヵ所に腰をすえて道場を持ち弟子を育成している流派ではあまりおこらないが、放浪する剣術遣いは名前だけ伝わることから、初代と二代、二代と三代の混同を多くまねいた。

「ふふふ。力なき者の自慢はみにくいが、ある者の誇示は好ましい。気に入ったぞ」

柳沢吉保は、笑った。

「おそれおおい」

二代目浅山一伝斎は、口で恐縮しながらも、胸を張っていた。

「なんと申したか、水城の剣術が師」

「一放流、入江無手斎でございまする」

首をかしげた柳沢吉保に、すかさず永渕啓輔が答えた。

「その入江無手斎との再戦は、自儘にいたすがよい。儂は口をはさまぬ。いっとはいえぬが、我が望みかなえしときは、幕府お抱え流に推してやろう」

柳沢吉保が告げた。

「なんと……」

二代目浅山一伝斎が、恐懼した。さすがにここまでの厚遇は予想していなかったのだ。

「ふむ。しかし、そうなると初代と二代目が同じ名のりでは、ややこしかろう。右筆どもが混乱しても困る」

柳沢吉保が、二代目浅山一伝斎を見た。

「厚かましきことでございまするが、我が新しき号、美濃守さまよりちょうだいいたしたく、存じまする」

すばやく二代目浅山一伝斎が、願った。

「そうか。儂に任せるか。ふううむ」

柳沢吉保が、腕を組んだ。

「鬼伝斎と称せよ。仏とあえば仏を斬り、人とあえば人を斬る。剣の鬼こそ、上様を護る真の旗本を鍛えるにふさわしい」

柳沢吉保が、語った。

「鬼伝斎でございまするか。これはわたくしにはもったいないほどの勇壮な名」

二代目浅山一伝斎が、よろこんだ。

「本日ただいまより、わたくしめは、一伝流興主浅山鬼伝斎と号しまする」

浅山鬼伝斎が、深く腰を折った。

「うむ。ならばこの中屋敷近くに住居をさがすがよい。扶持はやらぬ。身分は、浪人のままで参れ。ことがなるまでは、当家とのかかわりは表に出さぬほうがよい。金は月々決まっただけ与えてやろう。用人に申しておく」

柳沢吉保が、言った。

「かたじけないおぼしめし」

浅山鬼伝斎が、礼を述べた。

「儂が呼ぶまで、ちと江戸の町を騒がせよ。最近、目障りなまねをする輩が、増えてきたでな。足元を騒がせ、余計なことに手出しする暇を与えねばよい」

柳沢吉保は、井伊掃部頭が背こうとしていることを苦く思っていた。

「排除いたしましょうや」

浅山鬼伝斎が、柳沢吉保の顔色をうかがった。

「そやつにはまだ役目がある。死なれてはちと困るのでな。手出しは遠慮いたせ」

「はっ。出過ぎたことを申しました」

浅山鬼伝斎が、詫びた。

「よいわ。では、もうさがれ」

柳沢吉保が、手を振った。永渕啓輔にうながされて浅山鬼伝斎が、立ちあがった。

二

江戸の町道場に震撼が走った。

いくつもの名の知れた流派が道場破りの前に敗れさったのである。剣術が武士の表芸から商売になって久しいだけに、道場主にとって恐怖であった。

「死人も出ているというのか」

噂話を持ってきたのは、紅であった。朝、聡四郎の屋敷で登城支度の手伝いをしながら耳にした話を語るのが、紅の習慣になっていた。

「ええ。流派までは忘れたけど、市ヶ谷にあるそこそこ名の知れた道場らしいわ。最初に出た弟子と師範代が、木刀でたたき殺されたらしいって」

紅が袴の背板を整える。

他流試合を認めていない流派でも、道場破りが無理押しをしてきた場合、受けざるをえないのが現実である。

「他流の方との試合はお断りしております」

強く断ったとき、道場破りが噂を流すかもしれないのだ。

「怖くなって逃げた」

その一言は、下手をすれば道場を潰しかねない。

道場としては、評判を落とさないために道場破りを叩き出すしかなかった。

他流試合に作法はないが、多くはいきなり道場主ではなく弟子たちと剣をあわせることになる。道場破りの力量をはかることが目的であるだけに、そこそこの腕を持つ者が選ばれた。

「その弟子を二人殺したか」

道場破りは、その流派が規定した稽古道具を遣うのが礼儀である。一放流なら袋竹刀、小野(おの)派一刀(いっとう)流なら木刀と決まっていた。袋竹刀では喉でも突き破らないかぎり死ぬことはないが、当たりどころが悪ければ木刀でも、命を落とすことがあった。

聡四郎は、それでもいたましい顔をした。

「道場主は、どうなったのだ」

聡四郎は脇差を腰に差しながら、問うた。

「死んではいないそうよ」

紅が口ごもる。

「……………」

聡四郎は、いつものごとをはっきりさせないと気のすまない紅にしては珍しいなと思いながらも、無言で次の言葉を待った。

「……両、両の肩を砕かれたそうよ」

紅が、小さな声で告げた。

「そうか」

聡四郎は、あっさりと返事をしながら、憤っていた。剣術遣いにとって肩は命と同じぐらいたいせつなところである。そこを潰されては、二度と剣を持つことはできず、死んだも同然であった。

「いっそのこと殺してやるべきだ」

聡四郎は、己がその立場になったことを考えて、ぞっとした。

剣術遣いは浪人身分ではあるが、その心構えは武士であった。舌を嚙んで自害することは誇りが許さない。両腕の使えない剣術遣いは、みずからの命を断つこともできず、恥を晒し続けなければならないのだ。

「あんた馬鹿だわ、やっぱり」

紅が、あきれたように言った。まがりなりにも旗本を面と向かって馬鹿呼ばわりして無事にすむはずもないのだが、聡四郎は苦笑するだけで咎めなかった。紅の腹にあるのが、聡四郎を馬鹿にした気持ちではなく、心配してくれているとわかっているからであった。

「なにがだ」

しかし、いまは聡四郎は紅がなにに怒っているかがわからなかった。

「まだわからないの。あんた、本当に変わってないわね」

紅が、ため息をついた。

「命を賭けて、あたしを助けて、他人を救って、役目を果たしてって、ちょっとは苦労をしたかと思ったけど。はあ、お侍って、みんなこうなのかしら」

「だから、どういうことだ」

聡四郎は、もう一度訊いた。

「死んでどうするのよ」

紅が、怒った。

「生きているからこそ、人はなにかできるんでしょうが」

「たしかに、そうだが。剣術遣いにとって肩が潰れるのは、命を失うにひとしい

……」

「それ以上言うと、許さないわよ」

紅が、にらんだ。

「剣術遣いってなに」

「えっ」

紅の唐突な質問に聡四郎は、とまどった。

「人じゃないの」

たたみかけるように紅が訊く。

「わかった」

聡四郎は、紅の言いたいことを理解した。

「生きていればこそ、人はなにかをすることができる。死んでしまえば、終わりなのよ。知っている人の思い出だけになったら、刀をどう遣うかなんてことも関係なくなる。わかっているの」

紅が、念を押した。

「ああ。どんなことがあっても生きて帰る。それが、人としての義務だ」

聡四郎は、紅を見た。

「遅れるわよ」

見つめられて真っ赤になりながら、紅が登城時刻だと告げた。

「行ってくる」

聡四郎は、屋敷を出た。

江戸城内でも道場破りのことが話題になっていた。普段、剣術のことなど口にすることもない勘定方までも、語りあっていた。

「聞かれたか」

「うむ。今朝、弟が報せてきた」

内座でもあちこちで声がしていた。

「雲をつくような大男で、六尺（約一・八メートル）の木刀を苧幹（おがら）のように振り回すとか」

苧幹とは、麻の蔓（つる）を干したもののことだ。

「いや、四尺（約一・二メートル）に満たない小柄な男と聞いた」

話している勘定衆の話が、大きく食い違っていた。

「なかなかに興味深いことでございますな」

太田彦左衛門が、聡四郎に話しかけた。

「人の噂ほどあてにならぬものはござらぬ」

聡四郎は、笑うしかなかった。

「昨日も一軒の道場が潰されたとか」

太田彦左衛門が、真顔になった。

「出がけにちらと耳にしたていどなので詳細はわかりませぬが、かなり悲惨なことになっておりますようで」

太田彦左衛門が、表情をゆがめた。

「どこの道場か、お聞きになりましたか」

聡四郎が問うた。

「内藤新宿にある高田流槍術道場だそうでございまする」

「槍」

聡四郎は思いもよらなかった。

槍は剣よりも衰退していた。戦場で主役であった槍は、泰平の世では無用のものとなり、持ち歩くことさえなくなった。使うことのない武術を学ぼうとする者は、よほど先祖が槍で名を残したか、変わっているかのどちらかである。それだけにまじめであり、初心の者以外はそれ相応の遣い手ばかりであった。

「十人をこえる死人が出たそうで」

「…………」

聡四郎は、道場破りの強さに絶句した。

剣と槍では間合いが違いすぎる。剣の間合いが二間（約三・六メートル）から三間（約五・五メートル）であるのに対して、槍は五間（約九メートル）だといわれる。つまり、剣は間合いに入る前に、槍の支配下を通らなければならないのだ。これがどれだけ不利なのかは言うまでもなかった。

さらに槍は万能な武器である。突き技が主となるが、他にも横に薙ぐ、上から叩く、穂先の反対側である石突きを遣って下から払うなどと千変万化の技を持つ。特に水平に槍を振る横薙ぎは、槍の長さだけの範囲を完全に制圧する。

「町方が動くことになりまするな」

太田彦左衛門が、もう見過ごすことはできまいと言った。

「いえ」

聡四郎は首を振った。

「町方は出ませぬ。剣の、いえ、武術の試合はなにがあっても文句をつけないのが決まりごとでござる。道場の外でなら私闘として裁くことはできましょうが、なかでのことは、いっさい口出しできないのでござる」

それは入江道場の稽古でも同じであった。まれに撃ちこみを受けきれず、怪我をすることはあるが、医者に連れていってもらうのがせいぜいで、あとのことに責任は負ってくれない。それについては、入門のときにしっかり誓紙まで差しだしているのだ。たとえ道場で殺されても恨み言一つ口にできなかった。

「さようでございますか。剣術遣いというのは、なかなかに厳しいものでございますな」

太田彦左衛門が首を小さく振った。

「それは違うようでござるぞ、水城氏」

不意に声をかけられた。振り向いた聡四郎の目に、内座に入ってきたばかりの同役が映った。

「たった今、目付衆が出ることになったそうだ」

「なぜ」

聡四郎は、啞然とした。

「槍道場で殺されたなかに、七百石取りの旗本がいたとのことだ」

同役はそれだけを教えると、さっさと席について仕事を始めた。

「旗本が横死したとなると、家の継承の問題もございますゆえ、目付衆が出てもおかしくはございませんな」

「浪人者や諸藩の士たちの死には、誰も出さぬというのにか」

「それが、政と申すものでございましょう」

聡四郎の憤りを太田彦左衛門がいなした。

道場破り探索の話が出たとき、目付青山右京亮は、みずから任に就くと手を挙げた。

「この件にかんして、徒目付はもちろんのこと、町奉行、場合によっては大番組の手を借りることも許す。また、探索の間、報告をいたすときをのぞいて、登城におよばず」

月番老中から命じられた青山右京亮は、ただちに江戸城をさがった。一歩後ろには徒目付月坂亥之介がしたがっていた。

目付と徒目付の関係はややこしい。目付は徒目付を支配するとなっているが、ことはそう単純ではなかった。目付は監察を任とするだけだが、徒目付は他にも警衛、探索をしなければならないのだ。

また、目付が数年で役替えになって異動するのに、徒目付はほとんど替わることなく十数年にわたってその任に就くことが多い。

　これらのことから、目付は特定の徒目付を配下とするのではなく、そのときどきに応じて、適当に選んでいた。

　青山右京亮も月坂亥之介と組むのは初めてであった。

「お目付さま、これからどちらへ」

　月坂亥之介が、尋ねた。

「まずは殺された旗本、酒井主膳の屋敷だ。検死をいたさねばなるまい」

　青山右京亮が答えた。

　目付の重要な役目の一つに、旗本当主の死因確認があった。

　家の相続の裏に陰謀が見え隠れすることは日常茶飯事である。当主の座が欲しいために兄を、親戚を殺害したという話は、いくらでもあった。

「わかりましてございまする」

　月坂亥之介が納得した。

　半刻（約一時間）ほどで、青山右京亮と月坂亥之介は、酒井主膳の屋敷に着いた。すでに検死が来ることはわかっている。表門は大きく開かれ、打ち水もされていた。

「ご検死役、ご足労に存じまする」

出迎えた親戚らしい初老の男には目もくれず、青山右京亮は奥へと進んだ。

居間であったろう書院で寝かされている酒井主膳の枕元に膝を突いた青山右京亮は、ていねいに一礼した。

「役儀につき、御免こうむる」

酒井主膳の顔を覆っていた白い布を剝いだ。

感情を表に出さないのが仕事の目付、青山右京亮の顔がゆがんだ。それほど酒井主膳の遺体はひどかった。脳天が陥没し、顔が判別もつかないほど破壊されていた。父の死に伴って家督を継ぎ、嫁をもらったばかりの若い旗本は、見るも無惨に変わり果てていた。

「酒井主膳どのに相違ござらぬのだな」

青山右京亮は、書院の隅に控えている妻女に問うた。まだ若い妻女はやつれはて、十歳は老けて見えた。

「はい」

妻女がか細い声で首肯した。

「跡継ぎはどうなっておる」

青山右京亮が重ねて訊いた。

「わたくしどもには子がおりませぬので、親戚から跡目を取りたいと考えておりまする」

妻女が願うように言った。

「それはならぬ」

青山右京亮が、冷たく言いはなった。

「嗣なきは絶ゆ。これがお定めである」

青山右京亮が立ちあがった。

「お待ちくださいませ。酒井の家は三河以来槍一筋でお仕え申して参りました。初代は、神君家康さまの御前で手柄を立て、とくにお褒めの言葉をちょうだいした家柄でございまする。なにとぞ、なにとぞ」

すがるように近づく妻女を一瞥もせず、青山右京亮は廊下で控えていた月坂亥之介をうながした。

「お願いでございまする」

しぼるような妻女の叫びを、青山右京亮は完全に無視した。

「次は、新宿の道場でございますか」

屋敷を出て歩きだした青山右京亮に、月坂亥之介が訊いた。

「うむ。どう見た」

首肯したあと、青山右京亮が問うた。

「急なことで動揺しているように見受けられましたが」

廊下に控えていながら、月坂亥之介は、屋敷の気配を探っていた。

「謀殺ではないな」

「おそらく」

月坂亥之介がうなずいた。

「改易（かいえき）になりましょうか」

月坂亥之介が、屋敷を振り返った。

「決めるのは、執政衆よ。儂は見てきたことをそのまま報告するのみ。目付に私情は不要である」

青山右京亮が、淡々と言った。

高田流槍術道場は、内藤新宿のほとんどを占める内藤家の屋敷近くにあった。地名にもなっている内藤家の屋敷は、往時よりも縮小したとはいえ、二十万坪という広大な敷地を持っていた。

もとは、関東に入府した徳川家康が、家臣の内藤清成へ、馬で休むことなく駆け続けられただけの土地を与えると言ったことに端を発していた。

内藤清成は、みごとに馬を操り、茅で覆われていた原野を回って、じつに二十一万七千坪という土地を手に入れた。

江戸の城下が大きくなるにつれて、ただの原野にも民家が建ち始め、元禄十二年（一六九九）には、甲州街道最初の宿場として内藤新宿が開かれた。日本橋までわずかに二里（約八キロ）しかなく、宿場というより遊女屋町に近かったが、人の流れは土地を開かせ、いまでは江戸の城下と遜色ないまでになっていた。

高田道場の前には人だかりができていた。野次馬を六尺棒で押しとどめているのは、かりだされた大番組の同心である。

「目付、青山右京亮である」

青山右京亮が名のるとすぐに六尺棒が引かれた。

門を入ると目の前が道場の玄関であった。

「そのまま、草履を脱がれぬほうがよろしいかと存ずる」

大番組同心が、青山右京亮に助言した。

青山右京亮は忠告にしたがって、土足で道場にあがった。

「ひっ」

あまりの惨状に息をのんだのは、月坂亥之介であった。

「くっ」

青山右京亮は、なんとか唇を噛んで声を押し殺したが、足が止まっていた。

道場のなかは凄惨を極めていた。すでに乾いているとはいえ、赤黒い血液が床と壁を塗りたくり、ところどころには脳漿と思われる白っぽいかたまりが付着していた。

「なんという臭い」

月坂亥之介が、鼻を押さえた。

「生き残った者は」

「腰の骨を砕かれて、立ちあがることさえできませぬ」

青山右京亮の問いに、大番組同心が答えた。

これは、証人として連れてこいとの青山右京亮の求めに不可能だと告げたのだ。

「相手の人相風体は訊いたか」

「はい。壮年の修験者風であったとか。木刀を持ちこんで他流試合を所望してきたとかで。断りを無視して道場にあがりこみ、あっという間に二人の弟子を地に這わせ、やむをえず試合に応じた道場主を始め、弟子たちを……」

大番組同心が口ごもった。

「これは、他流試合ではございませぬ」

月坂亥之介が、震える声で言った。

「参るぞ」

青山右京亮は、あっさりと道場をあとにした。

帰城した青山右京亮は、月番老中に報告した。

「そうか、酒井主膳は武術修行中の死ということで、相違ないのだな」

月番老中が念を押した。

「はい」

「ならば、相続に支障はないな」

「届け出ている嗣に問題がなければ」

青山右京亮は、あえて相続者がいないことを告げなかった。

「右筆に調べさせる。ご苦労だった、引き続き探索を続けてくれるように。必ず御城下を騒がせるうろんな者を捕まえよ。上様がお若いときにこそ、不測の事態は起こりやすい。由比正雪が二の舞は避けねばならぬ」

「はっ」

背中を向ける月番老中に頭をさげながら、青山右京亮は笑いを浮かべた。

日が暮れてから、青山右京亮は江戸城の奥、御用部屋を巡る畳廊下の片隅にいた。すでに執政衆をふくめ、ほとんどの役人が下城した刻限である。他に人影はなかった。

宿直のために灯された常夜の光は、廊下をかろうじて歩けるていどで、人の顔を見わけるのは難しい。

御用部屋の襖が、静かに引き開けられた。

青山右京亮が、平伏した。

「ご苦労じゃな」

平蜘蛛のような青山右京亮に声をかけたのは、大老井伊掃部頭であった。

三

聡四郎は、相模屋伝兵衛宅を訪れていた。前もって報せてあったので、普段なら屋敷で聡四郎を待っている紅が出迎えた。

「お帰りなさいませ」

相模屋伝兵衛の店、多くの職人たちを入れるために大きく広く取られている土間の奥、二畳ほどの板の間で、紅が三つ指をついた。

幕府お出入り、旗本御目見得格を与えられている相模屋伝兵衛の娘としてふさわしい礼儀を、紅は思いだしたようにやるときがある。

「おじゃまいたす」

聡四郎は、久しぶりに見る紅の武家娘ぶりに、ぎこちない返答をした。

「なにかたくなってんのよ」

紅が豹変した。

「なれてないのだ」

聡四郎は正直に言った。

「まったく、変わらない朴念仁なんだから」

紅が怒って、奥へと去っていった。

「なんなのだ」

聡四郎は、土間で苦笑している袖吉に問うた。

「今のは、旦那が悪いでやすよ」

袖吉が、近づいてきた。

「気がつかなかったんで」

「なんだ」

袖吉の質問に聡四郎は首をかしげた。

「お嬢さんの小袖で」

「そうだったか」

袖吉に言われて、ようやく聡四郎は気づいた。あの小袖は、聡四郎の母の形見であった。先日、紅が単衣を縫ってくれた礼にとわたしたのだ。それを紅は身にまとっていた。

「女（おなご）というのは、難しいな」

「旦那らしいですがね。さあ、参りやしょう、親方が待ちくたびれてしまいやすぜ。大宮さまもご一緒に」

袖吉にうながされて、聡四郎主従は奥へと入った。

相模屋伝兵衛の居室は、江戸でもっとも大きな人入れ屋の主にしては小さく、質素であった。数代前は、伊豆（いず）と相模を領した戦国の雄北条家の家臣であった矜（きょう）

持(じ)がそうさせるのか、他の人入れ稼業の主たちが好む神棚や店の名前を入れた提灯などはいっさい置かれておらず、ただ長火鉢だけが武家の書院との違いを見せていた。

「お待ちしておりました」

相模屋伝兵衛が、長火鉢の向こうで頭をさげた。

かつては、身分が上になる聡四郎に奥の座を譲ろうとした相模屋伝兵衛であったが、年長への敬意と遠慮を言いたてる聡四郎に根負けして、席はこのままでいくことになっていた。

「また世話になりまする」

聡四郎は、ていねいに礼をした。

「まずは、一献。おい」

相模屋伝兵衛が手をたたくのを見計らっていたかのように、紅が膳を手に入ってきた。最初に客である聡四郎の前に据えた。続いて相模屋伝兵衛のために長火鉢の上に片口(かたくち)と皿を置いた。

「袖吉と玄馬さんは、こっちのほうが気がねないでしょう」

紅が、居室の襖際に大きめの膳を一つ出した。

「かっちけねえ、お嬢さん」

「ありがたく」

袖吉と大宮玄馬が、喜んだ。やはり、互いの主とともには気が重いのだ。

「手酌でやっておくれな」

紅は、大きめの片口を袖吉にわたすと、聡四郎の斜め後ろに腰をおろした。

「…………」

無言で聡四郎の杯に、酒を注いだ。

「馳走になる」

聡四郎は、杯を干した。

「やれやれ、儂も手酌か」

相模屋伝兵衛が愚痴りながら、片口の酒を杯に注いだ。

しばらく、四人の男たちは酒を楽しんだ。

肴は、あぶった金山寺味噌であった。刻んだ野菜につけた金山寺味噌は、飯のおかずにも酒の肴にもなる。あまり高価ではなく、江戸の庶民にとってなじみ深いものであった。

「水城さま、いまはなにを調べておいでで」

相模屋伝兵衛が、口火を切った。

「長崎奉行のことでございまする」

聡四郎は、新井白石から命じられたことを隠さずに語った。

「ほう。また一人お減らしになろうと。ですが、そう珍しいことではございますまい。御上は御役を増やされるのも急でございますが、なくされるのも多々あることで」

相模屋伝兵衛の言うとおりであった。なにも他役にそれを求めずとも、勘定吟味役を見ればわかった。五代将軍綱吉が、幕府の金の無駄遣いをなくし、逼迫した財政の立てなおしをと考えて創設したのが、勘定吟味役である。天和二年（一六八二）に設置されたが、わずか十七年で廃止された。もちろん幕府の財政が好転したからではない。勘定吟味役を経て勘定奉行となった荻原近江守が、無意味な役職であると綱吉に建言し、なくした。綱吉の信任をいいことに幕府の財を食いものにした荻原近江守にとって、勘定奉行さえも監察の対象とする勘定吟味役は、つごうが悪かったのだ。だが、綱吉が死に、家宣が将軍となると、新井白石の進言で十三年ぶりに再置された。正徳二年（一七一二）のことであった。

「さようでございまするな」

聡四郎は、首肯した。

「しかし、そこに新井白石さまはなにかを感じられた」

「はい。ひょっとすると、手の届かないところで幕府が変わっていくのが気に入らぬだけかも知れませんが」

聡四郎は、新井白石の性質をかなり理解していた。

「水城さまは、なにが気に障られた」

相模屋伝兵衛が、ゆっくりと訊いた。

「江戸在府長崎奉行佐久間安芸守どのが、この話を新井どののもとへ持ちこんだことが腑に落ちませぬ」

聡四郎は告げた。

「なるほど。先だって長崎奉行を一人減じると決した大本である新井白石さまに、さらに減らさないでくれと陳情に行くのが、みょうだと」

相模屋伝兵衛が、納得した。

「はい。それに新井どのは、すでに権から離れたと見なされておりまする。いちおう、間部越前守どのとのつながりがあるゆえ、まだ完全に終わったとは思われてはおらぬようでございまするが、身分は無役のまま。願いごとがあるなら、御老中たち執政の衆に話を持ちこむのが普通でございましょう」

「新井さまをつうじて、間部越前守さまに話を持ちかけてもらおうとしたんじゃござんせんかい」

話を聞いていたのか、袖吉が口を出した。

「それはあるかもしれぬ」

聡四郎も否定はしなかった。

「だが、どうしても拙者には、佐久間安芸守が話を持ちかけたのは、政の舞台からおろされて、蚊帳の外に置かれている新井どのにことを報せるためであったのではないかと思えてならぬのだ」

聡四郎は、己がひっかかったことを話した。

「誰かが、後ろで糸を引いていると」

紅が、聡四郎の背中に声をかけた。

「ああ」

聡四郎は、振り返った。

「わかりやした」

袖吉が立ちあがった。

「すまねえな」

聡四郎より先に、相模屋伝兵衛が、礼を述べた。

「これから、その佐久間なんとやらの守の屋敷に忍んできやす」

袖吉は、杯に残っていた酒をあおると、居室を出ていった。

「ありがたいことでございまする」

聡四郎は、相模屋伝兵衛に向かって低頭（ていとう）した。

「他人行儀なまねはよしてくださいよ。前も申しましたでしょうが、皆一つ船に乗っているのだと」

相模屋伝兵衛が、手を振った。

「では、拙者もこれにて」

聡四郎は膝を立てた。

「あら、食事はしていかないの」

紅が、きょとんとした顔で尋ねた。

「袖吉が働いているのに、拙者だけがよきものを食しているわけにもいくまい」

「損な性分（しょうぶん）ね」

紅はそれ以上なにも言わなかった。

「お気をつけて」

その言葉に送られて、聡四郎と大宮玄馬は相模屋をあとにした。

先夜、相模屋からの帰りに、後をつけられたことがあった。聡四郎も大宮玄馬も背後に、いや周囲に気を配りながら、夜道を急いだ。

すでに晦日に近く、月明かりは、ほんの少し影を生みだすていどしかなかった。

小半刻（約三十分）ほども歩いたか、聡四郎は、強烈な殺気を感じて大宮玄馬を制した。

「殿」

大宮玄馬の表情が厳しくなった。すでに柄に手をかけていた。

「よせ」

聡四郎は、大宮玄馬に刀を抜くなと命じた。

五間（約九メートル）ほど離れた辻の闇から、黒装束に身を包んだ永渕啓輔が現れた。

「あいかわらず、いい判断だ」

「やはり、きさまか」

聡四郎は、尾張藩お旗持ち組と戦ったときに、すさまじいまでの技を見せた黒装束のことを忘れてはいなかった。

「先夜も後をつけてきたのは、おぬしだな」

聡四郎は、確信を持って問うた。

「再度走狗(そうく)に戻ったか」

聡四郎の質問に答えず、永渕啓輔が嘲笑した。

「西田屋甚右衛門どのが手の者を、殺したな」

聡四郎も同じ対応をした。

「ほう。あれは忘八だったか。なるほど、それであの動きができたか。さすがは吉原守護と呼ばれるだけはあった」

覆面の隙間から見える永渕啓輔の目が、少しだけ大きくなった。

「なぜだ」

聡四郎は、怒りを声にのせた。

「些末(さまつ)なことだ」

永渕啓輔が、あっさりと告げた。

「おまえも人を斬るではないか。言えた義理か」

「くっ」

永渕啓輔の言葉に、聡四郎は反論できなかった。降りかかった火の粉を払うためとはいえ、聡四郎も数多くの敵を葬ってきた。

「今宵の用件はきさまではない」

永渕啓輔が、聡四郎の葛藤を気にせずに続けた。

「入江無手斎どのに伝言を。浅山一伝斎、名のりを変えて浅山鬼伝斎が、死合を所望しているとな。委細は、後日」

「なんだと」

聡四郎は、大声をあげた。

「生きていたのか、浅山一伝斎が」

「浅山鬼伝斎だ」

永渕啓輔が、聡四郎のまちがいを訂正した。

「三十年前の決着をつけたい。ついては、失望をさせてくれるな。そう師からの伝言だ。入江無手斎どのにな」

「失望だと。無礼なことを」

聡四郎は、師を侮るせりふに怒った。永渕啓輔の言いようは、最初から入江無手斎が負けると語っているにひとしかった。弟子として、それを聞き捨てることはできない相談であった。

「きさまが憤ってどうなる。剣士の怒りは死合の場で晴らすもの。心配するな。きさまは、拙者が撃ち破ってくれる」

「ううむ」

聡四郎はうなるしかなかった。無礼なことではあったが、永渕啓輔の言いぶんは、戦いを宿命づけられた剣術遣いにとって、正しい。剣士としても人としても、押さえこまれている己に腹が立っていたが、ここで太刀を抜くことの愚かさを、聡四郎はわかっていた。

「たしかに伝えたぞ」

用はすんだと永渕啓輔が、ふたたび、闇のなかへ消えていった。

その姿が見えなくなって一拍、大宮玄馬が大きく息を吐いた。

「殿、あやつは」

大宮玄馬が、訊いた。

「一伝流を遣う男よ。名も顔も知らぬがな」

「すさまじい者でございまするな」

大宮玄馬も永渕啓輔の恐ろしさを感じとっていた。

「ああ。行くぞ」

聡四郎は、大宮玄馬をうながして歩きはじめた。

「明日は、登城をせぬ。師にことを報せねばならぬ」

「はっ。わたくしもお供させていただきたく存じまする」

大宮玄馬が、願った。

翌朝、聡四郎は、早くに若党の佐之介を太田彦左衛門のもとへと走らせ、休むことを伝えさせた。

聡四郎は、大宮玄馬を連れて下駒込村の入江無手斎道場を訪れた。

「なにかあったな」

朝の稽古をつけていた入江無手斎が、一目で見抜いた。

「どうせ、休んだのであろう。稽古がすむまで待てるな」

無名に近い一放流入江道場は弟子が少ない。それだけに入江無手斎は、熱心にかよってくる弟子たちをたいせつにしていた。

「はい」

聡四郎は首肯した。

「儂の部屋で水でも飲んでおれ」

入江無手斎は、袋竹刀を手に稽古を再開した。

「参ろう」

聡四郎は大宮玄馬と二人して、道場に隣接した入江無手斎の居宅に入った。

古い百姓家を買い取って改築した入江無手斎道場は、そのほとんどを稽古場としている。入江無手斎には家族がないこともあって、居住する部屋は狭かった。

「久しぶりでございまする」

大宮玄馬が、入江無手斎の居室を感慨深げに見た。

弟子を我が子のようにかわいがった入江無手斎は、よくこの部屋で夜語りなどをした。入江無手斎の修行時代の話や、剣術遣いたちの逸話などを、弟子たちに聞かせるのだ。とくに麒麟児と呼ばれ、最年少で一放流の初等目録(しょとうもくろく)を得た大宮玄馬は、入江無手斎に目をかけられ、よく道場に泊まりこんでいた。

「どれ、師が来るまでに掃除でもしておこう」

「はい」

大宮玄馬が、納屋へ行き、すぐに道具を手にしてきた。

江戸の町中にある、金目当て、庇護者獲得狙いの道場では、旗本や裕福な藩士たちに雑用をさせないが、入江無手斎は違った。身分、修行の度合いに関係なく、掃除洗濯草むしりなどあらゆる雑用を命じた。

「戦となったら、他人の手などあてにできるか。なんでもできるようにしておくのが、武士の心得ごとじゃ」

入江無手斎は、剣にも雑事にも厳しかった。おかげで聡四郎は、飯も炊けるし、繕いものもできるようになっていた。

「ちゃんとやっておるようだな」

「のようでございまする。今の弟子たちも鍛えられておるのでございましょう」

あまり汚れていない部屋に、聡四郎と大宮玄馬は、入江無手斎の修行が変わっていないことにほっとしていた。

「ふん。忘れてはいなかったな」

そこへ入江無手斎が、入ってきた。早朝からずっと一人で十人近い弟子たちに稽古をつけていたにもかかわらず、入江無手斎の息はあがっておらず、汗一つかいていなかった。

「ぼうっと座っているようなら、怒鳴りつけてやろうと思っていたのだが」

入江無手斎が、笑った。

「偉くなればなるほど、人というのは妬みを買うものだ。他人の嫉妬などなにほどのものかと軽視してはならぬ。当初一人だったのが、二人、三人と増えていけば、それは呪詛になる。役目であやまちを犯し罪になるのは、己の未熟を恥じればすむが、足を引っ張られての失敗は悔やみきれるものではない。この心がけを忘れなければよい」

入江無手斎の話に、聡四郎と大宮玄馬は無言でうなずいた。

「重要な話のようじゃな。おい、玄馬。台所に朝沸かした湯が、鉄瓶に入っておる。温めずともよい。そのまま湯呑みに注いで、持ってきてくれ」

入江無手斎が、命じた。

夏の盛りでも、入江無手斎は決して生水を飲まなかった。

「一度、死ぬような目にあったからの」

修行時代に腐った水にあたって三日間動けなかったと、入江無手斎が苦笑しながら話してくれたのは、もう何年も前のことであった。

「どうした」

入江無手斎が、冷めたお湯で喉を湿して、ようやく尋ねた。

「浅山鬼伝斎から伝言がございました」

　聡四郎は、昨夜の話を語った。

「ほう、名のりをかえて、儂に失望させるなとか。面憎いことをしてくれるよな。最後にやりあってから、もう三十年になる。互いに顔も体つきも、そして剣筋も変わっただろう。おもしろいな」

　入江無手斎が、淡々と言った。

「仔細はあらためて報せると申したか。ふうむ」

　入江無手斎の顔が輝いた。

「師、お受けになられるおつもりか」

　聡四郎は、驚いた。他の流派と同様に、一放流も他流試合は禁止している。それを道場主みずから破ろうとしていた。

「受けぬわけにはいくまい。儂が道場を開く前からの因縁じゃ。剣士としての約束だからの。なんと申したか、新しい名のりは。そうそう、鬼伝斎であったな。浅山鬼伝斎と儂は、年に一度仕合をすると約した仲じゃ。剣術遣いにとって、なによりも固いものぞ」

　入江無手斎が、きっぱりと言った。

「ならば、せめてわたくしに供を」

聡四郎は、入江無手斎の身を心配した。浅山鬼伝斎が、先日入江無手斎から聞いたとおりの男なら、どのような卑怯なまねをしてくるかわからないのだ。それこそ、一人で来いと命じておきながら、己は多人数で取り囲んでということもある。

「ならぬ」

入江無手斎が、きっぱりと断った。

「儂と浅山鬼伝斎の約定は、三十年前から一対一となっておる。供は許さぬ」

「しかし……」

聡四郎は、さらに願った。

「そなたの気持ちはありがたいが、これは、剣で身をたてると決めた者の宿命でもある。儂も人に言えぬことながら、いくつもの命を奪ってきた。剣のためとはいえ、この手を血塗ってきたのだ。その儂が逃げるなど、許されることではない。儂には妻も子供もおらぬ。後ろ髪をひかれる者はいないのだ。それに、もう還暦に近い。あと何年この世にいられるかわからぬ。病に伏して一生を終えるのは、性にあわぬ。剣術遣いは、やはり仕合い、いや死合って倒れたいものなのだ」

入江無手斎が、静かに、諭すように言った。

「師」

聡四郎は、反駁できなかった。剣で身をたてるつもりであったら、たとえ破門されようとも入江無手斎を一人でやることはないが、聡四郎は旗本としての生涯を選んだ。

剣術遣いと旗本の覚悟の違いを、聡四郎は身に染みて知った。

「侍の本分は、主君に忠義をつくすこと。聡四郎、そなたも少しわかったようだな」

入江無手斎が、聡四郎の心のうちを見抜いたかのように告げた。

「さて、では、もう帰れ」

入江無手斎が、聡四郎と大宮玄馬に手を振った。

「稽古のお相手をいたさなくてもよろしゅうございますのか」

聡四郎が、首をかしげた。仕合にのぞむとなれば、気迫はもちろん身体もそれにあわせて絞りあげていくことになる。聡四郎は、その手伝いを申し出た。

「馬鹿が。おまえていどでは、稽古にならぬ。心配するな。一人稽古で十分じゃ」

入江無手斎が、断った。

「儂のことを気にするよりも、そなたがしなければならないことがあろう。己の務めを果たせ、聡四郎」

「わかりましてございまする」

一度言いだしたら聞かない入江無手斎である。聡四郎は、首肯するしかなかった。

聡四郎と大宮玄馬を送りだし、ふたたび道場に戻った入江無手斎は、袋竹刀を手にした。すでに弟子たちは帰っていた。

「生きておったか。あのとき、止(とど)めを刺さなんだは、無手斎一生の不覚であったわ。なれど……」

入江無手斎が、袋竹刀を肩に担いだ。剣気が満ちるのを待った。

「次は、逃がさぬ」

一気呵成(いっきかせい)に振りおろされた袋竹刀が、風音をたてた。

四

年が明けて一ヵ月が慌ただしく過ぎた。

聡四郎と太田彦左衛門は、新井白石の求めである長崎奉行減員の裏側にあるものへ、いまだになんの手も打ててはいなかった。

「長崎奉行のことはいくら調べても、金の話しか見えてきませぬ」

太田彦左衛門が、疲れ果てたように首を振った。

「任官に、これほど競いあいがあり、金が動く役職もまあございませぬわ」

「賄賂でござるか、猟官の」

聡四郎は、確認した。役に就くには、筋目も要ったが、やはり実力者の引きがなによりであった。聡四郎が新井白石の力で勘定吟味役になったように、他の役職も同じであった。役人の任免に口出しできるだけの力を持つ親戚がいればよい。だが、そうでなければ血縁の代わりになるものが要った。それが金であった。

「伏見奉行、大坂町奉行などが、およそ一千両役と呼ばれるのにたいし、長崎奉行は三千両だと申しまする」

「三千両か」

聡四郎は驚愕した。一口に三千両というが、長崎奉行の条件である千石格の旗本なら、じつに七年分の総収入にあたる大金であった。

「それだけ支払っても、一年でもとがとれるのでございまする。皆争って、就きたがるのも当然かと」

太田彦左衛門が、嘆息した。

「三千両を一年か。佐久間安芸守が、減員に反対するのも当然でござるな。二年やそこらで罷免されては、儲けが出ませぬ」

聡四郎は、一つの理由を見つけた。

「気になることがあるのでござるが」

「なんでございましょう」

太田彦左衛門が、質問をしたいと言った聡四郎をうながした。

「長崎奉行には、在番と在府がござるが、なぜ在府があるのでござろう」

聡四郎は疑問を呈した。

「在府長崎奉行は、江戸において幕閣の方々との調整をなすと聞いておりまする。他にもオランダや清国などの要求を伝えるとも」

太田彦左衛門が知っていることを答えた。

「それはどうしても要るのでござろうか。幕閣との調整といえども、在府奉行だけで物ごとを決めることなどできますまい。在番の奉行から文句が出ましょう。在番と在府でやりとりをして、決めたことを幕閣に伝えるのなら、在府の意味はありますまい。逆に幕閣から長崎奉行になにかを命じるなら、在府をつうじずとも直接、使番を出すなりなんなりすればすみまする」

聡四郎が話した。

「逆にオランダや清国の要求を伝えるのは、在番奉行からの使いでこと足りましょう」

「言われてみれば、たしかに」

太田彦左衛門も、首をかしげた。

「長崎奉行が二人役になって、在府が生まれた。二人になったのは、寛永十年(一六三三)」

太田彦左衛門が、書付をひっくり返し始めた。

「竹中采女正が、長崎奉行時代の私曲を問われたのは、翌寛永十一年(一六三四)。これが原因であることはまちがいございますまい。長崎奉行を一人にさせるとろくなことがないと御上も考えられた」

確認するように太田彦左衛門が言った。

「長崎奉行の私曲を防ぐため。おかしくはございませぬか。相役を見張るのが目的ならば、離れていてはどうしようもございますまい。江戸と長崎、目は届きませぬ」

聡四郎は、さらに疑問を加えた。

「交代にすることで、悪事が露見しやすくなると思われたのでございましょうが、一年あれば、かなりのことをしたうえで跡形もなく証拠を消すことなど、さして難事ではございませぬ」

太田彦左衛門が、聡四郎の意見に同意した。長く勘定方として勤めてきただけに、太田彦左衛門は、そのあたりのことにくわしい。

「与えられた特権の多さ、意味のわからない江戸在府。そして、あまりにも変動しすぎた定員。長崎奉行は、謎だらけでございますな」

太田彦左衛門が、大きく息を吐いた。

聡四郎は太田彦左衛門を誘って、新井白石の下部屋を訪れた。家宣が存命のころは、若年寄格として、下の御用部屋にいることもあった新井白石だが、家継に代が替わって、城中をうろつくか、下部屋に籠もりきりになるかのどちらかになっていた。とくに今は、間部越前守からの呼びだしにいつでも応じられるようにと、登城してからずっと下部屋で待っていた。

内座から側衆格新井白石の下部屋は、廊下を一回曲がるだけの至近であった。

「御免」

聡四郎は襖の外から声をかけた。

「水城か、なんだ」

すぐに返事があった。

聡四郎は、廊下に膝をついて襖を開けた。

「ちとおうかがいいたしたいことがございまして」

「入れ」

入室を許可した新井白石の顔を見て、聡四郎は小さく息をのんだ。太田彦左衛門が、聡四郎の顔を見る。聡四郎は少しだけ首を左右に振った。太田彦左衛門は、聡四郎の合図に気づいて、口を閉じた。新井白石の頬はこけ、目だけが異様な光を放っていた。

「なんだ。さっさと申せ」

新井白石がいらついた口調で言った。

「おうかがいしたいのは、長崎奉行在府のことでござる。新井さまが、長崎奉行を一人削られたのは、在府を減らされたのか、それともどちらでもよろしかったのでござろうか」

聡四郎が尋ねた。

「それがどうかしたのか」

新井白石が、質問の意図を問うた。

「在府奉行創設の意味が、わかりませぬ」

聡四郎は、素直に告げた。

「あれは、幕閣の示威でしかない」

「示威と申されると」

吐きすてるように言った新井白石に、聡四郎は説明を求めた。

「幕閣の目の届くところに一年いさせて、絶えず威圧を与え、なにも一人ではできないようにしむけておるのだ。たとえ長崎に行ったとしても、幕府の目はおまえから離れることはないぞ、と無言で言い聞かせておるのよ」

「人質のようなものでございますか」

聡四郎は、思いついたたとえを口にした。

「そうよな。正解ではないが誤ってもおらぬ。そう考えていいだろう」

新井白石が首肯した。

「では、新井さまは、在府を」

「いや、どちらでもかまわぬと考えたのだ。長崎がいかに重要な地であろうが、四人もの手がなければならぬとは思えぬ。さらに、長崎奉行は金儲けに適しているとの噂まである。清廉潔白たるべき政に瑕瑾は許されぬ。本来なら、半減させるつもりだったが、さすがに急すぎると家宣さまがご懸念を表されたので、三人に減らすことで我慢したのだ」

新井白石が、潔癖な性質をあらわに語った。

「そんなことより、あれから半月になるぞ。今ごろそのようなことを申しておるとは、いかなる料簡か。儂が、そなたに命じていることは、いつも、どれも御上の政が正しきものになるかどうかの根幹にかかわる大事ぞ。ときの余裕などないのだ。命を賭けてやらぬか」

新井白石が、顔を真っ赤にして怒鳴った。

「わかっておりまする。ですが、あまりに手がかりがなさすぎましょう」

聡四郎は、言い返した。

「口答えをする気か。分をわきまえよ。きさまごときは、儂の言うとおりに動いておればよいのだ。手足は考えずともよい、したがうだけでな。さからうなどもってのほかだ。二度とあのようなまねをいたしてみよ、水城の家など潰してくれるわ」

新井白石が、聡四郎に釘を刺した。

「わかったか。ならば、さがれ。一刻とて無駄にするな」

「失礼つかまつった」

追いたてるような新井白石に承知と言わず、聡四郎と太田彦左衛門は下部屋を出た。

紀州家の行列が、和歌山を発った。慣例より一月ほど早い参勤である。

「ずいぶん、ずれましたね。おもしろいことになりそうだ」

番頭から、そのことを報された紀伊国屋文左衛門が笑った。

「いいかい。藩を放りだされた尾張の馬鹿侍たちには、まだ黙っておくんだよ」

「よろしいのですか。宮の湊で紀州の殿さまをやるとのお話では。このままでは、間にあわなくなりませんか」

紀伊国屋文左衛門の言葉に、番頭が問い返した。

「いいんだよ。江戸の近くでやらせようじゃないか。本当にやったかどうかさえわからない遠いところより、目の届くところのほうが確実。無駄飯を食わすのは嫌だからね。それに箱根よりこちらでなら、ちょっと足を延ばせば見られるしね」

紀伊国屋文左衛門が、楽しそうに言った。箱根の関所をこえなければ、旅手形は要らず、物見遊山気分で行くこともできた。

「承知いたしました。では、いつごろ報せればよろしいでしょうか」

番頭が、あらためて訊いた。

「そうだねえ。さすがに品川をこえると江戸町奉行所が出てくるからねえ。金で動く八丁堀の連中とはいえ、御三家のこととなるとさすがに顔色も変わるだろうから」

紀伊国屋文左衛門が、腕を組んだ。

「小田原の次は、藤沢か。そうだね。藤沢に入ったら、教えようじゃないか。そうすれば、川崎からこっちでぶつかることになる。六郷の渡し辺りが、狙うにはちょうどいいだろうしね」

紀伊国屋文左衛門が、うなずいた。

六郷の渡しとは、多摩川の河口に近い部分、俗に六郷川と呼ばれたところにある渡し船のことだ。東海道の便を考えた徳川家康は、ここに大橋を架けたが、元禄元年（一六八八）の大洪水で流された。橋を再建しようとした幕府に、川崎の名主田中休愚が、衰退した宿場の再興にと渡し船の許可を求めた。

それ以降、川崎宿が渡し船を管轄し、大名といえども六郷の渡しでは、必ず足を止めなければならなくなっていた。

「なるほど。船で渡るとなると、御三家といえども行列を分断せざるをえませんか。藩主を先に渡そうが、残そうが、警固は薄くなる」

番頭が、紀伊国屋文左衛門の深慮に感心した。

「ちょっと頭のいい奴なら、藩主の駕籠が渡し船で六郷川を渡っている最中を狙うよ。これなら、さすがに警固は数人しかいないからね。問題は、あの馬鹿どもにそれだけの知恵があるかどうかだけど」

紀伊国屋文左衛門が、嘲笑した。

「教えてやればよろしいのでは」

番頭が述べた。

「そこまでやってやる義理はないよ。お侍がこの国をこれからも治めていこうと思うなら、それぐらいの機転は利かせてくれないと。すべてを預けている庶民としては、困りますでな」

紀伊国屋文左衛門が、剽げた。

「なるほど、さようで」

番頭も笑った。

「そうそう、役者は多いほうがいいからね。水城さまにも加わっていただきましょうか」

紀伊国屋文左衛門が、思いだしたように言った。

「勘定吟味役の」

番頭が、驚いた顔をした。

「紀州の吉宗さまと会わせてみるのもおもしろいとは思わないかい。欲しいものを手に入れるまでどのようなことでもできるお方と、己を律して正しいことに命を賭けられる御仁。ともに家を継げるはずのない非嫡子同士と、生まれたときの状況はよく似ていたのに、生きざまが正反対な二人。今後どのようなかかわりを持っていくのか、興味が湧くじゃないかい」

「はあ」

番頭は、紀伊国屋文左衛門の考えについていけなくなっていた。

「では、よろしく頼んだよ」

「へい」

番頭が、去っていった。

「さて、わたしは、柳沢さまのご機嫌でもうかがってくるとしようかね」

「お着替えはなさる」

番頭が来ている間、じっと部屋の片隅で黙っていた妻が、近づいてきた。

「そうだね。さすがにこの格好じゃ、失礼だろう」

紀伊国屋文左衛門が立ちあがって、着ていた継ぎあてだらけの木綿ものを脱いだ。聡四郎との戦いに敗れ、浅草に隠居した形を取っている紀伊国屋文左衛門の生活は、住んでいる場にふさわしい質素なものだった。

「もう、お止めになっては」

着替えを手伝いながら、妻が口にした。

「あなたは若いときからずっと、人の三倍働いて、二倍遊んだでございましょう。

どうです、世俗のことは若い人たちにお任せして、ゆっくりなされば」

まだ紀州の小さな廻船問屋だったころに縁あって一緒になった妻は、紀伊国屋文左衛門へ遠慮ないことを言える数少ない者であった。

「一度はそう思ったんだけどねえ。でも、我慢できないんだよ。見ているだけじゃおもしろくないだろう。浄瑠璃なんかもそうじゃないか。最初は見ていておもしろい。次が、習ってみたい。そして、皆に聞かせたいとなるように、己の手を濡らさないと、粟のつかみ取りはできやしないからねえ」

紀伊国屋文左衛門は、妻の顔を見た。

「おまえには、ずっと苦労のかけどおしだが、こんな男と所帯を持ったが因果とあきらめておくれ」

「夫婦は二世と申すらしいですが、わたくし、来世まであなたとつきあうのは、嫌でございますよ」

妻が、強い口調で告げた。

「来世があれば、好きにするがいい」

紀伊国屋文左衛門は、淡々と応えた。

浅草を昼前に出た紀伊国屋文左衛門は、八つ（午後二時ごろ）前に柳沢吉保の前にいた。

「寒いな」

柳沢吉保は、書院で火鉢を抱えこむようにしていた。

「隠居してなにがよかったと言えば、家臣に気を遣わず座布団を敷けることと、人目を気にせず火鉢に近づけることじゃな」

柳沢吉保が、笑った。

武家の戒律は厳しい。たとえ藩主といえども、引退するまではいろいろと我慢しなければならないことがあった。座布団を敷きたければ、足が悪いゆえ許せと家臣に断らねばならず、どれほど寒くとも火鉢には手の先しか差しだすことができなかった。

「やせ我慢が、お武家さまのご矜持ではございませんか」

紀伊国屋文左衛門もほほえんだ。

「できなくなった者が多すぎるわ。まあ、新井白石のようにやせ我慢をしすぎて、やつれはてるのも馬鹿だがの」

柳沢吉保は、新井白石が下部屋に籠もったままで、間部越前守から執政に叙するとの声がかかるのを待っていると知っていた。

「それはそれは」

紀伊国屋文左衛門は、驚いて見せた。

「ふん。知っておったくせに、白々しいやつじゃ」

柳沢吉保が、あきれた顔をした。

「今日はなんの用だ。紀州が国元を出たことか」

柳沢吉保は、屋敷にいながらあらゆることを知っていた。

「さすがは、お早い。わたくしも聞いたばかりではございまするが」

紀州和歌山の城下に置いている支店からの飛脚の報せが、今朝届いたばかりである。幕府でさえ知らないことを、柳沢吉保が耳にしている。紀伊国屋文左衛門は目を見張った。

「報せてくれる者がおるからの、紀州にもな」

柳沢吉保が、種明かしをした。

「さすがは、ご大老さま」

紀伊国屋文左衛門が感心して見せた。

「どうなされまするか」

紀伊国屋文左衛門が、問うた。

「なにもせぬ」

柳沢吉保が答えた。

「よろしいので。紀州吉宗公が、吉里さま、八代将軍継承最大の脅威ではございませぬのか」

紀伊国屋文左衛門は、重ねて訊いた。

「今はつごうが悪い。紀伊どのに死んでもらっても御三家筆頭の尾張どのがおられるでな。尾張どのが最初でなければ、二度手間になる」

柳沢吉保が、淡々と言った。

「それにな。大統を継がれる名君の養父の手が、血塗られていてはよくはあるまい」

柳沢吉保が目を細めた。

「綱吉さまの残された唯一のお血筋を護り、傍流に奪われし地位を取り戻すことが、儂の役目。のちのち吉里さまに傷のつくようなまねはせぬ」

柳沢吉保は息子であるはずの吉里に敬称をつけた。

「それより、紀伊国屋」

柳沢吉保が、紀伊国屋文左衛門に乾いた目を向けた。

「家を追われた尾張の者どもを飼っていると聞いたぞ」

柳沢吉保が、点てた茶を紀伊国屋文左衛門の前に押しだした。

「ちょうだいつかまつりまする」

紀伊国屋文左衛門は、作法どおりに喫した。

「うむ」

柳沢吉保は、鷹揚に受けた。

「あまりに憐れでございましてな」

紀伊国屋文左衛門が、さりげなく口にした。

「昨日まで、筋目のお家柄としてご忠義をつくされたにもかかわらず、一夜明ければ明日の米さえ奪われる。あまりといえばあまりではございませぬか。尾張さまには、商売でお出入りを許されておりますゆえ、微力ながらご恩返しをと」

「よせ。そなたから仏心の話を聞くと、背中が怖気立つわ」

柳沢吉保が、止めた。

「使い道は決めてあるのだろう」

「お手伝いでございまする」

柳沢吉保の問いかけに、紀伊国屋文左衛門が答えた。

「紀州か」

「さすがで」

紀伊国屋文左衛門は、感心した。

「いまさら尾張の領内ではなさそうじゃな」

「それもおもしろいかと思いましたが、尾張さまと紀州さまのお仲はすでに十分お悪うございます。少しばかりあざとすぎるかと」

紀伊国屋文左衛門は、空になった茶碗をもてあそんだ。

「尾張の領内で、もと尾張藩士に襲われる紀州吉宗。どう転んでも尾張と紀州は戦になるであろう。ふん。そうか」

柳沢吉保が、一人で合点した。

「どのような形にせよ、もめごとは幕府につけいる隙を与える。紀州は、九州辺りへの転封だろうが、尾張は木曾の山林を取りあげられることになりかねない。幕領となってしまえば、木曾の檜は御用木。なかなか思うがままにできなくなるの」

柳沢吉保の話を、紀伊国屋文左衛門は茶碗をいじりながら無言で聞いた。

「おい。その茶碗は明の官窯で作られたものだ。今では金を出しても買えぬ。壊さんでくれよ」

柳沢吉保が、声をかけた。

「これは、申しわけございませぬ。そうでございますか。いや、なかなか趣のある茶碗とは存じましたが、そのように貴重なものとは。目の利きませぬことが、恥ずかしゅうございまする」

紀伊国屋文左衛門は、あわてて茶碗を置いた。

「もっとも、割れば、もっとよいものを持ってきてくれようがな」

そう言った柳沢吉保が、咳きこんだ。

「おや、お風邪でございまするか」

紀伊国屋文左衛門が、気づかった。

「年をこえてからの冷えこみにやられたようじゃ。歳はとりたくないものよな。少し前なら、どれだけ寒中でも手あぶりなど使ったことはなかったのだが」

柳沢吉保が、力なく笑った。

「それはいけませぬ。お医者さまを」

紀伊国屋文左衛門が腰を浮かせた。

「要らぬ。このくらいのことで、苦い煎じを飲まされてはたまらぬわ。どうして、ああ医者どもは、薬ばかり飲ませたがるかの」

柳沢吉保が、手を振った。

「さようでございますか」

紀伊国屋文左衛門が、ていねいに腰を折った。

「では、長居はお疲れのもととなりましょう。これにて、わたくしは失礼を」

「そうか」

柳沢吉保は、ひきとめなかった。

紀伊国屋文左衛門が、廊下に平伏して襖を閉じようとしたとき、柳沢吉保が声を発した。

「手を噛んだ飼い犬に餌をやりつづけるほど、儂はやさしくないぞ」

凍るような声で柳沢吉保が告げた。

五

道場破りの話を耳にした翌日、入江無手斎は弟子たちにしばらくの間稽古を休むと告げて、家を出た。

被害を受けた道場は、流派に統一性はなかったが、どれも新宿に近かった。入江無手斎は、新宿に近く、まだ襲われていない道場に目をつけた。

剣術が武士の表芸から、ただの教養におちて以来、剣術道場はかつての活気を失っていた。かわりに流派の違いをこえて道場主たちの間には交流が生まれていた。

入江無手斎は、いくつかの道場主たちに集合をかけた。

「よくぞ、おいでくださった」

入江無手斎の呼びかけに、六つの道場が応じた。

江戸では無名に近い一放流だが、達人入江無手斎の名前は、一流をなすほどの道場主たちの間ではとおっていた。

入江無手斎は、道場破りの正体が一伝流を継承した二代目浅山一伝斎、改名した鬼伝斎であろうと語り、その目的が己との対決であろうと話した。

道場主たちは、口を開かずに黙した。

「まことに勝手な願いと存ずるが、お手伝いを願いたい」

入江無手斎は、頭をさげた。

「もし、浅山鬼伝斎が貴道場に現れたならば、ご一報を願いたい。貴殿たちの腕を信じておらぬわけではござらぬ。皆、鬼伝斎にひけをとらぬお方ばかりともわかっておりまする。なれど、このようなことを申しあげるのは、わたくしに始末をつけさせていただきたいからでござる。わたくしと浅山鬼伝斎との因縁に決着をつけさせてはくださいませぬか」

入江無手斎はていねいに頼んだ。

「老師よ」

最初に口を開いたのは、馬庭念流を教える樋口等山であった。馬庭念流は、その発祥や弟子のことなどで、百姓剣法と陰口をたたかれていたが、その剣は重厚堅実で、派手な技こそないが、あなどれない実力を持っていた。

「剣を学ぶ者として、あの道場破りと戦ってみたい気は十二分にござる」

樋口等山の言葉に、残りの道場主も首肯した。

「なれど、剣術の因縁、仕合の遺恨は他者が口出しをせぬが律。お話たしかに承ってござる。万一、浅山鬼伝斎が我が道場を訪れましたならば、すぐに老師にお報せいたしましょう」

樋口等山が言い、皆も同意した。

「すまぬ。この借りは終生、この入江無手斎が背負ってまいりまする」

入江無手斎が礼を述べた。

それから入江無手斎は、樋口等山の道場で寝泊まりしていた。江戸城をはさんでほとんど反対側となる下駒込村の自宅にいては、間にあわないからであった。

三日後、ついに報せが来た。

狙われたのは、二階堂流道場であった。二階堂流は九州を発祥とした実戦的な剣法であった。二階堂流は、上下二段の横薙ぎ、左右袈裟懸け、真っ向唐竹割を主とする。その動きをあわせると平の字になることから平法とも呼ばれた。

横薙ぎ五年、袈裟懸け十年と単純な動きを徹底的にくり返すことで、身体に技を染みこませるのだ。とくに上段の横薙ぎに力を入れ、拍子さえあえば、斬りとばした首が、まっすぐその胴体に戻るほど苛烈な剣であった。

「入江さま」

二階堂流道場の若い弟子の到来を受けた入江無手斎は、太刀だけを持つと裸足で飛びだした。樋口道場から二階堂流道場までは、小半刻（約三十分）もかからなかった。それでも入江無手斎は遅かった。いや、間にあいはした。

「きさま……」

道場に跳びこんだ入江無手斎は絶句した。まさに足の踏み場もない状態であった。三十畳をこえる道場の床が赤黒く染まっていた。

「おう。入江無手斎ではないか」

最後の一人、道場主を木刀でたたき伏せて、浅山鬼伝斎が振り向いた。

「老けたな、無手斎」

浅山鬼伝斎が、久闊を叙するかのように言った。

「おのれは、いまだに魔道をさまようか」

入江無手斎は、血塗られた道場へと足を踏みいれた。すでに乾き始めた血が、入江無手斎の足裏に粘ついて嫌な音をたてた。

「魔道だと。剣術遣いが人を斬るのは、あたりまえではないか。宮本武蔵、小野忠明、柳生連也斎、かの名人たちに比べれば、儂などまだまだ足りておらぬ。それともなにか、入江無手斎、おまえはいままで一人の命さえ奪っておらぬと申す気か」

浅山鬼伝斎が嘲笑った。

「五十年近く剣に携わってきたが、今日ほど後悔した日はないわ」

入江無手斎は、左手にした太刀を抜き、鞘を後ろに投げすてた。

「なぜ、紀州できさまに止めを刺さなかったのかとな」

入江無手斎は、抜き身の太刀をだらりと右手に提げた。切っ先が道場の床板ぎりぎりまで下がる。

「すでに鬼となっていたきさまに、まだ人に戻る望みをかけた儂がまちがいであったわ。鞍馬で初めて剣を交えたときの、まっすぐなきさまの幻にすがったとは、甘かった」

入江無手斎は、三間（約五・五メートル）の間合いで浅山鬼伝斎と対峙した。

「それは、おまえに人を見抜く目がなかったのだ」

浅山鬼伝斎が、腰に差していた太刀を鞘走らせた。

「もう一つ、覚えておくがいい。後悔は先にたたずとな」

浅山鬼伝斎が、太刀を振りかぶった。

肌を無数の針で刺されているような殺気に、入江無手斎が小さく身震いをした。

「おまえに敗れて以来、三十年。儂が人を捨て、心を潰して手にした技。その身で知るがいい」

浅山鬼伝斎が、間合いを割った。

入江無手斎は、とっさに太刀を振りあげた。

「くっ」

入江無手斎の太刀が、浅山鬼伝斎の一撃を止めた。

「ほう。よく受け止められたな。道場主などとふんぞり返って、己より下手な者の相手ばかりだろうから、なまっておると思っていたが」

浅山鬼伝斎が、感心した。

「…………」

入江無手斎は言い返す余裕さえなかった。

渾身の力をこめて、浅山鬼伝斎の太刀を跳ね返し、勢いをかって右足で蹴りを放った。

「当たるか」

浅山鬼伝斎が、音もなく間を開けた。

二人の間合いは、ふたたび三間になった。

「一放流は錆びついたか。あのころのおまえは、もっと炎のようであったぞ」

「無駄口をたたくな」

浅山鬼伝斎の揶揄を、入江無手斎は切って捨てた。

「さて、そろそろ行くか。おまえの顔を見ているのは楽しいが、血なまぐさいのは苦手でな」

浅山鬼伝斎が、足下に転がっている剣士たちの死体に一瞥をくれた。

「もうすぐ、一人増やしてやるぞ。仲間をな」

浅山鬼伝斎が太刀を下段にとった。

「前腰か」

入江無手斎は、太刀を青眼に戻した。

一伝流の秘太刀前腰は、下段からの斬りあがりで敵の刃をはじき飛ばし、そのままひるがえって無防備になった首筋から脇腹を断ち割る必殺の一閃である。

かつての稽古試合で入江無手斎は、何度も前腰を受けていた。

だが、そのときとは状況が、浅山鬼伝斎の腕が、違った。入江無手斎は、呼吸を抑えた。少しでも隙をなくすためだった。

「…………」

浅山鬼伝斎も沈黙した。じりじりと足先でするように、乾いた血をはがすようにして、浅山鬼伝斎が間合いを詰めてきた。

殺気が道場を圧した。そして満ちた。

「ぬん」

浅山鬼伝斎が、奔った。

「おう」

入江無手斎は、腰を落として受けた。

重い手応えが入江無手斎の太刀を揺らした。弾きあげられそうになるのを必死に押さえこむ。

「ふぬ」

浅山鬼伝斎がわずかに腰を振って、太刀の角度を変える。刃と刃が滑って、太刀が離れた。

「死ねい」

浅山鬼伝斎が、振りあげかけた太刀を車に回して、袈裟懸けに来た。

「……………」

入江無手斎は、わずかにあげられた太刀を身体に引きつけると、まっすぐ突きだした。

浅山鬼伝斎の袈裟懸けと入江無手斎の突きが交差した。

「ちっ」

浅山鬼伝斎がふたたび後ろに退いた。

「よく防いだ」

浅山鬼伝斎が、入江無手斎を褒めた。

「槍でさえ止められなかった我が前腰を突き技で相殺するとは、さすがぞ」

浅山鬼伝斎が壮絶な笑いを浮かべた。

「思いだすぞ、おまえに敗れた日をな。紀州の山奥の緑、匂い、風。その記憶が儂をさいなむ。それも今日で終わりぞ。のう、無手斎。痛むのだ、おまえに割られた右肩がな。傷は癒えたが、右腕が伸びなくなった。前腰にいまひとつ切れがなくなった。もっとも、そのおかげで儂の一伝流は完成したがな」

浅山鬼伝斎が、右脇に太刀を引きつけた。切っ先を垂直に立てる。

「見せてやろうぞ、三十年の怨念をこめた狼牙の太刀を」

浅山鬼伝斎が、入江無手斎をにらみつけたまま、小さく足を刻むようにして間合いを縮めてきた。

入江無手斎も一放流必殺の太刀、雷閃の構えをとった。太刀の峰を右肩に担ぐようにして、右足を半歩前に踏みだし、徐々に腰を落としていく。わずかに反りぎみになった体勢から全身の力をこめた一撃を放つのだ。

「夢にまで見たぞ、その構え」

浅山鬼伝斎が、言った。

「だが、二度と目にすることはない」

浅山鬼伝斎が二間半（約四・六メートル）になった間合いを、一気に詰めた。

右脇構えの太刀が、袈裟懸けに入江無手斎の左首を狙った。入江無手斎は、ほんの少し身体を開くことで浅山鬼伝斎の太刀を見切った。浅山鬼伝斎の太刀が二寸（約六センチ）届かないと読んだ入江無手斎は、たわめた膝を伸ばし、腰と肩を使って太刀を押しだすようにして雷閃の太刀を放った。

浅山鬼伝斎の目が光ったように、入江無手斎は感じた。

「死ねえ」

浅山鬼伝斎が右手を太刀から外し、左手だけの片手で太刀を振るった。入江無手斎により近い左手に支えられた太刀は、五寸（約一五センチ）近く伸びた。この一撃のため、浅山鬼伝斎は左腕を鍛えあげていたのだ。斬撃は、渾身の力をこめた両腕よりも疾かった。

入江無手斎の背筋が凍った。

「くっ」

生にしがみつく入江無手斎は身体を大きくひねって床に倒れた。技も思案もない、反応であった。

放ちかけた雷閃を捨て、倒れこんだことが入江無手斎を救った。浅山鬼伝斎の一撃は、入江無手斎の左腕をかすっただけで、外れた。

「ちっ。避けたか」

すばやく太刀を引き戻した浅山鬼伝斎が、道場の床に転がった入江無手斎に切っ先を向けた。

「ぶざまだな」

浅山鬼伝斎が勝ち誇った。勢いにのって襲ってこないのは、倒れた敵にうかつに近づくと手痛い反撃を受けるからだ。

「老師、ご無事か」

そこへ、樋口等山に率いられた一同が現れた。

「くそっ、じゃまが入った。次は逃がさぬ。無手斎、待っておれ。あらためて連絡をする。ふふふ。おまえに会えたのだ。もう、道場破りは終わりよ」

浅山鬼伝斎が、道場の奥へと消えた。裏口から逃げだしていった。

「これは……」

道場の惨劇を見て、樋口等山たちが声を失った。

「命を拾ったか」

入江無手斎は、血が流れる左腕を押さえようともせずに、つぶやいた。

第五章　血の争闘

一

春の夜とはいえ、まだ寒風は強い。袖吉は、佐久間安芸守の屋敷前にいた。鳶が本職の袖吉は身が軽い。やすやすと天井裏に忍びこんだ。

すでに何度となく侵入している。勝手知ったる天井裏を袖吉は這った。

薄い天井板は畳と床板をとおさなければならない床下と違って、小声でもしっかり聞こえる。床下に比べて見つかりやすいが、袖吉はあえて天井裏を選んだ。

「殿、千両たしかに、御老中土屋相模守さまへお届けいたしました」

話しているのは、佐久間家の用人であった。用人とは、大名でいうところの家老職にあたる。家政から雇い人たちの監督、他家との交渉のすべてをおこなう重要な役目であった。佐久間家ほどになると、代々仕えている譜代の用人がいたが、石高のあまり多くない旗本は、人入れ屋に頼んで一期半期の奉公で雇い入れた。渡りと呼ばれた用人のなかにはたちの悪いのもいて、主家を食いものにすることもままあったが、佐久間家の用人は譜代であった。

「ご苦労であった。で、どうだ、土屋相模守さまは、色よい返事をくださったか」

佐久間安芸守が訊いた。

「御老中さまに直接お目通りはかないませなんだが、御家老土屋内蔵助さまから、懇切なお言葉をいただきましてございまする」

「そうか。それならばよい」

「そのおりに、土屋内蔵助さまより、御側役間部越前守さまにもご挨拶をいたしておいたほうがよいとのご助言をいただきましたが。殿、いかがいたしましょうや」

用人が問うた。

「間部越前守さまか」

佐久間安芸守がうなった。

「御老中に千両となれば、間部越前守さまには二千両はわたさねばなるまい。すでにほかの執政衆や右筆方、組頭どのに二千両遣っておる。ここでさらに二千両出せば、全部で五千両にもなるぞ」

「仰せのとおりではございまするが。おわたしせねば、もし土屋相模守さまから間部越前守さまにお話が聞こえたとき、かんばしくないかと」

用人が危惧(きぐ)した。

「そうよなあ。長崎奉行で儲けた金のほとんどを投げだすことになるが、町奉行になるにはしかたないか。わかった」

「では、明日にでも、近江屋に命じまして用立てさせましょう」

近江屋とは佐久間家出入りの札差(ふださし)である。

「待て」

佐久間安芸守が用人を止めた。

「二千両でなく、一千五百両にいたせ」

佐久間安芸守が五百両ねぎった。

「町奉行に就いたとき、配下の者どもを手なずけるのに金が要る」

「承知いたしましてございまする」

用人が首肯した。

「ですが、殿」

用人が顔をあげた。

「なぜに、長崎奉行の減員を止めるようにと新井白石さまにお頼みになられたにもかかわらず、町奉行への転任を願われまするか。長崎奉行の数が減らぬならば、このまま留任くだされば、当家の財政はかなりうるおいまする。せめてあと二年」

用人は、長崎奉行で得られる金を惜しんでいた。

「わからぬか。無理もない」

佐久間安芸守が、用人に答えた。

「長崎奉行が減ることは決定しておるのだ。いまさら、新井白石がどれだけ吼えたところでな。となれば、いまおる三人の長崎奉行のうち一人は、御役御免になる。定員を減らしての御役御免じゃ、転任はまずあるまい。転任なき御役御免は、寄合入りよ。長崎奉行は従五位の諸大夫ゆえに小普請ではないが、寄合も無役には違いない。そこからふたたび御役に就くのは難しい。それくらいはわかるな」

「はい」

用人が返答した。

「なればこそ、儂は寄合入りを命じられる前に、町奉行へと昇りたいのだ」

佐久間安芸守が告げた。

「町奉行は長崎奉行以上の激務と聞くが、金回りはよいらしい。江戸の町人どもが付け届けを欠かさぬというからの」

「さようでございまするか」

用人が納得した。

「井伊掃部頭さまのお声掛かりだけでは、いけませぬので」

用人がさらにうかがいをたてた。

「殿が、わざわざ新井白石さまに貢ぎものまでして長崎奉行がことを報せたは、御大老さまがご指示でございましょう。ならば、井伊掃部頭さまの御推挙だけで町奉行の座をお約束いただけませぬか」

用人は、金が惜しいと匂わせた。

「甘いの。政はそんな表だけで動くものではない。井伊掃部頭さまは大老職にあられるが、そのじつは柳沢美濃守さまの傀儡にすぎぬ」

「ならばなぜ、井伊掃部頭さまの命をお受けになられましたので」

「受けぬわけにはいくまいが。断れば、どうなるかぐらいはわかるだろうが」

佐久間安芸守が怒った。

「わかったならば、さっさと手配をいたせ。儂は、長崎から届いた品を見定めねばならぬ」

「御免を」

用人がさがっていった。

「まったく。財政のことばかり言いたて、気が利かぬにもほどがある。相模屋あたりに命じて、世慣れた渡り用人を手配してもらうほうがよいのかもしれぬ」

佐久間安芸守の言葉を膝下に聞きながら、袖吉は音をたてないように逃げだした。

同じころ、小網町(こあみちょう)の煮売り屋で、いつものように太田彦左衛門と酒を共にして帰途についた聡四郎が、狙われていた。

太田彦左衛門と飲むときの常、大宮玄馬を先に帰らせたのを待っていたような襲撃であった。

新月を過ぎたばかりの江戸は、月明かりも少なく、ものの形さえも定かではない。その暗がりから、鉄針が聡四郎目がけて飛んできた。

闇夜の礫は防ぎがたいという。かの達人柳生十兵衛でさえ、父柳生宗矩が投げた石礫を避けきれず、片目を失ったほどだ。聡四郎が、これをかわせたのは、殺気慣れしていたからだった。鉄針に意思はないが、投げる忍は、どうしてもその瞬間力が入る。聡四郎は、その気配を感じとった。何度も死地におちいった経験が聡四郎を救った。

黒く塗られた七寸（約二一センチ）ほどの鉄針を見つけることは難しい。聡四郎は、なにがどうなのかも確認せず、身体を地に投げだした。

「ぐっ」

したたかに右肩を打ち、聡四郎はうめいた。そのすぐ上を二本の鉄針がこえていった。

「何者だ」

聡四郎は、地に伏せたまま闇をうかがった。

「ふっ」

耳を澄ましている聡四郎に、息を抜くような気合いが、聞こえた。

聡四郎は地を転がった。軽い音をたてて、鉄針が地に突き立った。

「何者」

最初の一撃で効果がなければ、長引くほどに闇討ちは不利になる。人目につくわけにはいかないだけに、勝負を急ごうとする焦りが出るのだ。

耐え忍ぶのが本性の伊賀者も、戦から離れ、我慢が浅くなっていた。

辻灯籠の灯りが届かない辻奥からねずみ色の忍装束に身を包んだ伊賀者が、走りよってきた。

まだ地に転がったままの聡四郎は、星明かりに敵をすかすことができ、その右手に光を反射しない刀が握られていることに気づいた。

「漆塗り。忍か」

聡四郎は、そのままの体勢で脇差を抜いた。倒れたままで太刀を抜くことは、鞘がじゃまをして難しい。

忍は聡四郎の手前一間（約一・八メートル）のところで、蛙のように両足をたわめて跳び、頭からぶつかるように突っこんできた。

己より低い位置にいる敵を攻撃するのには最適の方法だった。まっすぐ頭上に突きだされた忍刀は、聡四郎の胸に狙いをさだめていた。

聡四郎はぎりぎりまで敵の動きを見ていた。忍刀の切っ先まで二尺（約六〇センチ）になったところで、聡四郎は身体をひねりながら脇差を振った。

刀と刀が触れあう甲高い音がした。聡四郎は脇差をぶつけた反動を利用して、そのまま地を転がり、一間ほど離れたところですばやく立ちあがった。

立ちあがりぎわの体勢の崩れを伊賀者は見逃さなかった。ふたたび鉄針が投げられた。先ほどと違い、投げる手先が見えている。手の動きを見ていれば、どこに来るかを読むことはたやすい。聡四郎は脇差を小さく振ってこれを弾いた。

「……………」

鉄針の後を追うように伊賀者が、せまった。

聡四郎は、鉄針を払うため脇にぶれた脇差をそのまま捨て、腰につけた太刀を居合い抜きに払った。

太刀と忍刀の刃渡りが勝負の分け目となった。聡四郎の太刀は、その切っ先三寸（約九センチ）で伊賀者の肝臓を割いた。

「かはっ」

覆面の隙間から血を噴いて、伊賀者は死んだ。忍刀の切っ先は二寸（約六センチ）、聡四郎に届いていなかった。

気を緩めず周囲をうかがった聡四郎は、殺気がなくなっていることを確認した。

「ふうう」

聡四郎は、大きく息をついた。

投げすてた脇差を拾い、太刀に拭いをかけながら、聡四郎は倒れている伊賀者を見た。

「一人だけとは、珍しいな」

聡四郎は、生き残ったことに僥倖を感じていた。

ゆっくりと、死体から目を離さずに、聡四郎は間合いを開けた。五間（約九メートル）離れて、ようやく聡四郎は背中を向けた。

聡四郎は、太刀を鞘に納めると、そのまま屋敷を目指した。神田川をわたり、林大学頭の屋敷にさしかかる。黒々とした松の大木が、屋敷の屋根を隠してしげっていた。

松の木の真下を聡四郎が通ったとき、道まで張りだしていた枝から音もなく影が落ちてきた。

聡四郎は油断していなかった。聡四郎は疾さを重視して脇差を抜きはなった。落ちてきた影が、苦鳴をあげて転がった。聡四郎は撃った脇差をそのままに、振り向いた。背後の闇から、去っていく気配が微かに感じられた。

「風があるのに、揺れない枝。後詰めなく、たった一人で襲って来た忍。気づかなければやられていたな」

聡四郎は、二段構えの襲撃に戦慄した。

帰ってきた見届け役から始末いっさいを聞いた御広敷伊賀者組頭柘植卯之は、少しだけ眉をひそめた。

「どう見た」

聡四郎を襲った二人の忍それぞれに付けられていた見届け役が、顔を見あわせた。

「勝てぬ相手ではございませぬ」

「数段にわたる手配をいたさば、まずまちがいなく倒せましょう」

見届け役の意見は一致していた。

「一放流、おそるべき太刀筋ながら、しょせんは剣術。忍の技にはおよびませぬ」

見届け役の一人が断言した。常人では考えられない手練を重ねる忍には、侍の表芸である剣や槍を軽く見る風潮があった。それは、一人前の武士としてあつかわれないことへの反感から来るものがほとんどであるが、そう口にするだけの技を伊賀者たちは身につけていた。

「ならばなぜ、今宵敗北した」

柘植が厳しい声を出した。

「やられたとはいえ、あの二人は刺客にふさわしい遣い手であったはず。それが水城に傷一つ与えることなく死んだ。きさまたちはなにを見てきたのだ」

柘植の叱責を受けて、二人の見届け役がうつむいた。

「なんのために、子供のときから伊賀の山中で修行したのだ。いざというとき役に立つためであろうが。このたびの間部越前守さまからのお声掛かりは、死にかけている我ら伊賀者をよみがえらせる最後の機会なのだぞ。使うだけの価値がないと見られれば、伊賀者は滅ぶしかない。明日食う米の心配を、子や孫にもさせたいか」

「…………」

柘植の言葉に見届け役は沈黙した。

「間部越前守さまより深入りは禁じられておるゆえ、これ以上、水城に手出しはできぬ」

「組頭」

見届け役の一人が、驚いた。

「組内の者がよそ者に殺されたのでございまするぞ。このまま見過ごしては、先祖からのしきたりにそむくことになりましょう」

伊賀者には、仲間を殺されたなら必ず復讐をなすとの決まりが受け継がれていた。

「しきたりは重要であるが、それでは食えぬ。今は間部越前守さまの御用を第一にせねばならぬ。だが、このままではすまさぬ。伊賀者のおそろしさを思い知らせる日が来るまで耐えよ」

柘植が、辛抱を命じた。

「きさまたちはもうさがれ。儂は間部越前守さまにことの次第を報告せねばならぬ」

人を使う者に信用されたければ、失敗を隠さないことがなによりの手法であることを、柘植は知っていた。

柘植が懐から一分金を二つ取りだした。

「遺された者たちへ、わたしてやれ。それと跡目は申し出どおりにすると伝えてくれ」

聡四郎に倒された忍の家族へ、柘植が心遣いを見せた。

「かたじけのうございまする」

見届け役二人が、頭をさげた。


紀州徳川家の行列が、箱根の関所をこえたと紀伊国屋文左衛門に報せが来たのは、二月七日の夜であった。あらかじめ紀伊国屋文左衛門は、金にあかして足の速い者を関所、小田原、藤沢、川崎に置いておいたのだ。

「そろそろ教えてやらねばなりませんね」

紀伊国屋文左衛門は、まず尾張お旗持ち衆が潜んでいる寺へと足を向けた。

「そうか。紀州め、予定を早めるとは……」

放逐(ほうちく)されたお旗持ち衆を統率している鬼頭琢磨が、いまいましげに言った。

「行くぞ」

鬼頭琢磨が、一同を鼓舞(こぶ)した。

「おう」

車座になっていたお旗持ち衆が、応じた。

「今から で」

紀伊国屋文左衛門があきれた。

「そうだ。走り続ければ、藤沢の辺りで行列と出会うことができよう。そこを、紀州吉宗の墓場にしてくれる」

駆けだそうとする鬼頭琢磨を、紀伊国屋文左衛門が止めた。

「藤沢の宿では、どうしようもございませんでしょうが」

紀伊国屋文左衛門の口調が、少しぞんざいになっていた。

「紀州家の行列は五百人ほど。比べて、あなた方は二十人たらず。どうやって戦うおつもりで」

「数など問題ではない。紀州ごときに飼われている連中など、我ら誇り高きお旗持ちの敵ではない。鎧袖一触、我らが闘志を見れば、藩主など放りだして逃げだすであろう」

鬼頭琢磨が、堂々と語った。

「はあ」

紀伊国屋文左衛門は、ため息をついた。

「名前だけで戦に勝てるなら、京の天子さまが将軍も兼ねておられるでしょうに」

「どういう意味だ」

鬼頭琢磨が、紀伊国屋文左衛門をにらんだ。

「孫子の兵法でございましたかな。彼を知り、己を知れば百戦殆うからずと言われたのは。鬼頭さま、戦には場を知るというのもございましょう」

紀伊国屋文左衛門が話しかけた。

「どういうことだ」

鬼頭琢磨が、紀伊国屋文左衛門の顔を見た。

「襲うに適したところがございますよ」

紀伊国屋文左衛門は六郷の渡しを、襲撃場所として勧めた。行列が、六郷川で分断されると聞いて、鬼頭琢磨が納得した。

「これは、路銀で」

紀伊国屋文左衛門から金を受け取った鬼頭琢磨が、ふたたび一同をうながして立った。

「吉報を待っておれ」

自信ありげに出ていく鬼頭琢磨を、冷たい目で紀伊国屋文左衛門は見送った。

一日おいた夕刻、紀伊国屋文左衛門は相模屋伝兵衛を訪ねた。

「直接お目にかかるのは、初めてでございますな」

紀伊国屋文左衛門を迎えた相模屋伝兵衛が、初対面の挨拶をおこなった。

「いつもお世話になっております。相模屋さんが出してくださる人は、よくしつけられていて助かりますですよ」

紀伊国屋文左衛門が、にこやかに笑った。

「江戸一の紀伊国屋さんに、そう言っていただけると人入れ屋冥利につきまする」

相模屋伝兵衛も世辞を返した。

「ところで、今日はどうなされました。紀伊国屋さんみずからがお見えになるとは」

相模屋伝兵衛は、儀礼の応酬をやめた。

「いや、ちょいと世間話をしに参っただけで」

紀伊国屋文左衛門は、ほほえみつづけた。

「世間話と言われますと」

相模屋伝兵衛は、紀伊国屋文左衛門の意図をはかりかねていた。

かつて紀伊国屋文左衛門によって、娘紅が人質にされた経緯があり、相模屋伝兵衛と紀伊国屋文左衛門の仲は仇敵同士に近かった。しかし、それを表面に出すほど、相模屋伝兵衛も紀伊国屋文左衛門も浅くはなかった。

表向き二人は、おだやかな雰囲気をまとっていた。

「ちとおもしろい話を耳にいたしましてな」

紀伊国屋文左衛門は、出された湯呑みを口にした。

「おや、けっこうなおちゃけで。浅草に隠居してからは、とんと久しぶりで」

「ご謙遜を」

相模屋伝兵衛が、手を小さく振った。

「いやいや。ところで、相模屋伝兵衛さんは、御三家の紀州さまにもお出入りをなされてましたな」

「はい。お許しいただいておりまするが」

「お話はありませんでしたかな。紀州さまの参勤行列は、すでに小田原を出たとのことでございまするが」

「えっ。紀州さまのご慣例は春三月の中旬のはずで」

相模屋伝兵衛が驚いた。

「今年は、ご幼君さまの将軍宣下がございますので、早められたとの噂でございますよ」

紀伊国屋文左衛門が、ふたたび茶をすすった。

「なるほど」

相模屋伝兵衛は、納得した。

「まあ相模屋伝兵衛さんにもすぐに報されることと存じますが。これにはちとおまけがありましてな」

「おまけでございますか」

相模屋伝兵衛が首をかしげた。

「ええ。紀州さまの行列を襲う者がおるらしいので。どうやら尾張さまの浪人さんらしいのでございますがね」

「なんですと。御三家紀州さまの行列を、同じ御三家尾張さまのご浪人が」

相模屋伝兵衛が大声をあげた。

「はい」

紀伊国屋文左衛門は落ち着いて、茶碗の温もりを手に移していた。

「ならば、わたくしではなく、紀州さまのお屋敷にお届けすべきでございましょう」

相模屋伝兵衛が、紀伊国屋文左衛門を咎めた。

「証がございませぬゆえ、行けませぬ。いい加減なことを申しあげては、店に迷惑がかかりましょう。わたくしはすでに隠居した身。いらざる口出しで暖簾に傷をつけるわけには参りません」

「では、なぜ、そのようなことをわたくしに」

相模屋伝兵衛が質問した。

「お尋ねになりますか、それを」

紀伊国屋文左衛門が、じっと相模屋伝兵衛の顔を見た。

「水城さまか」

相模屋伝兵衛が、厳しい声で言った。

「さて」

紀伊国屋文左衛門は、とぼけた。

「相模屋さんには、いいお歳ごろのお嬢さんがおられるそうでございますな」

紀伊国屋文左衛門が、しらじらしい声で述べた。

「わたくしには子供がおりませんのでなあ。残念なことで。娘がおりますれば是非とも嫁にもらっていただきますのに。あのお方に」

紀伊国屋文左衛門が、悔しそうな表情を浮かべた。

「おや、いけません。ずいぶんと長居をしてしまいました。日が暮れ前に帰りませんと、浅草の裏長屋に、灯りを灯すような贅沢者は一人もおりませんのでな。足下が危なくて。では、御免を」

紀伊国屋文左衛門が用はすんだとばかりにさっさと帰っていった。

「袖吉」

紀伊国屋文左衛門を戸口まで見送った相模屋伝兵衛が呼んだ。

「へい」

襖が開いて、袖吉が顔を出した。

「あの野郎、お嬢さんをひっさらったうえに、水城の旦那を殺そうとしやがった。よくもここに顔を出せたもので」

袖吉の顔がゆがんでいた。

「隣で、殺してやりたいのを我慢するのに苦労しやしたぜ」

「聞いていたな」

相模屋伝兵衛が確認した。

「どう思う」

「罠じゃござんせんでやしょう。あまりに露骨すぎやす」

袖吉が答えた。

「おめえもそう思うか。ならば、なぜ水城さまを招くようなまねをしたんだ、紀伊国屋は」

相模屋伝兵衛が腕を組んだ。

「水城の旦那に報せやしょうか」

袖吉が問うた。

「知れば、あのお方のことだ。きっと行くと言いなさるだろうよ」

「止めようはござんせんね」

「だが、ここで黙っていたら……」

「水城の旦那と相模屋の間に秋風が吹きやしょう」

「それは困る」

相模屋伝兵衛が、顔をしかめた。

「なによりお嬢さんが、黙っておられないでしょうよ」

袖吉もため息をついた。

「いまさら、新しい嫁入り先を探すのも難しいしな」

「あっしに押しつけないでくだせえよ。あっしじゃ尻に敷かれるではすみやせんから。首に縄つけられるのは、ごめんで」

袖吉がにやりと笑った。

「親を目の前にして、好き放題言いやがる」

相模屋伝兵衛が苦笑した。

「じゃ、旦那に報せてきやす」

袖吉が立ちあがった。

足の速い袖吉は、日が暮れ直後に本郷御弓町の屋敷に着いた。

「旦那は」

台所口から顔を出した袖吉は、かいがいしく台所で煮物を作っている紅に訊いた。

「道場よ。まったく、早く帰ってきたかと思えば、さっさと出ていくんだから」

襷(たすき)がけをし、白い二の腕まであらわにした紅が、不満を口にした。

「今どきのお侍じゃござんせんからねえ、旦那は。じゃ、ちょいと道場まで行ってきやす」

出ていこうとした袖吉の背中に、紅が声を投げた。

「お汁が冷めないうちに戻ってくるようにって、言っておくれな」

「旦那は子供ですかい」

袖吉は聞こえないように小声でつぶやきながら、うなずいた。

道場では、中央に座した入江無手斎が、傷ついた左腕をかばうように抱えながら、浅山鬼伝斎との戦いを語っていた。

「大事ございませぬか」

聡四郎は、入江無手斎の傷を思いやった。利き腕ではないとはいえ、剣にとって左腕は太刀を支えるたいせつな役割を持つ。とくに全身の力を刀に集める一放流にとって、左腕の機能を失うことは、致命傷にもひとしかった。

「指は全部動くからな。筋は大丈夫だろう。しかし、傷の痛みがある間は、まともに戦えぬがな」

入江無手斎が唇を噛んだ。

傷ついた腕は、力が入ると痛む。その瞬間、筋が弛緩してしまう。これだけは反射であり、鍛錬でどうにかなるものではない。ほんのわずか、刹那だけだが、すべてをかけた戦いでは、命取りとなる。入江無手斎は、浅山鬼伝斎との決着を先延ばしにするしかなくなっていた。

「釈迦に説法と承知いたしておりまするが、無理は禁物でございまする」

聡四郎は、師に我慢をと願った。傷は治りきる前に動かすと完治せず、引きつったり、伸びなくなったり、ねじると痛んだりするようになることがあった。小さな瑕疵でも、剣術遣いとしてやっていけなくなる。

「馬鹿にするな」

入江無手斎が苦笑した。

「誰だ」

入江無手斎が、鋭い声を出した。

「いきなりばっさりは、勘弁してくださいよ」

道場の板戸を開けて、袖吉が顔だけを見せた。

「袖吉ではないか」

「きさまはいつぞやの。米を担いできた若い衆」

聡四郎と入江無手斎が声を出した。

「どうも。おじゃまでやんしたか」

袖吉が道場のなかへ入ってきた。

「幕府お出入りの人入れ屋、相模屋の職人頭、袖吉でござる」

聡四郎が紹介した。

「なんじゃ、聡四郎の家人（けにん）ではないのか。加増のすそわけを持ってきたのはおぬしであろう」

入江無手斎が、驚いた。

「えへへっへ。いろいろとございやして」

袖吉が頭を掻いた。

「どうした、ここまで来るとは、なにかあったのか」

聡四郎が異常に気づいた。

「へい」

袖吉が、ちらと入江無手斎に目を流した。聡四郎は首肯した。

「紀伊国屋文左衛門が、来やした」

袖吉が、あったことを話した。

「紀州家の行列をお旗持ち組が襲うか」

聡四郎は、尾張家の執念に震えた。

「そこまでしても欲しいのか、将軍の座が」

聡四郎が、つぶやいた。

「あたりまえだ。儂とて手に入れられるなら欲しいわ。この国のすべてを自ままにできるのだぞ」

入江無手斎が、聡四郎に言った。

「人というのはな、底なしに欲どおしいものなのだ。我らからすれば、御三家筆頭尾張家の当主ならば、それ以上を望むべくもないと思うのだが、いざ、その地位に就けば、さらに上に行きたくなるものなのだ。そのいい例が太閤豊臣秀吉であろう。秀吉公は、天下を手にしたにもかかわらず、それでは足りぬとばかりに朝鮮、明までもしたがえようとした。失敗したからよかったようなものの、もし、秀吉公が勝っていたら、次はどうしたであろうな。また何万もの人が死んだだろう」

入江無手斎が、たとえ話をした。

「それが権という魔のおそろしさよ」

入江無手斎が、聡四郎をさとした。

「しかし、みょうよな」

「なにがでございましょう」

首をかしげた入江無手斎に聡四郎が問うた。

「どうも気にさわる」

入江無手斎が、顔をゆがめた。

「師……」

「最初に間部越前守どのが狙われ、紀伊国屋が、聡四郎に手を貸せと誘いをかけた。けっして首肯するはずなどないとわかっているのにだ。そこに、長崎奉行が一人減るということを新井白石どのに報せた者がおる。さらに浅山鬼伝斎が江戸に入り、それと時を同じくするように尾張藩を放りだされたお旗持ち組が紀州家の行列を襲うという。あまりに重なりすぎておると思わぬか」

入江無手斎が、聡四郎たちに語りかけた。

「言われてみれば」

聡四郎も考えこんだ。

「浅山鬼伝斎が江戸で暴れれば、儂の耳にも入る。儂と浅山鬼伝斎の因縁を知っていれば、儂がどう動くかなど読み取ることは簡単じゃな。探索の手だても権もない儂は、まちがいなく聡四郎を頼る。義理堅い聡四郎のことだ。己の仕事を後にしてでも、儂のために動いてくれよう」

　入江無手斎が、言った。

「今夜もそうでやすね。直接、紀伊国屋文左衛門から聞かされるよりは、相模屋の親方をつうじたほうが、旦那に与える衝撃は大きい。無視などできなくなると踏んでのことだとしたら」

　袖吉もうなった。

「裏になにかある」

　入江無手斎が、断言した。

「なにがあるのでございましょう」

「そこまではわからぬ。まだ、いろいろなものが足りぬ。それに、我らに読まれるほど浅い話ではなかろう」

　聡四郎の質問に入江無手斎が首を振った。

「紀州徳川家の行列を襲うことよりも、大事がでございまするか」

　大宮玄馬が、驚きを口にした。

「紀州の行列を尾張のはぐれ者たちが襲うなど、たいしたことではない」

　入江無手斎が、淡々と言った。

「考えてもみよ。尾張藩をあげて戦をおこすのではない。放逐された二十人足らずの藩士が、行列に向かったところでなにほどのことがある。紀州家の行列ともなれば五百人からの藩士がおろう。もちろん剣を得手とせぬ者も多いだろうが、それでもそこそこ遣える者が、五十やそこらはいる。たとえ、剣を抜いて戦えずとも、取り囲んで牽制するだけで効果はある。包みこまれてしまえば、ちょっと腕がたつぐらいでは、なんにもならぬ。衆寡敵せずは、真理なのだ」

入江無手斎が、説明した。

「なるほど」

聡四郎は、理解した。

「で、どうなさるおつもりで」

袖吉が訊いた。

「裏が見えぬ。ならば、のってみるしかあるまいと思いまする」

聡四郎は答えた。

「虎穴に入らずんば虎子を得ずだな。うむ。死中に活を求むということもある。思いきって身をゆだねてみるがいい。流れにな」

「はっ」

入江無手斎の助言に、聡四郎は頭をさげた。

「では、ただちに」

立ちあがろうとした聡四郎を、入江無手斎が止めた。

「あわててどうする気だ」

入江無手斎が、聡四郎を見あげた。

「急いで紀州家の行列に襲撃を報せ……」

「高輪の大木戸はもう閉じておるぞ。木戸破りは重罪。見つかれば水城の家ごと吹き飛ぶことになる」

入江無手斎が、聡四郎をたしなめた。

「焦ってもよいことはない。明日の朝一番で木戸をこえれば、六郷の渡し辺りで行列と出会えよう。尾張藩士が襲うとしても、そこしかあるまい。十分間にあう。うかつなまねをして、紀伊国屋に踊らされるな」

「さようでございました」

聡四郎は、すなおに認めた。

「さあ、帰れ。今宵は英気を養い、明日に備えよ」

「あっ」

入江無手斎の言葉を聞いて、袖吉が声をあげた。

「どうした」

聡四郎が、尋ねた。

「もう一つ忘れてやした」

袖吉が、頭をたたいた。

「お嬢さんが、夕餉までに帰ってこいと」

「ふはっはは」

袖吉の言葉に、入江無手斎が大笑した。

二

聡四郎は江戸を離れることにした。役儀を持った旗本が無断で江戸を出ることは、重罪であり、見つかれば改易は免れないが、勘定吟味役は、その任の性格上かなりの融通が認められていた。箱根の関をこえなければ、まず問題になることはなかった。

江戸から六郷の渡しまでは、四里（約一六キロメートル）ほどである。聡四郎と大宮玄馬の足なら、一刻半（約三時間）ほどの道のりであった。

聡四郎は六郷の渡しを見おろす土手上の茶店に腰をおろした。

六郷の渡しはざわついていた。

「殿」

大宮玄馬が、怪訝（けげん）な顔をした。

「ああ。紀州家の行列が、近づいているからだろう。泊まりはしないが、全員が川を渡り終えるまで、先発は渡し場で休むのだ。茶店や休み処（どころ）は、満杯になる。支払われる金もかなりの額になろう。気もそぞろになるのは当然だ」

高輪の大木戸が開く明け六つ（午前六時ごろ）を待ちかねて江戸を出た聡四郎は、遅めの朝餉、湯漬けをかきこんだ。

「玄馬、しっかり食っておけ。このまま六郷の渡しで行列を待つ」

「ここでよろしいのでしょうか」

場所を特定してしまうことを、大宮玄馬は危惧した。

「他の場所でやるほど馬鹿じゃないだろう。ここなら、少なくとも行列を細断できる。少ない人数で貫徹できるかもしれぬからな」

聡四郎は、お代わりを茶碗に盛った。

茶店を出た聡四郎は、渡し場を見おろすことのできる土手に座を決めた。

行列が六郷の渡しをこえるのは、四つ半（午前十一時ごろ）だと聡四郎は読んだ。

参勤交代の大名行列は行軍にたとえられるが、その歩みは普通の旅人より遅かった。威厳を見せつけるためというのもあったが、なによりも駕籠のなかの藩主がもたないのだ。駕籠の乗りごこちは悪い。狭いなかで、左右に揺られるのだ。乗っているほうはたまったものではない。駕籠かきである陸尺（ろくしゃく）たちは、藩主に負担をかけぬよう、極力ゆっくりと歩むのだ。

大名行列は、半刻（はんとき）（約一時間）で二十七丁（約三キロメートル）ほど進むのが精一杯である。江戸まで四里となれば、およそ二刻半（約五時間）ほどかかる。江戸屋敷に日が暮れ前に着きたいとなれば、昼には六郷の渡しをこえていなければならない。

「五百人もの藩士だ。全部渡り終わるまでに、二刻（約四時間）近くはかかろう」

聡四郎は、渡し船の数から、推測した。

時刻は、まだ五つ半（午前九時ごろ）を過ぎたばかりだったが、六郷の渡しには、長蛇の行列ができていた。

「春とはいえ、まだ寒いのに、ずいぶんと旅人が多いのでございまするな」

江戸から出たことのない大宮玄馬が、感心した。

「そうではない。御三家に紀州家の行列がまもなくやってくるとわかっているから、急いでいるのだ。御三家にかぎらず、大名行列が渡しに来ると、終わるまで庶民は待たねばならなくなる。まきこまれれば半日潰されるのだ。旅の日程が一日延びるにひとしいからな」

勘定吟味役になってから、聡四郎は金の機微に敏感になった。庶民にとって、一日ぶんの旅籠代は、けっこうな負担なのだ。

六郷の渡し船は小さく、一度に運べるのは十人ていどであった。当初、三文であった渡し賃は、正徳元年（一七一一）に七文値上げされて十文となっていた。旅人は直接船頭に金を支払って乗りこむのだが、大きな荷物を持っている場合などは、割り増し賃を取られた。

「全部で五艘出ておりますか」

大宮玄馬が、目で数えた。

「紀州家の行列を五百人として、一艘に十人、荷物と荷物持ち人足のことも考えると、一艘あたり二十往復ぐらいになるか」

「かなりの船賃になりまするな」

大宮玄馬が、言った。

「一文にもならぬ」

聡四郎は首を振った。

「六郷の渡しは、もともとあった橋が流されたのを機に、庶民が願い出たものだ。幕府としては、橋ですんだものを特に許したということで、条件をつけた。幕府御用の他にも、武家、僧侶は無料で渡せと命じたのだ」

「五百人以上をただで」

大宮玄馬が、目をむいた。

「庶民にとって、役は災厄の厄というのも、わかるな」

聡四郎が、ため息を漏らしたとき、六郷川対岸の土手を数人の侍が駆け下りてきた。

「先触れのようでございまする」

大宮玄馬が告げた。

船待ちをしていた庶民たちも気づいたのだろうか、並んでいた行列から三々五々離れ始めた。先触れの後には、すぐに行列がやってくる。渡し船は、今乗りこんでいる客を最後に、紀州家貸しきりとなった。

「こちら側を見張っておれよ」

聡四郎は、大宮玄馬にお旗持ち組を探せと命じた。

「承知」

大宮玄馬が首肯した。

最後の船が桟橋を離れた。すでに紀州の行列は、対岸の河原に集まりつつあった。

参勤交代の大名行列が、隊列を組んで粛々と行進するのは、高輪の大木戸うちと、己の城下だけである。あとは、藩主の駕籠を中心に、その前後を適当に歩くのだ。もちろん、警蹕の声はかけない。自国の領民以外に平伏させることは、たとえ御三家でもできなかった。唯一の例外は、将軍家と勅使である。

紀州の行列は隊列を崩してはいたが、まとまって河原で足を止めた。

「吉宗さまは、なかなかにお厳しいようだ」

聡四郎は、藩士たちがきびきびと動くのを見て、感心した。

「どうやら、向こう岸での襲撃は無理だな」

聡四郎は、行列に参加している紀州藩士たちの動きを目にして、思った。

「殿、あそこに」

大宮玄馬が、桟橋から半丁（約五五メートル）ほど離れたところにある、古びた漁師小屋を指さした。

「五人か。残りはどこだ」

聡四郎も周囲に注意を払った。

「あそこか」

漁師小屋とは反対側にあたる少し開けたところに、船待ちであぶれた旅人たちがたむろしていた。そのなかに殺気だっている連中がいた。

「露骨に剣気を漏らしすぎだ。見ろ、玄馬。付近の旅人たちが、うろんげな表情をしている」

聡四郎が、苦笑した。

「あそこにも五人。これですべてでしょうか」

「いや、もう少しいるはずだ。万一を考えて、対岸にも数人は配置しているだろうが、それにしても足りない気がする」

お旗持ち組と戦った経験のある聡四郎は、首をかしげた。由緒や身分にこだわりすぎ、狭量であったことはたしかだったが、それでもこの状態で藩士に護られた紀州藩主を倒せると思うほどおろかだとは思えなかった。聡四郎はお旗持ち組をそこそこ買っていた。

「行列が渡り始めるようでございまする」

大宮玄馬の声で、聡四郎は対岸に顔を向けた。

まず行列の先頭、家柄を示す槍と槍持ちの足軽が、渡った。

槍のどこで家を見わけるかといえば、穂先を包んでいる穂袋である。紀州家は、十文字槍に黒羅紗の穂袋が二本、直槍に雉の首羽毛製で中央に白結紮を一筋いれたのが二本であった。

揺れる船の上でも伏せることは許されず、槍持ちが必死に槍を支えていた。

次に、葵の金紋のついた挟み箱が渡った。そのあと、供先の侍が続いた。供先の侍は、渡った後一同の集合を待たず、行列が中食をとる宿場へと走るのだ。行列が支障なく江戸まで行けるように、下地を作るのが供先の仕事である。万一、手違いでもあって藩主の休むところがなかったり、他の大名に押さえられたりしたら大事である。藩主に恥をかかせたとなり、供先はその場を去らず切腹しなければならなかった。それだけに気働きのできる者が選ばれ、参勤を無事に終わらせると、用人や近習頭などに出世していく。

供先たちが渡り終わると、あとは一気になった。まず駕籠先を護る侍たちが渡った。続いて駕籠脇を固める近習たちが船に乗った。

「このままでは、警固の人数が増えすぎましょう。とても十人やそこらでどうにかなるとは思えませせぬ」

大宮玄馬が、聡四郎に問うた。

「いや、そろそろ藩主の駕籠が渡るぞ」

聡四郎があごをしゃくって、対岸を示した。

立派な駕籠が四人の陸尺に担がれて、渡し船へと運ばれた。ひっくり返らないようにと、足軽たちが川のなかに膝まで入って船を押さえている。

「早すぎませぬか。まだ行列は、ほとんど残っておりまするが」

大宮玄馬が驚いた。

「藩主を待たせるわけにはいかぬだろう。全部渡り終わるまでこの河原に藩主を置いておくなど、家臣として気が利かぬにもほどがあると思わぬか。こうして藩主の前に少しの家臣を渡して、お出迎えの形を取り、続いて後を追ってきた腹心たちとで体裁を整え、そのままお休み場に向けて出立するのだ。こうすれば、藩主は待ちくたびれることなく、中食をゆっくりと摂(と)れる」

聡四郎が、教えた。もっとも、このすべては、大名行列にも人を出す相模屋伝兵衛からかつて聞いた話であった。

紀州徳川吉宗を乗せた船が、ゆっくりと岸を離れた。十人しか乗れない渡し船に大きな大名駕籠を積んだのだ、供をしているのは四人の陸尺と二人の近侍だけであった。

「狙いは、今しかないな」

聡四郎は、己が襲撃するつもりになって考えた。

「殿、川の上流を」

大宮玄馬が叫んだ。

土手の上、川を見おろせる位置にいたからこそ見つけられた。川のもっとも深い中央部に四人の裸の男が泳いでいた。

「行くぞ」

聡四郎は、大宮玄馬に声をかけて、飛びだした。

「お供の方、曲者(くせもの)でござる。侯の御駕籠を」

聡四郎は叫びながら、走った。

川面に目をやった者もいたが、ほとんどは、聡四郎と大宮玄馬を阻止しようとした。

「何者だ」

「勘定吟味役、水城聡四郎でござる。御駕籠を川のなかから狙っておる者が」

まさか立ちふさがった紀州藩士を蹴りとばすこともできず、聡四郎はたたらを踏んだ。

「殿、間にあいませぬ」

大宮玄馬が、うめいた。

「なにをなさっておられる。御駕籠が、紀州侯が」

聡四郎は、大声でわめいた。

「黙れ」

紀州藩士が、聡四郎をたしなめた。

「いかに幕府の役人とはいえ、紀州家は特別の家柄である。みょうな言いがかりは、その身を滅ぼすぞ」

「やむをえんか」

聡四郎は、障害となっている紀州藩士を、排除しようと大宮玄馬に目で合図した。

「……………」

大宮玄馬も無言で首肯した。

一歩踏みだそうとして、聡四郎は水の跳ねる音を聞いた。

「だめか」

思わず落胆した聡四郎は、信じられないものを目にした。

陸尺たちが、懐から小さな刃物を出して投げつけるのを、聡四郎は見た。

「ぎゃっ」

船に乗りこもうと、水しぶきをあげて起きあがったお旗持ち組士たちが、そのまま崩れ落ちた。ふたたび川のなかへ戻ったお旗持ち組士たちは、起きあがることなく、六郷川の水を赤く染めて流れていった。

「殿、今のは」

大宮玄馬が、聡四郎に声をかけた。

「ああ、手裏剣、いや、短刀を投げたのだ」

紀州徳川吉宗を乗せた船は、なにもなかったかのように桟橋へ着いた。

「殿、残りの連中が」

大宮玄馬が、漁師小屋を指さした。待機していたお旗持ち組士たちが動きだしていた。

「そちらは任せた」

大宮玄馬に頼んだ聡四郎は、船待ちの一団に向かって駆けた。

「ちっ、きさまは、勘定吟味役の」

船待ちのなかに聡四郎の顔を知っている者がいた。

「こうなれば、お旗持ち組の最期を、せめてきさまの血で飾ってくれるわ」

鬼頭琢磨が、太刀を抜いた。周囲にいた旅人たちが悲鳴をあげて逃げまどった。

「なぜに、そこまで執着するか」

聡四郎は、執念で目をつりあげている鬼頭琢磨に訊いた。

「持つ者には、持たぬ者の辛さがわからぬ。同じく三河以来の家臣でありながら、尾張に付けられたがために、陪臣あつかいを受けねばならぬ。勘定吟味役、きさまがどれだけの禄を食んでおるのかは知らぬが、儂は尾張で七百石を与えられていた。旗本ならば、槍を立てて江戸の城へとあがることもできた。なのに、見ろ。今の儂は、主さえ持たぬ野良犬同然。ならば犬ではなく狼になってくれようと思うたが、まちがいか」

鬼頭琢磨が、血涙を絞るように叫んだ。

「紀州徳川吉宗を殺せば、三千石。この泰平の世では生涯めぐりあうことのない好機。命をかけるだけの値打ちはある」

死を覚悟したのか、鬼頭琢磨がすべてを口にした。

「たかが、三千石のために、人を殺すか」

聡四郎は、憤った。

「戦国の世と同じではないか。きさまの祖先も戦場で人を殺して、今の禄を得たのだ。きれいごとを口にするな」

鬼頭琢磨が、怒鳴った。

「死ね」

鬼頭琢磨との会話を隙と見た、別のお旗持ち組士が、背中から聡四郎を襲った。袈裟懸けに斬りおろしてきた一撃を、聡四郎は振り向きもせず、抜きはなった太刀で弾きあげた。刃先が欠けることを懸念して、峰で打ち払った。

「ちっ」

弾かれた勢いで両手を万歳のかたちに開いたお旗持ち組士の最期は、舌打ちだった。聡四郎は、上にあげた太刀をひるがえしながら、左足を軸に身体を回した。

「ぎゃっ」

斬りかかるため間合いをなくしていたお旗持ち組士の首筋に、聡四郎の太刀が食いこんだ。

「おろか者が」

背中を見せた聡四郎に、鬼頭琢磨が侮蔑の言葉を吐いて、斬りつけてきた。

聡四郎は、まっすぐ前へと跳んだ。倒したお旗持ち組士の身体を踏みつけることになったが、命のやりとりの最中に、仏に対する尊厳も畏敬もない。遠慮なく死体を踏みつけて聡四郎は間合いを取った。

「卑怯な」

さすがに同僚として苦労してきた同じ組うちの仲間を踏みつけることができなかったのか、鬼頭琢磨が止まった。

「おろかなのは、おまえだろうが」

聡四郎は、一度開けた間合いを縮めた。

「剣を抜いたかぎりは、どちらかが戦えなくなるまで終わりは来ない。そう教わらなかったのか、剣の師に」

聡四郎は、鬼頭琢磨を嘲った。

「黙れ」

聡四郎を迎え撃とうと鬼頭琢磨が、太刀を上段にあげた。

太刀を振りあげる手間が、鬼頭琢磨の命運に終わりを告げた。聡四郎は、一放流にない型ながら、跳びこんだ勢いをのせて太刀を突きだした。

両手の長さ、太刀の刃渡りを加えた突きは、鬼頭琢磨ののど笛をまっすぐに貫いた。

「かはっ」

頭上に太刀をかかげたまま、鬼頭琢磨は絶息した。

「おのれっ」

鬼頭琢磨が倒されるのを見て、残っていたお旗持ち組士が憤怒の表情で、聡四郎に斬りかかった。聡四郎は鬼頭琢磨の首に突き刺さったままの太刀を振り抜くようにした。血しぶきが切っ先から散った。

一放流は間合いのない剣である。

大きく踏みこんで間合いをなくし、鍔で敵の頭をたたくつもりで剣を放つ。

聡四郎は、左右から迫ってくる二人のお旗持ち組士の中間に身を投げだした。

まさに手を伸ばせば届くほどの近さに、お旗持ち組士が驚愕した。気をのまれたのだ。

剣の常識を無視した間合いこそ、一放流の独壇場であった。

聡四郎は、太刀を右袈裟から斬りおろし、刃を返すようにして下段から撥ねあげた。

「ぎゃっ」

「あつっ」

一人は左首のつけ根から右脇腹まで斬り裂かれ、残りは右足を太ももから飛ばされて崩れ落ちた。

全身の力を刃にこめる一放流の一撃は、骨をなんなく両断した。

「なんなんだ、こやつは」

船待ちの旅人にまぎれていたお旗持ち組士最後の一人が、竦んだ声をあげた。

「一人ではどうにもならぬではないか」

まだ若いお旗持ち組士は、免罪のせりふを口にして、きびすを返した。聡四郎は太刀を撃ちもせず、後を追うこともしなかった。刃を見せた敵に対して、甘すぎる対応であった。

先日、紀伊国屋文左衛門に言われた、正義はおこなう者によって変わり、被害を受けるのはいつも命にしたがうだけの小身のみ、その言葉が脳裏によみがえり聡四郎に情けをおこさせた。

そのまま見逃してやる気になった聡四郎の隣を、風が奔った。

「なにっ」

驚いた聡四郎の目に、太刀を抜いた紀州藩士の姿が映った。

「わあああ」

土手のなかほどで背後の殺気に気づいたお旗持ち組士が、悲鳴をあげた。必死で駆けあがろうとするお旗持ち組士に、追いついた紀州藩士の太刀がぶつけられた。

「死にたく……」

若いお旗持ち組士は、なにかにすがろうと両手で宙をつかんだが、身体を支えてくれるものはなく、音をたてて倒れた。土手で弾んだ若いお旗持ち組士の身体が、聡四郎の足下まで転がって落ちてきた。

「な、なにを」

泣きそうな顔で息絶えている若いお旗持ち組士のことに思いをはせるまもなく、聡四郎は絶句した。

足を斬られて、地でうめいているお旗持ち組士に、別の紀州藩士が太刀を刺していた。あわてて大宮玄馬のほうを見た聡四郎は、同じ光景に愕然とした。対岸でも淡々と殺戮がおこなわれていた。

一刀で死にきれなかったお旗持ち組士たちに、紀州藩士が黙々と止めを入れていた。

「なぜ」

聡四郎は、あまりの光景に呆然と口にした。

「納得がいかぬか」

聡四郎に声がかけられた。声の主を確認して、聡四郎は驚いた。聡四郎もかなり大柄であるが、まだ一回り大きな男が近づいていた。

「勘定吟味役とか言っておったようだが。名をなんと申す」

尊大な口調で男が訊いた。

「余は、権中納言である」

男が名のった。

「権中納言……吉宗さま」

聡四郎はあわてて片膝をついた。

「幕府勘定吟味役水城聡四郎にございまする」

聡四郎は、血塗られた刀を背中に隠した。

「あれは」

吉宗が、大宮玄馬に顔を向けた。

「わたくしが、家人にございまする」

聡四郎は答えた。

「そうか。まずは、礼を言おう。曲者をよく防いでくれた」

吉宗が、聡四郎に感謝を述べた。

「いえ。かえっておじゃまをいたしました」

聡四郎は恐縮した。

「ここでは話ができぬ。ついて参れ」

吉宗は、聡四郎の返答を待たず、駕籠へと戻っていった。

聡四郎は、若いお旗持ち組士の死に顔を片手で拝むと、懐から鹿革を出した。

「水城さま。ご同道を願いまする」

さきほど聡四郎を止め、逃げたお旗持ち組士を追った紀州藩士が、聡四郎をうながした。

「申し遅れましてございまする。拙者、紀州藩玉込め役頭川村仁右衛門と申しまする」

川村がていねいに名前を告げた。

「殿」

血塗られた脇差を左手にさげて、大宮玄馬が駆けよってきた。

「お供の方も、ご一緒に」

川村が、誘った。

「どういうことでございまするか」

事情がのみこめていない大宮玄馬が、心配そうな表情を浮かべた。

「歩きながら話す。その前に刀をしまえ」

聡四郎は、大宮玄馬に使い終わった鹿革を渡した。

人を斬った刀は、一度研ぎに出さないと刃についた脂がとれない。しかし、抜き身をさげたままうろつくわけにもいかないので、とりあえずの処置としてよく鞣した鹿革でこするようにして血と脂を拭うのだ。この作業をおこたって、そのまま鞘に戻したりすれば、なかで血が固まって刀が抜けなくなるだけならまだしも、刀最大の敵、錆を呼ぶことになる。

「ありがとうございまする」

大宮玄馬が、聡四郎から受けとった鹿革で、ていねいに脇差を拭った。

「どこまで行くつもりなんでしょうか」

聡四郎から吉宗とのやりとりを聞かされた大宮玄馬が問うた。

「おそらく、大森だろう。大森を過ぎれば、品川まで休むところはないからな」

聡四郎は吉宗の中食を大森の立て場と読んでいた。参勤の行列に加わっている藩士たちの中食は、朝出立のときにわたされた弁当であることが多いが、さすがに藩主と家老などの重職に握り飯を出すわけにもいかなかった。

藩主とその相伴をする重職の食べるものは、紀州から連れてきた台所役人が、宿場の宿屋や茶店を使って用意するのが慣例であった。

六郷の渡しから大森までは、半刻（約一時間）ほどの道のりであった。その間、聡四郎と大宮玄馬は、吉宗の駕籠脇で供を命じられた。

大森村に紀州家の行列を受けいれるだけの旅籠や茶店はない。吉宗と近習、聡四郎と大宮玄馬は庄屋の屋敷で中食をとることになった。

他の藩士たちは、街道脇の松林などに腰をおろして、弁当を使うのだ。

庄屋のあいさつを鷹揚に受けた吉宗が、聡四郎を呼んだ。

「殿」

不安そうな大宮玄馬に、聡四郎は小さくうなずいて、安心して待つようにと命じた。聡四郎は、吉宗と二人きりになった。

「お側の方は」

聡四郎は、吉宗から命じられる前に出ていった家臣たちに驚いた。

「聞かせてよい話と悪い話を区別するのは面倒だからな」

吉宗が、笑った。大柄な吉宗が笑うと、子供のようにあどけなく見えることに、聡四郎は気がついた。

徳川権中納言吉宗は、貞享元年（一六八四）、二代紀州藩主光貞の四男として生まれた。母は紀州家家臣巨勢氏の女となっているが、そのじつは、旅の巡礼であったと言われている。母の身分が他の兄三人に比べて低すぎたことから、長くお血筋の者としてあつかわれなかった。その吉宗を明るみに出したのは、五代将軍綱吉であった。

綱吉は、一人娘鶴姫を嫁入りさせるについて、柳沢吉保に紀州家のことを徹底的に調べさせた。それで公式には認められていない吉宗、当時は頼方と称していた、の状況を知った綱吉は、己の境遇につうじるものを感じたのか、わざわざ江戸まで吉宗を召し出し、従四位下右近衛少将に任じたうえ、越前丹生に三万石を与えた。

それが吉宗の人生に華を呼んだ。

紀州家の傍流、徳川の枝葉にかろうじてつながる者の常として、官位は高いが実入りの少ない小大名の一生を送るはずだった吉宗に転がりこんできたのは、本家紀州藩主の座であった。

吉宗の長兄、三兄と二人が続いて若死にしてしまったのだ。長兄の綱教は、四十一歳、三兄の頼職にいたっては二十六歳の若さで急死した。

特に頼職は、藩主になったのが六月十九日、死去したのが同年の九月八日と、在位は三ヵ月に満たなかった。

次兄は生まれてすぐ夭折している。

藩主になった吉宗は、不遇のときからしたがってくれた者たちを抜擢し、門閥家老たちを遠ざけ、思いきった藩政改革をおこなった。疲弊していた紀州家の財政は、吉宗の断行によって回復し、名君と評判をとっていた。

「あらためて、吉宗じゃ。見知りおいてくれ」

吉宗が、もう一度名のった。吉宗は今年で三十歳になる。聡四郎よりわずかに歳上であるが、落ちついていた。

「水城聡四郎にございまする」

聡四郎は、ていねいに平伏した。

「まあ、くだらない儀礼はこのていどでよかろう」

吉宗の顔がひきしまった。

「ここでの話は、持ちだすことはならぬ。よいな」

吉宗の厳しい口調に聡四郎は首肯した。

「六郷の渡しで余を襲ったのは、尾張藩士だな」

「いえ。それは違いまする。あの者たちは、すでに藩を追われておりまする」

吉宗の問いを聡四郎は否定した。

「それを信じるほど、余はお人好しではない」

吉宗が、あきれた。

「わたくしも直接確認したわけではございませぬが、しばらくの間、とある人物の援助で生きていたようでございまする」

聡四郎は紀伊国屋文左衛門の顔を思い浮かべた。

「とある人物か。その者の名前をあかす気はないということか」

「ご明察、おそれいりまする」

聡四郎は、吉宗を見あげた。

「ならば、そなたが六郷の渡しに出向いてきたのも、そのある者から報されたからか」

「はい」

聡四郎は素直に認めた。

「しかし、みょうだな。尾張藩を放逐された、そなたの言にしたがうとならばだがの、お旗持ちどもの面倒を見ていた者が、その襲撃を防ぐためにわざわざ教えたというのか。矛盾しておるではないか」

「そういう男なのでございまする」

聡四郎にも紀伊国屋文左衛門の考えていることはわからなかった。

「おもしろい男のようじゃな。では、勘定吟味役のそなたが、なぜかかわっておる。勘定吟味役の任は、御上の金の出入りを見張ることではなかったのか」

「これも浅からぬ因縁からとしか」

聡四郎は答えられなかった。言いだせば、新井白石が荻原近江守を追い落とそうとしたことまで、さかのぼらなければならないからだ。

「言えぬ言えぬばかりか」

吉宗が苦笑した。

「権中納言さま」

聡四郎が、吉宗の質問がとぎれたのを見計らって、声をかけた。

「なんじゃ」

「一つおうかがいいたしたいことが」

「そなたが答えぬのだ、余が話すとはかぎらぬぞ」

吉宗が、聡四郎の目を覗くようにした。

「なぜ、襲撃した者たちに止めをさされました。逃げようとした者まで追いかけて討たせられたのはどうしてなのか、お教え願えませぬか。生かしておけば、なにかと使われることもできましたでしょうに」

聡四郎は、あからさまに口にしなかったが、お旗持ち組士たちを生かしておいて、尾張藩への牽制に使わなかった理由を訊いた。

「そなた、猟官のまねごとなどをしたことはあるまい」

聡四郎の問いに吉宗はすぐに答えなかった。

「はい。家督も長兄の急死で継げたようなものでございまする」

聡四郎は、己が四男であったことも話した。

「余とよく似た境遇のやつよな」

吉宗があらためて聡四郎を見た。

「あれはの、生かしておいて、どこかで尾張の名前が出てはまずいからじゃ」

吉宗が告げた。

「と仰せられまするると」

聡四郎には、わからなかった。

「まったく腹の探りあいのできぬ男よな」

吉宗が嘆息した。

「よいか。もし、生き残った者が代官所なり、どこぞの藩の司直に捕まって、尾張藩士が余を殺そうとしたと話してみよ。どうなると思う。それこそ世上を騒がす大事になる。それだけではすまぬ」

そこで吉宗が言葉をきった。

「幼き家継どのにとって、もっともじゃまな者は誰だかわかるか」

吉宗が不意に訊いた。

「上様のでございまするか……」

聡四郎は答えをしぶった。

「そのくらいはわかるようじゃな。そうよ。もとは同じ家康さまから出た御三家よ。その御三家の尾張と紀州が争っている証拠である刺客どもの行動が明らかになれば、家継さま大事の間部越前守や新井白石はどうするか。両家の力を削ごうとするか、あるいは、さらに食いあわせて共倒れを狙うか。どちらにせよ、無事ではすまぬ」

吉宗が続けた。

「わかったか。どのようなことがあろうとも、あの馬鹿者どもを間部越前守の手にわたすわけにはいかなかったのだ」

「はあ」

吉宗の言うことを聡四郎は理解した。だが、戦いではない状態での惨殺に納得はできなかった。聡四郎が敵を斬るのは、死合だからだ。刀を抜いての勝負は、技量の差はあれども命を賭けているという点では五分と五分なのだ。

「ふん。受けいれられぬか。まあ、そなたぐらいの者なら、それもよかろう。しかしな、余のように五十五万石のすべてを護らねばならぬ者にとっては、これが最良なのだ」

吉宗が、語った。

「水城。そなた、今日のことについてなにか思うことはないのか」

吉宗が、水を向けてきた。知っていることを話せとの意思表示である。

「今は申しあげられませぬ」

聡四郎は、紀伊国屋文左衛門の裏にもう一つの影を感じていた。しかし、確信が持てないだけでなく、この後どう展開していくかが見えない以上口にするべきではないと考えた。

「おまえ一人の考えではわからぬことでも、余なら解けるかも知れぬ」

吉宗がもう一度うながした。

「…………」

聡四郎は、無言で額を畳につけた。

吉宗が、聡四郎をにらみつけた。まるで仇敵を見るときのように殺気をこめていた。

「ふん。強情そうな顔をしておるわ」

それでも変わらない聡四郎に吉宗の怒気が霧散した。

「気に入ったぞ。きさまの名前覚えておこう。よし、相伴を許す」

吉宗が、手をたたいた。

「はっ」

すぐに返答があった。聡四郎は、思わず膝を浮かせそうになった。まったく気配がなかった隣室の襖が音もなく開けられ、川村仁右衛門が、現れた。

「水城の膳も、ここへ」

吉宗の命令に、川村仁右衛門がすぐに動いた。

「酒は出ぬぞ。日のある間は飲まぬと決めておるのでな」

吉宗が、聡四郎に笑いかけた。

出された中食は、米が八分麦が二分の飯に、焼麩の味噌汁だけ、おかずはなにもなかった。

「驚いたか。紀州はな、藩主自らが質素倹約を率先せねば、たちゆかぬほど貧しいのだ。もっとも、金がないのは、どこの大名も同じだがな」

吉宗が、首をわずかに振った。

「御上にも余裕がない、大名には金がない、この国を治めておるはずの武士が、明日の米の心配をせねばならぬ。おかしいとは思わぬか」

「はあ」

吉宗の問いに、聡四郎はあいまいにうなずいた。

「実感できておらぬか。勘定吟味役を拝命するほどだ、算勘には明るいはずだが」

「申しわけありませぬ。剣で身をたてるつもりでおりましたゆえ、算勘はまったく」

聡四郎が、恐縮した。

「算勘のわからぬ者を勘定吟味役にする。筋目にはまったものの見方ではなにも変わらぬからの。御上にもなかなか見る目をもつ者がおるようじゃ」

吉宗がうなずいた。

「そういえば、先ほどそなたの戦いぶりを見たが、かわった剣を遣うの。見たこともない太刀筋であったが、流派はなんだ」

「一放流でございまする」

聡四郎が、胸を張った。剣だけは、誇ることができるだけの修行をしたと自負している。

「川村、知っておるか」

「はい。越前の戦国大名であった朝倉(あさくら)家の重臣富田越後守が編みだした富田流小太刀の流れをくみ、鎧武者を甲冑ごと一刀両断にする豪剣と聞きおよびまする」

川村仁右衛門が、言上した。

「ほう。役に立ちそうな流派じゃの」

「なれど、遣える者がほとんどおらぬらしく、藩流として取り入れることは難しいかと」

川村仁右衛門が、吉宗をさりげなくいさめた。

「そうか」

吉宗が残念そうに言った。

御三家の当主との中食は半刻かからずに終わった。

「いつなりとても屋敷に来るがいい。ほれ」

吉宗は、聡四郎に今日の礼だと言って、差していた脇差をくれた。

「これは、そなたの家人にな。陪臣に葵の紋入りをくれてやるわけにもいかぬでな」

吉宗は、一枚の小判を懐紙に包んだ。

「許せよ、五十五万石の主といえども、気ままにできる金は、一両が精一杯なのだ」

吉宗が、申しわけなさそうにした。

「いえ。畏れおおいことでございまする」

聡四郎は、吉宗の前をさがった。

二人を見送りに立った川村仁右衛門が、吉宗のもとに戻ってきた。

「あれが、勘定吟味役の水城聡四郎か。新井白石の走狗との噂は違ったようだな」

聡四郎に見せていた豊かな表情をまったくなくした顔で、吉宗が言った。

「ためらいなく敵を討つ覚悟、太刀筋のたしかさ。そうとうな手練れでございまする」

川村仁右衛門も聡四郎を認めた。

「ですが、人を疑うことや、ものごとの裏に気を回すことはできないようでございまする。役人としては不十分、殿がお側に仕えさせるには知恵が足りませぬ。ただ、道具としてお使いになるには、よろしいかと」

川村仁右衛門があっさりと評価をくだした。

「紀伊国屋文左衛門に踊らされていることに、気づくぐらいの頭はあるようだが」

吉宗は、今回のお旗持ち組士襲撃の背後に紀伊国屋文左衛門がいることを知っていた。

「その紀伊国屋文左衛門を操っている影には、思いがおよんでいないようで」

「柳沢吉保か。いつまで幕府を手中にしておる気でいるつもりじゃ」

吉宗が、額にしわを寄せた。柳沢吉保が吉宗のことを探っているのと同様に、吉宗も柳沢吉保のことを調べていた。

「神君家康公が、この国を一つにされ、政をなさっていたとき、幕府は豊かであったし、武士は強かった。だが、政をおこなうのが老中などという肩書きに護られた大名どもになってから、幕府はおかしくなった。無駄に金が使われ、武士は戦うことよりも阿諛追従（あゆついしょう）を得意とするようになった。生きているかぎり将軍として責務を果たさねばならぬ神君が血筋におよびもつかぬ、ただの家臣。辞めたければいつでも老中など投げだせる者が、幕府を動かしていることが原因。根太（ねだ）に腐敗が食いこんだ幕府を、いや、この国をもう一度たてなおすには、神君家康公のように手ずから政をしなければならぬ」

「はい」

川村仁右衛門が、深く頭を垂れた。

「柳沢吉保が、なにをたくらんでおろうが、儂は負けぬ」

「殿こそ、神君家康公のお生まれ変わり」

川村仁右衛門が、賛した。

「どのようなことをしてでも、江戸城の主となってみせようぞ」

吉宗が宣した。

「玉込め役一同、殿に忠誠を」

川村仁右衛門が、深く平伏した。

三

庄屋の屋敷を出た聡四郎と大宮玄馬は、東海道を品川へ向かった。その背中を紀伊国屋文左衛門が、少し離れた百姓家の縁側から見ていた。

「脇差ですか、命の礼が。やはり吝いですな、紀州さまは」

両刀以外に脇差を持っている聡四郎を見て、紀伊国屋文左衛門が笑った。

「まさか旗本に禄をやるわけにもいくまい」

紀伊国屋文左衛門の供、商家の手代風の身形をしている男が、応えた。

「それはそうでございますがな。せめて太刀と脇差の一組ぐらい出しても、罰はあたりますまい。なんせ、己の命と引き替えでございますから」

「ふん。見たであろう、あの紀州藩玉込め役のすさまじさを。水城などいなくても同じであったろうが」

馬鹿にしたように吐きすてたのは、永渕啓輔であった。

「しかし、紀伊国屋。水城と紀州吉宗を出会わせたのは、なぜだ。そのようなこと、美濃守さまはお命じになられておられぬはずだ」

永渕啓輔が、紀伊国屋文左衛門に殺気をぶつけた。

「水城さまがどうなさるのかを見たかったのでございますよ。あの人が出てきてから、わたくしどものやることなすことにけちがつきました。まったく疫病神（やくびょうがみ）どころではございませぬ。ならば、紀州さまにはどうなのか。それを試してみたくなりましてな。紀州さまの運も水城さまは奪うのか。興味深くはございませぬか」

紀伊国屋文左衛門が、楽しそうに語った。

「新井白石の代わりに、紀州吉宗が水城の後ろ盾になるとは考えなかったのか」

「それも一興（いっきょう）ではございませんか。新井白石さまの思惑で動かれるよりはましでございましょう。少なくとも新井白石さまは、家継さまのために幕府を護ろうとされる。しかし、紀州さまは、その逆をされる。幕府を護ろうとする者と壊そうとするお方。護るから壊すへ人がかたむけば、美濃守さまにとってもよろしいのでは」

紀伊国屋文左衛門は、永渕啓輔の殺気を気にもしていなかった。

「永渕さま。あなたさまも水城さまのことを気にかけておられましょう。わたくしもそうなのでございますよ」

紀伊国屋文左衛門が、聡四郎の影を求めるように、東を見た。

「なにより、おもしろそうではございませんか」

紀伊国屋文左衛門が心底楽しそうな声で言った。

「………………」

永渕啓輔は、無言で立ちあがると、紀伊国屋文左衛門を置き去りにして、江戸へと足を進めた。

八つ半（午後三時ごろ）過ぎに高輪の大木戸をこえた聡四郎と大宮玄馬は、屋敷ではなく相模屋伝兵衛を訪れた。

「ご無事で」

聡四郎の姿を見て、相模屋伝兵衛が安堵のため息を漏らした。

「ご心配をいただき、かたじけない」

聡四郎が、頭をさげた。

紅は、なにも言わずにじっと聡四郎をにらみつけていた。

「やはり、出ましたか」

相模屋伝兵衛の問いに、聡四郎は無言で首肯した。

それ以上、相模屋伝兵衛は訊かなかった。聡四郎がまた人を斬ったのだとわかったからだ。

「紀伊国屋文左衛門の目的は、なんなのでございましょう」

大宮玄馬が、口を開いた。

「わからぬ」

聡四郎は、紀伊国屋文左衛門のやることがまったく理解できていなかった。荻原近江守と組んで幕府の金を食いものにしようとしていた、出会ったころの紀伊国屋文左衛門のほうがまだはっきりしていた。

「新井さまにはご報告なさりますか」

相模屋伝兵衛が、尋ねた。

「いや、止めておく。新井どのがことを知ったなら、尾張と紀州を潰すよき機会とばかりに、策動されるであろうからな」

聡四郎は、首を振った。

「なにがどうなるのか、今回はまったく先が見えぬ」

聡四郎は、嘆息した。

それ以上の探索は、できなかった。家継元服に続いて将軍宣下と徳川家にとって、いや幕府にとってなによりもたいせつな行事が、連続した。これらには付随する事象も多く、幕臣たち、とくに役人たちにとって、猫の手も借りたいほどに忙しい日々が続いた。

勘定方で疎外されている聡四郎さえ使わねばならぬほどの状態が、ようやく落ち着きを見せ始めた初夏の一日、三度紀伊国屋文左衛門が、訪れた。

「これをご隠居さまに」

紀伊国屋文左衛門は、土産代わりに聡四郎の父が好む茅場町塩瀬饅頭を手にしていた。

「かたじけない」

聡四郎は、遠慮しなかった。いい加減、紀伊国屋文左衛門に振りまわされるのにも慣れた。

「今日はなんだ」

聡四郎は、せかした。忙しかった日々を終え、やっと手にした休みである。ようやく傷の癒えた入江無手斎のもとへ出かける予定であった。不思議なことに、あれ以来、浅山鬼伝斎はまったく姿を現さなくなっていた。相模屋伝兵衛に手を借りて、新宿辺りを探したが、煙のようにかき消えていた。

「いけませんなあ、急がれては。余裕がないのはなににおいてもことが破れる原因でございますよ」

紀伊国屋文左衛門が笑った。

「六郷の渡しではご活躍でございましたな」

紀伊国屋文左衛門が、言った。

「見ていたのか、やはり」

「はい。争いごとは苦手でございますので、少し離れたところからではございましたが、拝見いたしました。さすがは、水城さま。抜く手も見せぬすさまじさ」

紀伊国屋文左衛門が、聡四郎を褒めた。

「世辞はいい。で、用件を聞こう」

聡四郎は再度要求した。

「わかりました」

変わらず性急な聡四郎に、紀伊国屋文左衛門が苦笑した。

「長崎奉行がこと、なかなかお進みではございませんようなので、わたくしが知りましたことをお話しさせていただきましょう」

「……………」

聡四郎は無言で待った。

「長崎奉行を二人にするとどうなりましょう。江戸に一人、長崎に一人。互いを見張る者はおりませぬ。いわばやりたい放題。そして、長崎は唯一我が国が海の外へ開いた湊。ここでなければ、南蛮の新しいものは手に入れることはできませぬ。珍宝も、薬も、そして武器も」

「武器だと」

聡四郎は思わず声をあげた。

「一人になった奉行は、いわば長崎の将軍。町名主どもはさからうこともできませぬ。それに長崎の警固を命じられている鍋島、黒田のご両家にしても奉行のすることは見て見ぬふりで。西国探題も兼ねる長崎奉行ににらまれれば、減封どころか、潰されるやも知れませぬで」

「誰が、いったいなんのために武器を買うというのだ」

聡四郎は、紀伊国屋文左衛門に詰め寄った。

「さて、そこまでは存じませぬ」

紀伊国屋文左衛門は、しれっと答えた。

「武器がご入り用なお方は、たくさんいらっしゃいましょう」

「この泰平の世に、武器をどう使うというのだ」

聡四郎は、からかうような言い回しの紀伊国屋文左衛門に、いらだった。

「わたくしごとき商人にはわかりませぬよ。さて、それではこれで。あとのことは、新井さまにでもお聞きくださいませ」

紀伊国屋文左衛門は、呆然とする聡四郎を残して去っていった。

聡四郎は気に入らなかったが、このやりとりを新井白石に告げた。

「そのようなことを、紀伊国屋文左衛門が申していたか」

新井白石は、聡四郎の話を聞き終えると、黙考に入った。

「長崎奉行を意のままにできる者とくれば、間部越前守か、老中、あるいは御三家」

新井白石の目が光った。

「そういうことか。武で成った幕府ならば、力で押さえるにしかずということか」

新井白石が一人で納得した。

「長崎奉行を減らす案が出されたのは御用部屋から。ふん、家継さまにとって獅子身中の虫がいるようだな」

新井白石は、低い声で笑った。

「なんじゃ、まだおったのか。水城、きさまの用はすんだ。さがれ。呼ぶまでここに近づくでないぞ」

新井白石は、氷のような声で聡四郎を追い払った。

「間部越前守どののごつごうをうかがってくれぬか」

新井白石は聡四郎のことなどすぐに忘れ、急いで御殿坊主を探しだし、間部越前守との面談を申しこんだ。

「お忙しいごようすでございますれば」

難しいと暗にほのめかした御殿坊主に、新井白石は手持ちの金を握らせた。

「とりあえず、訊いてくれ」

「かないませんでもご勘弁くださいませ」

御殿坊主はしぶしぶ大奥へと向かった。

間部越前守は、休む間もなく続いた行事で体調を崩した家継につきそって、ずっと大奥に詰めていた。

「新井筑後守さまが、間部越前守さまにお話ししたいことがあると、ご面会を求められておられまするが」

御殿坊主の呼びだしを取り次いだのは、大奥の御客応答（おきゃくあしらい）であった。

御客応答は、大奥と外をつなぐ役目である。大奥に来る将軍以外すべての者を取りあつかう。

「越前、上様がごようすがかんばしくない。のう、心細いゆえ、側にいてくりゃれ」

月光院が、間部越前守にすがった。

「承知つかまつりましてございまする」

間部越前守は月光院の肩を抱き寄せながら、御客応答に声をかけた。

「上様のお側を離れられぬゆえ、お話は後日に願うとお伝えあれ」

新井白石の求めを、間部越前守はあっさりと断った。

「そのように」

御客応答が去っていった。

「悪かったかえ」

月光院が甘えた。

「ご懸念にはおよびませぬ。新井白石が話など、とうにわかっておりますれば」

間部越前守が、月光院の口を吸った。

「御広敷伊賀者は、役に立っておるようじゃな」

「はい。お方さまのお力添えのおかげでございまする」

「ならば、のう」

月光院が、胸乳を押しつけるようにした。

「お方さま、上様のご容体を」

「絵島がついておる。医者もな。我らが側にいたとてなにもすることはない」

拒もうとする間部越前守を、月光院が押しきった。

「お方さま」

間部越前守の手が、月光院の帯にかかった。

一方、間部越前守から面会を断られた新井白石は、下部屋の壁に憤懣をぶつけるしかなかった。

「おのれ、越前。なにさまのつもりよ。儂が家継さまの御世のためと、必死で集めてきたことがらを、羽のように軽きものとしてあつかうか」

新井白石は、爪を嚙んだ。

「どうしてくれようか。先代上様の死を願った増上寺との密書。表沙汰にしてくれようか」

呪いながらも新井白石は、それができないことと知っていた。実物がないだけに、下手をすれば讒言となりかねない。さらにいまだ執政衆に加えられていない新井白石にとって、間部越前守の失脚は最後の足がかりを失うのと同一であった。

「家宣さま。なぜにあのような者を重用されましたか」

新井白石の恨みは、敬愛していた亡き主君家宣にまでおよんだ。

紀伊国屋文左衛門は、柳沢吉保の前にいた。部屋の片隅には永渕啓輔が控えている。

「教えてやったのか」

柳沢吉保が、訊いた。

「はい。仰せのとおり、南蛮渡来の新式武器が目的だと伝えましてございまする」

紀伊国屋文左衛門が、伝えた。

「ものの見えすぎる儒学者と、裏の読めない剣術遣い。どのような動きを見せてくれましょうか」

紀伊国屋文左衛門が小首をかしげた。

「裏の裏をかこうとする商人は、どうするのかの」

柳沢吉保が、紀伊国屋文左衛門を見た。

「…………」

紀伊国屋文左衛門は、答えずに笑いを浮かべた。

「まあよいわ。そのぐらいでなくば、使いものにはならぬ」

柳沢吉保も笑った。

「ところで、ご大老さま。間部越前守さまを襲わせたお方さまを、どうなさるお気持ちで」

紀伊国屋文左衛門が、訊いた。

「隠れ蓑ぐらいにはなってくれよう。御広敷伊賀者に正体をつかまれるぐらいでちょうどよいからな」

　柳沢吉保が、冷たく言った。

「開かずの間、綱吉さまがお亡くなりになられた本当の場所。五代将軍綱吉公がご正室鷹司従姫さまがお局」

　紀伊国屋文左衛門が、口にした。

「黙れ」

　柳沢吉保が、鋭い声で紀伊国屋文左衛門を制した。永渕啓輔が思わず身体を震わせるほどの激しさであった。

「それ以上は言うな」

「口が滑りました」

　紀伊国屋文左衛門が、すなおに詫びた。

「いずれ間部越前守には、思い知らせてくれる。だが、今はそのときではない。やるべきことは他にある。手順を違えては、すべての計画を狂わせる」

「はい」

　紀伊国屋文左衛門が、首肯した。

「さて、そろそろきさまの布石を使ってもらう」

柳沢吉保が、さきほどの激昂などなかったように沈着な声で命じた。

「いつでも、お望みのままに」

柳沢吉保の言葉に、紀伊国屋文左衛門も表情を消した。

「まずは、一人」

「お任せを」

「永渕、鬼伝斎に伝えよ。また一暴れしてもらうとな」

「はい」

浅山鬼伝斎は柳沢吉保に命じられて、大人しくしていた。それをふたたび解き放つと柳沢吉保が告げた。

「と同時に、無謀にも吾に抗った者への警告もな」

「承知つかまつりました」

永渕啓輔が、平伏した。

「始めようぞ。正しき血筋を高みへと返すためにな」

柳沢吉保が力強く宣した。

柳沢吉保と紀伊国屋文左衛門が邂逅して二ヵ月、幕府に衝撃が走った。正徳三年（一七一三）七月二十六日、尾張藩四代藩主徳川吉通(よしみち)が、二十五歳の若さで急死した。

「これだったのか」

忙殺されていた事象の裏に隠されていた謀(はかりごと)を知って、聡四郎は臍(ほぞ)をかんだが、手遅れであった。

吉通は、前夜妾(めかけ)お連の方と食事をした後、急に苦しみだし、半日ほどのたうち回って絶命した。医者も呼ばれず、妾と側役守崎頼母だけに看取られての最期であった。

家宣から、家継にその才なきときは尾張に大統を継がせよと名指しされた若き御三家当主の変死は、幕府に混乱を引きおこした。

その騒ぎのなか、目付青山右京亮が、夜道で辻斬りに斬られた。しかし、刀の柄に手をかけていなかったことが家の恥になると、その死は病死とされた。

騒動に落ち着きが見えたころ、大老井伊掃部頭が辞意を表した。時節困難なおりに執政の交代は世に要らぬ不穏を招きかねないと慰留されて翻意されたが頑(かたく)なに拒み、以降、井伊掃部頭は政に旺盛な意欲を見せることはなくなった。

二〇〇七年一月　光文社文庫刊

光文社文庫

長編時代小説

相剋の渦　勘定吟味役異聞(四)　決定版

著者　上田秀人

2020年8月20日　初版1刷発行

発行者　鈴木広和
印刷　萩原印刷
製本　ナショナル製本

発行所　株式会社　光文社
〒112-8011　東京都文京区音羽1-16-6
電話（03）5395-8149　編集部
8116　書籍販売部
8125　業務部

ISBN978-4-334-79073-8　Printed in Japan

組版　萩原印刷

上田秀人

「水城聡四郎」シリーズ

好評発売中★全作品文庫書下ろし!

聡四郎巡検譚

(一) 旅発(たびだち)
(二) 検断
(三) 動揺
(四) 抗争
(五) 急報
(六) 総力

御広敷用人 大奥記録

(一) 女の陥穽(かんせい)
(二) 化粧の裏
(三) 小袖の陰
(四) 鏡の欠片(かけら)
(五) 血の扇
(六) 茶会の乱
(七) 操(みさお)の護(まも)り
(八) 柳眉(りゅうび)の角(つの)
(九) 典雅の闇
(十) 情愛の奸(かん)
(十一) 呪詛(じゅそ)の文(ふみ)
(十二) 覚悟の紅(べに)

勘定吟味役異聞 決定版

(一) 破斬(はざん)★
(二) 熾火(おきび)★
(三) 秋霜(しゅうそう)の撃(げき)★
(四) 相剋(そうこく)の渦(うず)★
(五) 地の業火(ごうか)
(六) 暁光(ぎょうこう)の断
(七) 遺恨(いこん)の譜(ふ)
(八) 流転(るてん)の果て

★は既刊